Knaur.

Knaur.

Im Knaur Taschenbuch Verlag ist bereits folgendes Buch des Autors erschienen:
Ein Gespür für Mord

Über den Autor:
Alex Winter, geboren in der Schweiz, absolvierte die Kunstgewerbeschule in Zürich. Er arbeitete zunächst als Dekorationsgestalter, später in verschiedenen anderen Berufen im In- und Ausland. Alex Winter bereiste während vieler Jahre Australien, Neuseeland und die Südsee. Heute lebt er mit seiner Frau in Uster, Schweiz. Weitere Informationen über den Autor auf seiner Website www.alex-winter.com

Alex Winter

Die Toten von Moonlight Bay

Daryl Simmons' zweiter Fall

Knaur Taschenbuch Verlag

Besuchen Sie uns im Internet:
www.knaur.de

Originalausgabe Dezember 2005

Ein Unternehmen der Droemerschen Verlagsanstalt
Th. Knaur Nachf. GmbH & Co. KG, München

Umschlaggestaltung: ZERO Werbeagentur, München
Umschlagabbildung: Zefa / R. Ian Lloyd / Masterfile
Satz: Ventura Publisher im Verlag
Druck und Bindung: Clausen & Bosse, Leck
Printed in Germany
ISBN-13: 978-3-426-62849-2
ISBN-10: 3-426-62849-X

2 4 5 3 1

Für Edith
Danke für so viele Dinge

1

Kalte, antarktische Winde und die warmen Luftmassen des australischen Kontinents trafen aufeinander und lieferten sich einen erbitterten Kampf, der den Ozean zum Kochen brachte und die Regenschleier beinahe waagerecht über die Klippen ins Landesinnere trieb. Dabei peitschte der Sturm die Blätter der Karri-Bäume und ließ die verdrehten Äste wie Weidenruten tanzen. Selbst einen Kilometer von der Küste entfernt war das Dröhnen des gegen die Klippen brandenden Ozeans noch zu hören. Im Gegensatz zu dem unheimlichen Rauschen und Heulen im Wald war es hier aber nur noch ein schwaches Flüstern. Der heftige Sturm war der erste Vorbote des nahenden Winters.

Averill Chase stoppte den Nissan Pathfinder mitten auf dem aufgeweichten Weg und stellte den Motor ab. Einen Augenblick überlegte er, ob er nicht besser umkehren sollte. Der Sturm hatte schon fast Orkanstärke erreicht, und überall zuckten grelle Blitze aus dem Grau des Himmels. Außerdem hatte der heftige Regen einen Teil der Straße weggespült und dabei einen tiefen, selbst für einen Geländewagen unüberwindlichen Graben geschaffen. Schließlich entschloss er sich aber, auszusteigen und zu Fuß weiterzugehen.

Chase zog den Reißverschluss seiner Regenjacke bis unters Kinn zu und stülpte die Kapuze über den Kopf. Dann lud er einen großen Rucksack sowie einen Werkzeugkoffer aus

dem Heck des Geländewagens. Als er losmarschierte, sprang ihm der eisige Regen wie ein wütendes Tier ins Gesicht.
Der Leuchtturm von Moonlight Bay lag einige hundert Meter entfernt auf der Spitze eines schmalen Kaps. Zwar war es bei dem Wetter nicht ungefährlich, durch den Wald zu marschieren, doch als Ingenieur und Inspektor des Schifffahrtsamtes erlebte Averill Chase ein solches Unwetter nicht zum ersten Mal. Natürlich hätte er die Inspektion des Leuchtturms auch auf den nächsten Morgen verschieben können. Statt zu frieren und bis auf die Knochen nass zu werden, hätte er sich im gemütlichen Pub des kleinen Küstenortes ein paar Bierchen genehmigen können. Doch mit dem Leuchtturm von Moonlight Bay war das so eine Sache.
Seit John Grammar vor fünf Jahren von dem Turm zu Tode gestürzt war, war dieser Ort Averill Chase unheimlich. Und jedes Mal, wenn ihn seine Inspektionsreise hierher führte, war er froh, seine Arbeit so schnell wie möglich hinter sich zu bringen.
Der Anblick von Grammars Leiche, die er auf dem Betonsockel am Fuße des Leuchtturms entdeckt hatte, brachte ihm noch heute Albträume. Mit zertrümmertem Schädel und bizarr verdrehten Gliedern hatte Grammar vor ihm gelegen. Das Gesicht von Beutelmardern und Ratten angenagt, die Augenhöhlen blutig und leer, weil Vögel die Augen aus ihnen herausgepickt hatten. All das hatte John Grammar so sehr entstellt, dass Chase ihn kaum wiedererkannte. Vielleicht hatte Grammar tatsächlich Selbstmord begangen, wie einige Leute behaupteten. Seit diesem Tag jedenfalls haftete dem Leuchtturm etwas an, das Averill Chase jedes Mal eine Gänsehaut über den Rücken jagte, wenn er nur an den Ort dachte.

Als der Baumbestand lichter wurde und der Untergrund steiniger, zerrte der Wind noch stärker an seinen Kleidern.
Der Leuchtturm war weiß gestrichen, mit drei schmalen roten Farbstreifen im oberen Drittel. Bei Sonnenschein strahlten seine Farben schon von weitem und bildeten einen malerischen Kontrast zum tiefblauen Meer, dem Grau der steilen Klippen und dem Olivgrün des dahinter liegenden Waldes. Nicht so an diesem Morgen. Alles schien in grauschwarze Farben getaucht zu sein.
Mit raschen Schritten ging Averill Chase die letzten fünfzig Meter über nackten Fels bis zum Eingang. Schutz suchend drückte er sich gegen die massive Eisentür, gleichzeitig kramte er einen dicken Schlüsselbund aus der Tasche. Als er den richtigen Schlüssel gefunden hatte, versuchte er, ihn ins Schloss zu stecken, doch er passte nicht. Verwundert zog er ihn heraus und sah ihn sich an. Dann versuchte er es erneut. Wieder ließ der Schlüssel sich lediglich einige Millimeter hineinschieben. Chase überlegte einen Moment und kam dann zu dem Schluss, dass vermutlich jemand die Tür von innen zugesperrt hatte. Das war allerdings merkwürdig. Außer einem Reserveschlüssel, der für alle Fälle auf dem Polizeiposten in Moonlight Bay deponiert war, gab es nur noch zwei weitere. Der eine lag im Safe des Schifffahrtsamtes, den anderen hatte er. Auf dem Weg zum Leuchtturm war er keinem anderen Fahrzeug begegnet. Wer also konnte den Turm von innen verschlossen haben?
Chase trommelte mit den Fäusten an die Tür. Dann trat er einige Schritte zurück. Der Regen peitschte ihm nun mit aller Kraft ins Gesicht, so dass er die Augen zusammenkneifen musste, als er zur Leuchtturmspitze hinaufschaute. Auf der

kleinen, stählernen Plattform, die den runden Turm umgab, war niemand zu sehen. Das hatte er auch nicht erwartet. Bei den Windböen, die im Moment über die Küste fegten, wäre dies ausgesprochen gefährlich gewesen. Aber auch an den drei kleinen Fenstern, die auf der Eingangsseite im Abstand von drei Metern übereinander angebracht waren, regte sich nichts.
Averill Chase suchte nach einem faustgroßen Stein und hämmerte damit gegen die Tür. Doch auch diesmal öffnete ihm niemand. Ratlos stand er im Regen und stampfte sich die Kälte aus dem Leib. Schließlich machte er noch einmal ein paar Schritte vom Leuchtturm weg und schaute nach oben. Um ganz sicherzugehen, dass tatsächlich niemand auf der Plattform stand, begann er, langsam den Turm zu umrunden. Der Sturm hatte weiter an Stärke zugelegt, und die Wolken waren nun nicht mehr bleigrau, sondern rußschwarz. Nahe den Klippen schoss die Gischt an den fünfzehn Meter hohen Felsen hoch, mischte sich mit dem Regen und nahm ihm immer wieder die Sicht.
Der Ingenieur hatte den Turm zur Hälfte umrundet, als er stolperte und hinfiel. Als er sah, worüber er gestrauchelt war, stockte ihm der Atem.
Der Mann konnte noch nicht lange tot sein. Aus Nase und Mund sickerte Blut auf den Fels, wo es vom Regen sogleich weggewaschen wurde. Chase zögerte einen Moment, dann drehte er die Leiche auf den Rücken. Überrascht erkannte er, dass es sich um Tom handelte, John Grammars Sohn.
In Panik kroch Chase auf allen vieren ein Stück von dem Toten weg. Dabei riss ihm eine Windböe die Kapuze vom Kopf. Wie kleine, scharfe Kieselsteine klatschten nun die

kalten Regentropfen auf seinen kahlen Schädel. Einen Augenblick saß er da, starrte auf die Leiche. Als er sich schließlich aufrappelte, glitt sein Blick die Küste entlang. Dort, wo der schmale Fußpfad gefährlich nahe den Klippen nach Moonlight Bay führte, sah er eine blonde Frauengestalt. Erst glaubte er, sein Verstand spiele ihm einen Streich. Doch dann hob sie die Arme und winkte ihm zu. Averill Chase war wie gelähmt. Ungläubig starrte er auf die schemenhafte, gut dreißig Meter entfernte Gestalt in ihrem weiten, schneeweißen Gewand. Obwohl er sie auf diese Distanz nicht genau erkennen konnte, fiel ihm auf, wie unnatürlich weiß ihr Gesicht, ihre nackten Arme und ihre Füße waren.

Sie waren so weiß wie die einer Toten …

2

Als Detective Daryl Simmons aus seinem verbeulten Landcruiser stieg und in der angenehm warmen Wintersonne hinüberging zum Pub, wäre wohl niemand darauf gekommen, dass der Mann im alten Holzfällerhemd und der verwaschenen Jeans ein Beamter der Kriminalpolizei von Perth war. Mit seinem kantigen Gesicht und dem kräftigen, durchtrainierten Körper sah er weniger wie ein Polizeibeamter aus, sondern eher wie ein australischer Cowboy.

Beim Betreten des Pubs warfen ihm die Anwesenden neugierige Blicke zu. Das brachte Daryl jedoch nicht in Verlegenheit. Er war im Outback aufgewachsen und wusste, wie die Bewohner kleiner, abgelegener Orte auf Fremde reagierten.

An der Bar angelangt, lächelte er dem bärtigen Mann hinter dem Schanktisch freundlich zu.

»Was darf's denn sein?«, wollte dieser wissen.

»Ein großes, kühles Bier wär jetzt nicht schlecht«, meinte Daryl und stützte sich lässig auf einen Arm.

»Sollen Sie bekommen.«

Einer der Gäste, der neben dem Detective am Tresen stand, musterte ihn von der Seite. »Sie haben sich wohl verfahren«, sagte er schließlich.

»Nicht direkt.« Daryl drehte sich um und sah dem Mann direkt in die Augen. Er schätzte ihn auf etwas über fünfzig.

Der Mann war einen halben Kopf größer als er selbst, mit Schultern, die aussahen, als seien sie mit Eisenschwellen ausgepolstert.

»Ich fuhr auf der Hauptstraße Richtung Osten, als ich zufällig die Abzweigung sah«, fuhr er fort. »Moonlight Bay, das klang so friedlich und idyllisch. Genau das, was ich suche.«

»Ja, hier herrscht wirklich eine Ruhe – eine mörderische Ruhe«, entgegnete der Mann neben ihm in ironischem Ton.

»Hören Sie nicht auf ihn«, meinte der Wirt und stellte Daryls Bierglas auf einen Pappuntersetzer. »Moonlight Bay ist wirklich ein ruhiges, beschauliches Örtchen. Fremde verirren sich allerdings meist nur während den Sommermonaten hierher. Na ja, ist auch nicht weiter verwunderlich, schließlich ist's zu dieser Jahreszeit ziemlich ungemütlich hier.«

»Das hindert die Fische aber hoffentlich nicht daran, hier zu bleiben«, bemerkte Daryl.

»Oh, Sie wollen angeln«, meinte der Pubbesitzer und entblößte grinsend seine gelben Zähne. »Dafür sind Sie hier allerdings jederzeit goldrichtig. Vorausgesetzt, Sie vertragen plötzliche Regenschauer und eine andauernde kalte Brise. Stimmt doch, oder George?«

Der Mann neben Daryl starrte in sein leeres Bierglas. Schließlich zuckte er, ohne aufzusehen, mit den Schultern. »Wenn du meinst. Du musst's ja wissen.«

»Nun, wie ich schon sagte: Hören Sie nicht auf ihn. George hatte mal sein eigenes Fischerboot, doch dann begann er zu saufen. Heute ist der einzige Hafen, den er noch regelmäßig ansteuert, dieser Pub hier.«

Der Mann hinter der Theke war Daryl vom ersten Augenblick an unsympathisch gewesen. Er fand dessen Bemerkung mehr als deplaziert. Sie war beleidigend, und der Tonfall, in dem dieser sie ausgesprochen hatte, ließ keinen Zweifel daran, dass er nicht viel von George hielt.

»Im Sommer haben wir hier eine Menge Angeltouristen«, fuhr der Wirt fort. »Die meisten kommen immer wieder, bringen sogar ihre eigenen Boote mit. Aber jetzt, Anfang Winter, ist hier nichts mehr los. Wie gesagt, das liegt am vielen Regen. Manchmal wird's zudem auch noch ganz schön stürmisch. Da möchte man am liebsten die Koffer packen und an die Sonne reisen.«

»Die Fische wird das kaum am Beißen hindern, schließlich haben sie's das ganze Jahr über feucht.«

»Da haben Sie auch wieder Recht«, antwortete der Wirt belustigt.

»Wie auch immer, ich werde wohl einige Zeit hier bleiben.«

Der Mann hinter dem Tresen sah ihn verwundert an. »Verzeihen Sie, wenn ich das sage, aber Sie sehen eher wie jemand aus, der die Sonne bevorzugt.«

»Die letzten acht Jahre hatte ich mehr als genug Sonne«, log Daryl. »Arbeitete oben in der Mine von Tom Price. Ein Regentag war da so was wie ein Feiertag. Irgendwann hatte ich dann genug. Wollte endlich mal wieder Regen und Wind auf der Haut spüren, grüne Wiesen, Wälder und Meer sehen.«

»Na, davon haben wir hier eine ganze Menge.« Der Mann streckte die Hand über die Theke. »Phil Mullay, Besitzer dieses Ladens hier.«

»Daryl Simmons«, erwiderte der Detective und schüttelte dem Wirt die Hand.

»Wissen Sie schon, wo Sie unterkommen wollen?«, fragte Mullay interessiert.
»Oben an der Hauptstraße stand was von einem Bed & Breakfast.«
»Ja, das Seaview. Ich glaube aber nicht, dass Sie da zu dieser Jahreszeit ein Zimmer bekommen. Wenn Sie wollen, können Sie hier wohnen. Wir haben oben vier Gästezimmer, die wir im Sommer an Angeltouristen vermieten. Sind im Augenblick alle frei. Sie können sich eins aussuchen.«
»Danke, möglicherweise komme ich auf Ihr Angebot zurück. Aber ich versuche mein Glück doch lieber erst im Bed & Breakfast – sofern das mit dem Meerblick keine leere Versprechung ist.«
»Ist es nicht«, meldete sich George wieder zu Wort. »Alle Zimmer des Seaviews bieten einen herrlichen Blick über die Bucht und das Meer. Außerdem kriegen Sie hier lediglich einen Schlangenfraß vorgesetzt, bei Mrs. Grammar dagegen ist das Essen ausgezeichnet.«
Daryl musste sich ein Lachen verkneifen, als er Mullays Gesicht sah.
»Pass bloß auf, was du sagst«, zischte dieser mit ausgestrecktem Zeigefinger, »sonst bekommst du Lokalverbot, kapiert?«
»Dazu hast du kein Recht«, erwiderte George trotzig. »Erstens ist es die Wahrheit, und zweitens habe ich, solange ich mein Bier bezahle und keine Schlägerei anfange, das Recht, hier zu sitzen.«
»Ach ja? Dann will ich dir mal was sagen. Du sitzt jetzt schon fast eine Stunde vor einem leeren Glas. Entweder du bestellst

jetzt wieder was, oder ich schmeiß dich raus. Dies ist nämlich keine Bahnhofswartehalle.«
Außer ihnen befanden sich noch fünf weitere Männer im Lokal. Sie alle waren dem Gespräch aufmerksam gefolgt und begannen nun, amüsiert zu grinsen.
»Okay, dann gib mir noch 'n Bier.«
»Du kennst die Regeln: Erst bezahlen, dann gibt's was.«
George biss sich auf die Unterlippe. »Ich bezahl morgen«, sagte er kleinlaut. »Ganz bestimmt, ich arbeite nämlich nächste Woche für Mrs. Grammar.«
»Wie schön für dich. Dann schlage ich vor, du kommst wieder, wenn dich Mrs. Grammar bezahlt hat.«
George war nicht nur fast dreißig Zentimeter größer als Mullay, er war bestimmt auch doppelt so stark. Als seine Augen bedrohlich zu funkeln begannen, rechnete Daryl damit, dass er den Pubbesitzer am Kragen packen und mit einem Fausthieb rückwärts zwischen die Regale schicken würde.
Einen Moment starrten sich die beiden Männer an, dann wandte sich George langsam ab. Auf einmal machte er einen gequälten, fast hilflosen Eindruck. Als er sich anschickte, die Theke zu verlassen, legte ihm Daryl die Hand auf die Schulter.
»Wissen Sie was? Ich lade Sie ein. Wie mein Großvater immer zu sagen pflegte: ›Wenn du hin und wieder dem Sonntagsgottesdienst fernbleibst, um im Pub in aller Ruhe einen zu trinken, dann verzeiht dir das Gott. Aber er wird dir nie verzeihen, wenn du einer durstigen Seele keinen ausgibst.‹«

Als Daryl den Pub verließ, begleitete ihn George zu seinem Wagen.

»Danke für das Bier, war echt nett von Ihnen«, meinte er mit einem Lächeln. »Werde mich bei Gelegenheit revanchieren.«
»Darauf freue ich mich schon jetzt.« Daryl gab George die Hand. »Und ich kann Sie wirklich nicht ein Stück mitnehmen?«
George schüttelte den Kopf. »Ich geh lieber zu Fuß.« Er kniff die Augen zusammen und warf einen prüfenden Blick zur tief stehenden Sonne. »Schon Viertel nach fünf. Mrs. Grammar hat wohl ihren Laden unten am Hafen gerade dichtgemacht. Besser, Sie fahren gleich zum Seaview rauf und nicht runter zum Hafen, wie ich es Ihnen vorhin noch geraten hatte. Mrs. Grammar wird bestimmt bald zu Hause sein. Ach, und noch eins: Nehmen Sie sich vor Tucker in Acht.«
Daryl sah ebenfalls unauffällig zum Himmel. Wie er feststellte, gehörte auch George zu den wenigen Weißen, die die Tageszeit wie ein Eingeborener allein am Stand der Sonne ablesen konnten. Für Daryl sagte das eine Menge über diesen Mann aus. Nur wer viel Zeit im Freien verbrachte, eine starke Bindung zur Natur und gleichzeitig eine besondere Beobachtungsgabe hatte, konnte diese Fähigkeit erlernen. Für Daryl, der in einer Aborigine Community aufgewachsen war und den sein schwarzer Ziehvater Ungjeeburra alles über den Busch, über die Sitten und Gebräuche seines Stammes sowie die besonderen Kenntnisse der Eingeborenen gelehrt hatte, war dies das erste Mal, dass er einen Weißen mit dieser Begabung traf.
»Wer ist Tucker?«, wollte Daryl wissen.
»Tucker ist Mrs. Grammars Hund«, erklärte George. »Weiß

der Teufel, was für 'ne Mischung dieses Riesenvieh ist. Jedenfalls ist er scharf wie ein Rasiermesser.«

Die schmale Straße zu Mrs. Grammars Haus führte durch einen lichten Eukalyptuswald und weiter auf einen Hügel, der die westliche Begrenzung der halbmondförmigen Bucht von Moonlight Bay bildete. Ab und zu konnte Daryl einen Blick zwischen den Bäumen hindurchwerfen und die kleine Ortschaft und den geschützten Hafen sehen, die nun von der Abendsonne langsam mit einem rotgoldenen Schleier überzogen wurden.

Während auf beiden Seiten des alten, hölzernen Landungsstegs ein halbes Dutzend Fischerboote wie kleine, farbige Korken in der ruhigen Bucht dümpelten, ragte im Osten eine weitere, dicht bewaldete Hügelkette auf. Zum Meer hin wurde sie flacher und zunehmend felsiger, legte sich wie ein gekrümmter Zeigefinger halb um die Bucht und schützte sie so vor dem Ansturm der Wellen.

Als Mrs. Grammar bei ihrem großen, im Stil eines Kolonialhauses erbauten Heim ankam, saß Daryl auf dem Boden ihrer Veranda und kraulte Tucker hinter den Ohren. Das Tier ähnelte einem irischen Wolfshund, hatte aber ein kürzeres, braunschwarzes Fell und eine breitere Schnauze. Tucker lag lammfromm vor Daryl auf der Erde, den Kopf in seinem Schoß. Er hielt die Augen geschlossen und genoss die Streicheleinheiten sichtlich.

Erst als sein Frauchen mit zwei großen Einkaufstüten aus dem Fahrzeug stieg, der Tür mit dem Absatz einen Stoß gab, so dass sie mit lautem Knall zufiel, schreckte der Hund auf, und er rannte bellend auf sie zu.

Mrs. Grammar war eine große, schlanke Frau Mitte vierzig. Als sie Tucker nun mit strafendem Blick ansah, merkte dieser, dass sein Frauchen mit seinen Diensten als Wachhund alles andere als zufrieden war. Also drehte er sich kurzerhand um und kläffte Daryl an.

»Das kannst du dir sparen, du Nichtsnutz!«, schimpfte Mrs. Grammar. »Ab mit dir an deinen Platz. Und glaub ja nicht, dass du heute noch etwas zu fressen bekommst!«

Mit gesenktem Kopf und eingezogenem Schwanz trottete Tucker an Detective Simmons vorbei zu seinem Liegeplatz neben der Tür.

»Das ist meine Schuld, tut mir Leid«, rief Daryl entschuldigend. Er stand auf und ging der Frau entgegen.

»Ja, genau genommen ist es das wohl«, knurrte sie, als er ihr gegenüberstand. Sie fixierte ihn mit interessiertem Blick. »Wie haben Sie das angestellt?«

»Was meinen Sie?«

»Dass Ihnen Tucker zu Füßen lag. Normalerweise lässt er niemanden auch nur in die Nähe der Tür, es sei denn, ich sage ihm, dass es in Ordnung ist.«

»Es ist ein alter Eingeborenentrick«, erwiderte Daryl und bot ihr mit einer Geste an, ihr die Papiertaschen abzunehmen.

Auf Daryl machte Mrs. Grammar den Eindruck einer ernsten, in sich gekehrten Frau, was aber nicht weiter verwunderte. Schließlich hatte sie nicht nur vor fünf Jahren ihren Mann verloren, sondern vor wenigen Wochen auch ihren einzigen Sohn. Doch schien sie eine Frau zu sein, die nach einem Schicksalsschlag nicht so einfach aufgab. Sie war nicht nur zäh, sie war auch der Typ Mensch, der sich niemals geschlagen gab, egal auf welche Probe ihn das Leben stellte.

»So, so, ein Eingeborenentrick.« Sie blieb stehen und bedachte ihn mit einem merkwürdigen Blick. Als sie ihm ihre Einkäufe in die Hand drückte, meinte sie: »Das glaube ich Ihnen sogar. Sie sehen wirklich wie jemand aus, der sich mit den Eingeborenen auskennt. Wie heißen Sie?«

Nachdem sich Daryl vorgestellt hatte, fragte Mrs. Grammar: »Und was wollen Sie?«

»Auf dem Schild unten an der Straße steht, Sie bieten Gästezimmer mit Frühstück an.«

»Nur während der Sommermonate. Dann habe ich eine Hilfe, die sich hier um alles kümmert. Ich bin nämlich allein und habe außer dem Seaview auch noch den Laden und die Tankstelle unten am Hafen, um die ich mich kümmern muss. Ich stehe früh auf und habe keine Zeit, Ihnen Essen zu machen oder Ihr Zimmer zu putzen.«

»Das ist kein Problem«, meinte Daryl. »Mein Zimmer kann ich selber sauber halten. Außerdem bin ich ein Frühaufsteher. Sollte ich jedoch aus irgendeinem Grund einmal nach Ihnen aufstehen, so kann ich auch im Pub frühstücken. Obwohl mir George Markham dringend vom Essen dort abgeraten hat.«

»Sie haben den alten George kennen gelernt?«, fragte Mrs. Grammar interessiert.

»Ja, im Pub. Scheint mir ein recht anständiger Kerl zu sein – sieht man mal davon ab, dass er offenbar ein Problem mit Alkohol hat.«

»Das hätten Sie vermutlich auch, wenn Sie dasselbe durchgemacht hätten wie er.« Mrs. Grammar stieß die Tür auf und führte Daryl durch ein mit vielen schweren, dunklen Möbeln eingerichtetes Wohnzimmer in die geräumige Essküche. Dann nahm sie ihm die Einkaufstüten ab und stellte sie auf den langen Küchentisch.

»Was ist George denn zugestoßen?«, wollte Daryl wissen.

»Ich gehöre nicht zu den Menschen, die über andere reden. Wenn Sie was über sein Leben wissen wollen, fragen Sie ihn selbst. Liegt Ihnen hingegen mehr am Klatsch und weniger an der Wahrheit, dann fragen Sie die Leute in Moonlight Bay. Wie lange haben Sie überhaupt vor, hier zu bleiben?«

Er erzählte ihr dasselbe wie dem Barbesitzer. »Nach acht Jahren Outback kann es also eine Weile dauern, bis mein Bedarf an Wind, Regen und Meer wieder gestillt ist.«

»Na, meinetwegen«, willigte Mrs. Grammar nach kurzem Überlegen ein. »Ich würde sagen, Sie zahlen eine Woche im Voraus, danach sehen wir weiter.«

Daryl bezog eins der zwei kleinen Cottages, die eigentlich für Familien gedacht waren und neben einer einfachen, aber gemütlichen Einrichtung auch über ein eigenes Bad, einen Kühlschrank sowie einen kleinen Gaskocher verfügten. Im Gegensatz zu den vier Gästezimmern, die sich im Anbau des Wohnhauses befanden, lagen die beiden Ferienhäuschen etwas unterhalb des Hauptgebäudes, direkt am Rand der steil zum Ozean abfallenden Bergseite. Getrennt wurden sie durch zwei weit ausladende australische Akazien, die zu dieser Jahreszeit bereits von einem Meer goldgelber Blüten eingehüllt waren. Daneben gab es noch einige Pfefferminzbäume sowie eine Reihe dreißig bis vierzig Meter hoher Jarrah-Eukalypten, unter denen sich jeweils eine Anzahl kleiner Farne angesiedelt hatte.

Die Aussicht von der kleinen Terrasse des Cottages war beeindruckend. Man hatte von hier einen fantastischen Blick über das Meer, konnte aber auch einen Teil des Hafens und der Bucht überblicken. George Markham hatte nicht zu viel versprochen.

3

Früh am nächsten Morgen trat Daryl durch den separaten Gästeeingang in die Gästeküche.
»Pünktlich sind Sie ja schon mal«, meinte Mrs. Grammar und drückte ihm die Kaffeekanne in die Hand. »Ich hoffe, Sie haben gut geschlafen?«
»So gut wie schon lange nicht mehr.«
Sie nahm eine Pfanne mit Rühreiern und Speck vom Herd und schob den Inhalt auf einen Teller.
»Kommen Sie, setzen Sie sich.«
Daryl bezweifelte, dass Mrs. Grammar an diesem Morgen zur gewohnten Zeit aufgestanden war, denn die Brötchen waren frisch und warm. Außer den Rühreiern und dem Brot standen noch Gläser mit Honig und Marmelade, eine Platte mit Käse und Wurst sowie eine Schale mit frischem Obst auf dem Tisch.
»Wenn Sie in Zukunft lieber Tee möchten, sagen Sie es. Ich bevorzuge Kaffee, damit komme ich besser in die Gänge.«
»Tatsächlich nehme ich lieber Tee zum Frühstück«, antwortete Daryl gut gelaunt, »aber Sie brauchen sich deswegen keine Umstände zu machen. Ich kann ihn mir auch selber machen.«
»Das macht keine Umstände«, antwortete Mrs. Grammar. »Heißes Wasser mache ich ohnehin. Allerdings kann ich Ihnen nicht viel mehr zum Frühstück bieten als das hier.«

»Da bin ich aber erleichtert«, entgegnete Daryl mit einem Grinsen. »Ich frage mich jetzt schon, wer das alles essen soll.«
Für einen kurzen Augenblick huschte so etwas wie ein schwaches Lächeln über Mrs. Grammars Gesicht. »Wenn Sie den ganzen Tag an der frischen Luft sein wollen, brauchen Sie ein anständiges Frühstück. Außerdem erwarte ich heute den alten George. Ich habe ihn gebeten, nächste Woche einige Reparaturen und Wartungsarbeiten am Haus sowie an einem meiner Mietboote auszuführen. Wenn er aufkreuzt, wird er bestimmt Hunger haben. Falls Sie dann noch hier sind, sagen Sie ihm doch, dass er sich bedienen kann.«
Daryl nickte. »Was für Boote haben Sie denn?«, wollte er wissen.
»Zwei stabile Aluminiumboote mit Außenborder, ein großes Zodiac mit Rudersteuerung und Doppelmotoren sowie ein Magnum-35-Sport-Fisherman mit Laufbrücke, ausgerüstet mit allem, was man fürs Hochseeangeln benötigt. Wieso fragen Sie, wollen Sie ein Boot mieten?«
»Und ob«, rief Daryl begeistert. »Allerdings fehlt mir leider die Erfahrung mit großen Motorbooten. Ich werde mich also auf eins der kleineren beschränken müssen.«
»Bei ruhiger See können Sie auch mit denen raus. Zurzeit würde ich Ihnen allerdings eher das Zodiac empfehlen. Das Wetter kann zu dieser Jahreszeit ziemlich launisch sein. Mit dem Schlauchboot kommen Sie aber auch bei bewegter See noch sicher zurück nach Moonlight Bay. Übrigens, wenn Sie George das Versprechen abringen können, einen Tag lang nüchtern zu bleiben, dann können Sie auch den Sport-Fisherman mieten. George Markham kennt diese Gewässer

wie seine Westentasche, die besten Angelplätze mit eingeschlossen.«
»Das werde ich mir merken. Heute möchte ich allerdings erst mal die Gegend zu Fuß erkunden. Ich habe gehört, hier in der Nähe gibt es einen Leuchtturm?«
Bei dieser Frage zuckte Mrs. Grammar zusammen.
»Ja, gibt es«, antwortete sie knapp. Ganz offensichtlich wollte sie nicht weiter auf dieses Thema eingehen. Sie schob den Stuhl zurück und stand auf. »Ich muss los.« Mit diesen Worten verließ sie den Raum und überließ Daryl seinem Schicksal.

Daryl beschloss, bis zu Georges Eintreffen zu warten. Um sich die Zeit zu vertreiben, ließ er Tucker von der Leine und spielte mit ihm auf dem Platz vor dem Haus. Zunächst hielt sich der Hund zurück, schaute immer wieder misstrauisch die Straße hinab und hinüber zum Haus. Offenbar traute er dem Frieden nicht und wollte nicht noch einmal für seine fehlende Aufmerksamkeit bestraft werden. Als ihn Daryl aber mit einer Wurst aus Mrs. Grammars Frühstücksbüfett verführte, vergaß das Tier erneut, dass es eigentlich den großen, Furcht einflößenden Wachhund spielen sollte.
Als Daryl noch klein gewesen war, hatte er Angst vor Hunden gehabt. Das hatte sich erst geändert, als Ungjeeburra ihm erklärt hatte, wie man am klügsten mit ihnen umging. *»Begegne ihnen ohne Hektik und Furcht, mit Bestimmtheit und Überlegenheit, aber auch mit Respekt. Studiere jede ihrer Bewegungen, denn ihr Charakter ist so verschieden wie der der Menschen. Wenn du siehst, dass ein Hund ein gutes Herz hat, dann sprich in der Sprache mit ihm, die er versteht. Wenn*

du das beherrschst, wird dir jeder Hund gehorchen.« Wie beinahe alles, was ihm der alte Pintubi beigebracht hatte, dauerte es allerdings Jahre, ehe Daryl diese Fertigkeit beherrscht hatte.

Gegen halb neun erschien George Markham. Anders als Daryl erwartet hatte, kam er aber nicht die Straße herauf, sondern stand plötzlich neben dem Haupthaus.

Da der Wind vom Land her wehte, hatte ihn Tucker zunächst nicht wittern können. Als er ihn jetzt bemerkte, hielt er kurz inne, fletschte knurrend die Zähne und rannte dann bellend auf Markham zu. Daryl rief nach dem Hund und befahl ihm, stehen zu bleiben, doch Tucker reagierte nicht. Wäre George nicht im letzten Moment in den Holzschuppen neben dem Anbau geschlüpft, hätte ihn Tucker wohl erwischt. Frustriert stand das Tier vor der verschlossenen Tür, bellte und knurrte sie an, als könne er den Mann dahinter genau sehen.

»Tucker, was fällt dir ein?«, stauchte Daryl ihn zusammen. »George ist doch kein Einbrecher!«

Der Hund drehte sich zu ihm um und starrte Daryl einen Augenblick verständnislos an. Dann wedelte er zufrieden mit dem Schwanz und trottete gemütlich, als wäre nichts gewesen, zu seinem neuen Freund zurück. Als Tucker vor ihm stand und mit treuherzigem Blick und schiefem Kopf zu ihm aufschaute, musste Daryl lachen. Er konnte sich nicht erinnern, jemals von einem Hund reingelegt worden zu sein. Aber Tucker hatte es geschafft.

In der Aborigine Community, in der Daryl aufgewachsen war, hatte es unzählige Hunde gegeben. Für die Eingeborenen waren sie sowohl Wachhunde als auch Jagdgefährten und Spielkameraden für die Kinder. Oft hatte er die Tiere beobachtet, bei der Jagd und auch beim Spielen. Einmal war ihm bei einem Ausritt ein Dingomischling hinterhergetrottet, der zuvor träge in der Sonne gelegen hatte. Irgendwann hatte der Hund damit begonnen, sich einen Spaß daraus zu machen, seine Stute in die Vorderläufe zu schnappen. Der Hund beabsichtigte offensichtlich nicht, das Pferd zu verletzen, er hatte einfach nur Spaß daran, es zu ärgern. Dummerweise hatte die Stute das nicht begriffen. Immer wieder hatte sie versucht, auszuweichen oder davonzugaloppieren, was den Hund nur noch mehr anstachelte. Der Ausdruck in Tuckers Gesicht, als er nun zu Daryl gelaufen kam, war genau derselbe wie der des Dingomischlings damals.

Als er den Hund wieder angekettet hatte, setzte sich Daryl auf die oberste Stufe der Veranda. Tucker ließ sich neben ihm nieder und legte die Schnauze auf seinen Oberschenkel.

»Sie können jetzt rauskommen«, rief er amüsiert, »ich habe Tucker festgebunden.«

Zunächst öffnete George die Tür nur einen Spaltbreit. Vorsichtig spähte er heraus, um sich zu vergewissern, ob ihm Daryl auch wirklich die Wahrheit sagte. Dann kam er heraus und stapfte mit knallrotem Gesicht auf das Haus zu.

»Irgendwann werde ich diesem wandelnden Flohzirkus sämtliche Zähne ziehen. Und wenn er mich dann immer noch beißen will, werde ich ihm in den Arsch treten, dass er bis zum Südpol fliegt!«

»Sie mögen Hunde, hab ich Recht?«, zog ihn Daryl auf.

»Hunde ja, aber nicht diesen kläffenden Albtraum. Den sollte man einsperren oder, noch besser, gleich erschießen! Wieso beißt er Sie eigentlich nicht?«, ärgerte sich Markham.

»Ich weiß nicht, vielleicht mag er ja mein Rasierwasser.«

»Sehr witzig, muss ich schon sagen. Wer hat ihn überhaupt von der Kette gelassen? Sie?«
Daryl streichelte Tuckers Kopf. Dieser hatte die Augen halb geöffnet, tat aber sonst so, als interessiere ihn der Mann am Fuß der Treppe nicht mehr im Geringsten.
»Tut mir echt Leid. Ich wusste nicht, dass er es auf Sie abgesehen hat.«
»Eigentlich wollte ich Sie, sobald ich wieder bei Kasse bin, zu ’nem Bier einladen«, brummte George, »aber nach dem Theater eben sind Sie zuerst wieder dran.«
»Heute Abend?«
George leckte sich vor lauter Vorfreude die Lippen. »Abgemacht. Aber jetzt sollte ich mich an die Arbeit machen.«
»Wofür genau hat Mrs. Grammar Sie eigentlich angeheuert?«, fragte der Detective.
»Ach, für dies und jenes.« Der ehemalige Fischer zog ein zerknittertes Blatt Papier aus der Tasche. »Einige der Dachschindeln müssen ersetzt werden, dann ist noch der Abfluss in einem der Cottages verstopft. Der Kamin zieht auch nicht mehr gut, und der Hühnerstall braucht ein neues Gatter. Werde mir heute mal alles ansehen und eine Liste des Materials machen, das ich besorgen muss. Und Montag leg ich los.«
»Dann haben Sie in nächster Zeit wohl ganz schön zu tun.«
»Kann’s gebrauchen. Bin nämlich derzeit ziemlich knapp bei Kasse.« George setzte ein breites Grinsen auf. »Genau genommen bin ich so blank wie ’ne frisch polierte Glatze.«
»Mrs. Grammar erzählte, Sie würden auch noch eins ihrer Boote reparieren?«
»Nicht reparieren, überholen. Die Motoren müssen mal wieder durchgecheckt werden.« Markhams Augen bekamen

einen traurigen Blick. »Der Sport-Fisherman, ein tolles Boot. Hat mal mir gehört. Ich habe ihn dann aber verkauft.«

»Weshalb?«, wollte Daryl wissen.

»Das ist eine lange Geschichte. Vielleicht erzähle ich Sie Ihnen irgendwann mal.«

»Wenn der Motor überholt ist, hätten Sie dann Lust, mit mir einen Angeltrip zu unternehmen? Ich würde Sie selbstverständlich dafür bezahlen.«

Daryl gelang es nicht, den Ausdruck in Georges Gesicht zu deuten. Als dieser schließlich antwortete, war seine Stimme sanft wie die eines kleinen Kindes. »Ja, warum nicht. Das könnte ganz interessant werden.«

»Hervorragend! Und nun will ich Sie nicht länger aufhalten. Übrigens, ich soll Sie von Mrs. Grammar grüßen. In der Küche ist noch für das Frühstück gedeckt, bedienen Sie sich.«

Danach ging Daryl zurück in sein Cottage, holte seinen kleinen Wanderrucksack und machte sich auf den Weg zu einem ersten Erkundungsspaziergang.

Anders als er es zunächst vorgehabt hatte, folgte Daryl dabei nicht der Straße, sondern suchte nach Georges Fußspuren, um festzustellen, über welchen Weg dieser gekommen war. Er entdeckte sie hinter dem Haupthaus und stellte fest, dass sie von dort hinab zu einem der Cottages führten. Zwischen Farnen und niedrigem Buschwerk, welches neben der Ferienhütte wuchs, machte er im weichen Waldboden so etwas wie einen Pfad aus. Dort entdeckte er weitere Spuren. Von den Aborigines hatte er gelernt, wie man Fährten las, was ihm bei seiner Arbeit in Perth allerdings nur selten geholfen hatte. Hier war das etwas anderes.

Als Daryl die Abdrücke näher betrachtete, sah er, dass sie

von mehr als einer Person stammten. George hatte ungefähr Schuhgröße vierundvierzig, die anderen Abdrücke, die Daryl im aufgeweichten Untergrund ausmachen konnte, gehörten jedoch jemandem mit Größe neununddreißig oder vierzig. Daryl folgte den Spuren den Berg hinab. Dabei stellte er fest, dass die Fußabdrücke von George lediglich bergauf führten, während die anderen in beide Richtungen wiesen. Außerdem überdeckten die Spuren des ehemaligen Fischers an mehreren Stellen die anderen, wesentlich tieferen, was umgekehrt nirgends der Fall war. Daraus konnte man schließen, dass die Spuren der zweiten Person älter sein mussten. Vermutlich stammten sie aus einer Zeit, als der Boden noch tiefer aufgeweicht war. Und sie mussten von jemandem stammen, der deutlich schwerer war als George Markham. Mrs. Grammar konnte durchaus Schuhgröße neununddreißig oder vierzig haben. Doch sie war sehr schlank und dementsprechend leicht, so dass sie selbst bei stark aufgeweichtem Boden kaum solche Abdrücke hinterlassen hätte. Daryl war ziemlich sicher, dass sie von jemand anderem stammten.
Schließlich erreichte er die Stelle, wo das Grün des Hügels von nacktem Fels abgelöst wurde. Der Felshang fiel hier sehr steil ab und war von Regen und Wind flach geschliffen. Einige Stellen waren von Flechten bedeckt, auf anderen breiteten sich dicke Moospolster aus, unter denen überschüssiges Regenwasser heraussickerte. Hier war der Untergrund gefährlich schlüpfrig. Wenn man nicht aufpasste und ausrutschte, konnte man leicht zweihundert Meter bis zum senkrecht abfallenden Klippenrand hinunterrutschen, sich dabei den Hals brechen oder gleich über die Felsen ins Meer stürzen.

Als Daryl den Klippenrand erreichte, stieß er auf den schmalen Fußpfad, der die kleine Ortschaft mit dem Leuchtturm verband. Einen Augenblick blieb er unschlüssig stehen. Am liebsten wäre er dem Weg zum Leuchtturm gefolgt. Aber da er keinen Schlüssel zum Turm hatte, verschob er den Plan. Stattdessen machte er sich auf den Weg nach Moonlight Bay.
Innerhalb kürzester Zeit zog eine Armada mächtiger, dunkelgrauer Wolken am Himmel auf, und dumpfes Donnergrollen trieb Daryl zur Eile an.
Als er schließlich die Bucht und damit die ersten Häuser erreichte, fielen bereits dicke Regentropfen. Daryl entdeckte das Schild über dem Eingang von Mrs. Grammars General Store und hielt direkt darauf zu. Gerade als der Regen so richtig herabzuprasseln begann, erreichte er den Laden.
»Ich habe Sie gewarnt«, begrüßte ihn Mrs. Grammar. »Sie hätten sich eine Regenjacke einpacken sollen.«
Daryl zuckte schuldbewusst mit den Schultern. »Das nächste Mal werde ich ganz bestimmt daran denken.«
Er warf einen Blick auf den einzigen Kunden im Geschäft. Der Mann war ziemlich groß und trug die Kleidung eines Geistlichen.
»Ich bin Reverend Reed«, stellte er sich vor, ohne jedoch Anstalten zu machen, Daryl die Hand zu geben. Er beobachtete den Detective über den Rand einer dicken Hornbrille, die wie ein Falke mit ausgebreiteten Flügeln auf seiner schmalen Nase saß. »Wie ich gehört habe, wollen Sie hier Urlaub machen?«
»So hatte ich es jedenfalls geplant, ja.«
»Da haben Sie sich aber eine denkbar ungünstige Zeit ausgesucht.«

»Kommt darauf an.«
»Auf was?«
»Ob man bereit ist, jederzeit das Schöne in der Natur zu sehen – unabhängig davon, ob es nun gerade regnet oder die Sonne scheint.«
»Ich bin gespannt, ob Sie in zwei Wochen immer noch dieser Meinung sind«, meinte der Reverend skeptisch. Er bezahlte seine Einkäufe und wandte sich wieder an Daryl. »Da Sie entschlossen scheinen, einige Zeit hier zu bleiben, darf ich doch annehmen, dass Sie morgen zum Gottesdienst erscheinen?«
Eigentlich war es viel weniger die Frage selbst, die Daryl störte, als vielmehr die Art, wie der Reverend sie stellte. Der Geistliche hatte ihn noch nicht einmal nach seinem Namen gefragt, erwartete aber, dass er zur Messe kam.
»Wir werden sehen«, antwortete Daryl vage.
Die Lippen von Reverend Reed verzogen sich zu einem missbilligenden Lächeln. »Natürlich, wenn Sie etwas Dringenderes vorhaben … Dann vielleicht nächsten Sonntag. Vielleicht gelingt es Ihnen ja, Mrs. Grammar zu überreden, Sie zu begleiten.«
Mit diesen Worten verabschiedete er sich und verließ das Geschäft.
»Ich wusste gar nicht, dass Moonlight Bay eine Kirche hat«, wandte sich Daryl an Mrs. Grammar.
»Hat es auch nicht. Der Reverend hält den Gottesdienst immer in der Town Hall ab.«
»Lohnt sich das? Ich meine, Moonlight Bay ist nicht gerade eine große Gemeinde.«
»Da haben Sie Recht. Reverend Reed ist eigentlich auch kein richtiger Pfarrer. Das heißt, Pfarrer ist er schon, soviel ich

weiß. Aber er ist nicht offiziell von der Kirche angestellt. Weil die nächste Kirche aber fast vierzig Kilometer weit entfernt und Moonlight Bay zu klein ist für eine Pfarrstelle, hat sich Mr. Reed kurzerhand entschlossen, selbst für das geistige Wohl der Menschen hier zu sorgen.«

»Das klingt nicht so, als ob Sie ihn für einen besonders guten Geistlichen halten.«

»Ehrlich gesagt kann ich das nicht beurteilen. Ich gehe nicht zur Kirche.«

»Ah, verstehe. Dann war das gerade eben eine versteckte Aufforderung des Reverends an Sie, wieder einmal zum Gottesdienst zu erscheinen.«

»Ja, aber daran habe ich mich unterdessen schon gewöhnt. Seit dem Tod meines Mannes vor fünf Jahren versucht er mich dazu zu bringen. Richtig schlimm wurde es aber erst in den letzten Wochen.« Sie zögerte einen Augenblick. Als sie fortfuhr, schien ihr Blick durch Daryl hindurchzugehen. »Früher oder später werden Sie es ohnehin erfahren, also kann ich es Ihnen auch gleich selber sagen. Kürzlich kam auch mein Sohn ums Leben, was den Reverend veranlasst, mich bei jeder erdenklichen Gelegenheit zu bearbeiten.«

»Das tut mir aufrichtig Leid«, antwortete Daryl. Er machte absichtlich eine kurze Pause, ehe er fragte: »Was meinen Sie mit ›er bearbeitet Sie‹?«

»Er versucht mir weiszumachen, dass ihre Seelen keine Ruhe finden, wenn ich nicht für sie bete, und dass auch meine Seele verloren sei, wenn ich nicht wieder zu Gott fände. Er zitiert Bibelsprüche, redet von Gott und Teufel, von himmlischem Paradies und ewiger Verdammnis, davon, dass nur, wer gläubig und reinen Herzens sei, auch errettet werde. Aber das alles interessiert mich nicht.«

»Weshalb, weil Sie kein gläubiger Mensch sind?«

»Nein. Weil alles Beten und alle Frömmigkeit nichts am Schicksal eines Menschen ändert. Jemand wie Reverend Reed mag sein Seelenheil im Glauben finden und sein Leben bedenkenlos in die Hände Gottes legen, ich nehme es lieber selber in die Hand.«

Eigentlich hatte Mrs. Grammar kein schlechtes Wort über den Pfarrer verloren, trotzdem beschlich Daryl das Gefühl, dass sie ihn nicht besonders mochte.

Als der Regen ebenso plötzlich, wie er gekommen war, nachließ, machte sich Daryl erneut auf den Weg. Scheinbar ziellos schlenderte er erst zum kleinen Hafen, wo er den hölzernen Landungssteg besichtigte. Dann studierte er einige Fischerboote und plauderte mit der Besatzung eines kleinen Fischtrawlers, die gerade von einer nächtlichen Fahrt zurückgekehrt war und ihren Fang auslud. Anschließend spazierte er gemächlich die Hauptstraße hinauf, Richtung Pub.

Die meisten Gebäude reihten sich beiderseits der gewundenen Straße auf. Fast immer waren sie ein Stück zurückversetzt und hatten kleine, gepflegte Vorgärten, die gut zu den einfachen Holzhäusern passten. Die Polizeistation bildete da keine Ausnahme, wenngleich der steinerne Zellenanbau nicht unbedingt zum Rest des Hauses passte.

Daryl wollte bald einmal mit Sergeant Walker sprechen. Er war der einzige Beamte in Moonlight Bay, und auch das nicht mehr lange. Die zuständigen Stellen hatten aus Kostengründen beschlossen, den Posten zu schließen. Das hatte den Sergeant aber nicht davon abgehalten, sich bei seinen

Vorgesetzten in Albany unbeliebt zu machen, indem er die Unfalltheorie des untersuchenden Detective Inspectors im Fall des jungen Tom Grammar in Frage stellte. Für Daryl war das der Beweis, dass Walker ein mutiger und pflichtbewusster Polizist war. Wenn er über ebenso viel Spürsinn und Beobachtungsgabe verfügte, würde der Sergeant für seine Ermittlungen von großem Nutzen sein.

Daryl wollte aber nicht einfach grundlos in die Polizeistation spazieren. Wenn ihn jemand dabei beobachtete, würde das bald die Runde machen, und eine Menge Leute würden sich fragen, was dieser Fremde hier tatsächlich tat.

Er hatte den Polizeiposten, der gleichzeitig das Wohnhaus der Walkers war, schon beinahe hinter sich, als sich die Eingangstür öffnete. Eine Frau Anfang dreißig – Mrs. Walker, wie er annahm – trat ins Freie. Sie trug einen großen Umzugskarton, der allem Anschein nach sehr schwer war. Daryl blieb stehen. Einen kurzen Augenblick beobachtete er, wie die Frau mit unsicheren Schritten zum Gartenzaun wankte. Dann machte er kehrt, öffnete das Tor und bot an, ihr die Last abzunehmen.

»Sehr freundlich«, entgegnete sie und drückte ihm die Pappschachtel in die Arme. »Da habe ich mich beim Packen wohl ein wenig verschätzt.«

»Du meine Güte!«, stöhnte Daryl, ging leicht in die Knie und tat so, als wäre der Karton selbst für ihn zu schwer. »Was haben Sie denn da drin, eine Leiche?«

Mrs. Walker warf den Kopf in den Nacken und lachte.

»Mein Gott, wie haben Sie das nur gemerkt?«, erwiderte sie todernst. »Ich vermute mal, die Schlagzeile wird folgendermaßen lauten: Polizistenfrau zerstückelt Ehemann und lässt Leiche von ahnungslosem Fremden im Auto verstauen.«

»Langsam bekomme ich Angst, Sie meinen es ernst«, witzelte Daryl.

»Da machen Sie sich mal keine Sorgen.« Sie warf ihm einen schelmischen Blick zu. »Mein Mann und ich haben zwar zwischendurch unsere Differenzen, aber gleich umbringen würde ich ihn deswegen dann doch nicht.«

»Wie beruhigend. Mal ehrlich: Was ist da drin?«, wollte Daryl wissen.

»Kochbücher und das Zinngeschirr meiner Urgroßmutter.«

»Haben Sie noch mehr Kisten dieser Art?«

»Na, und ob! In der Diele stehen noch mindestens ein halbes Dutzend Bücherkartons.«

»Was ist mit Ihrem Mann? Der weiß wohl, wie schwer die Schachteln sind, und hat sich vorsorglich verdrückt.«

»Da liegen Sie vielleicht gar nicht mal so falsch. Allerdings nennt er es eine dringende Dienstangelegenheit.«

Mrs. Walker öffnete die Hecktür des kleinen Transporters, und Daryl hievte seine Last in das Fahrzeug. Anschließend streckte er Mrs. Walker die Hand entgegen und stellte sich vor.

»Ja, Mr. Simmons – ich habe schon von Ihnen gehört. Sie sind der Mann aus Tom Price. Der Mann, der den Regen liebt und den Einheimischen die Fische wegfangen will. Sie haben es vorgezogen, bei Mrs. Grammar unterzukommen, anstatt im Hotel zu wohnen. Was – nebenbei bemerkt – eine gute Wahl war. Macht Sie aber beim Pubbesitzer, Mr. Mullay, nicht unbedingt beliebt. Sie sehen, Neuigkeiten sprechen sich hier schnell herum.«

»Kann man wohl sagen«, entgegnete Daryl verblüfft. »Schätze, mit Alarmanlagen und Überwachungskameras ist hier kaum ein Geschäft zu machen.«
»Nein, das übernehmen die Nachbarn. Sie brauchen nur einen Blick über meine Schulter zu werfen. Sehen Sie das hellblaue Häuschen auf der gegenüberliegenden Straßenseite? Das gehört den Adeys. Ein freundliches, älteres Pärchen, aber neugieriger als ein Schwarm Kakadus. Würde mich nicht wundern, wenn sich gerade einer von ihnen – oder alle beide? – hinter den Wohnzimmergardinen versteckt, um uns zu beobachten.«
Daryl spähte unauffällig an Sergeant Walkers Frau vorbei. »Bingo.«
»Sehen Sie? Ich sage Ihnen, Sie werden noch eine Berühmtheit in Moonlight Bay.«
»Dann sollte ich vielleicht dafür sorgen, dass dieser Ruhm auf einem guten Eindruck beruht. Darf ich Ihnen meine Hilfe für die restlichen Kartons anbieten?«
Mrs. Walker zögerte einen Moment, dann zuckte sie mit den Schultern. »Warum eigentlich nicht?«
Eine halbe Stunde später war der kleine Nissan-Transporter bis unters Dach mit Kisten und kleineren Möbelstücken voll gestopft.
»Das war mehr Arbeit, als ich dachte«, meinte Mrs. Walker. »Darf ich Sie als kleines Dankeschön zu einer Tasse Tee einladen?«
Daryl nahm dankend an. Als sie am Küchentisch saßen, fragte er: »Wohin ziehen Sie eigentlich?«
»Manjimup.«
»Begeistert klingt das nicht gerade.«

»Ach, es geht. Das Meer wird mir fehlen. Außerdem ist mein Mann dann jemandem unterstellt.«
»Und darüber ist er nicht besonders begeistert, hab ich Recht?«
»Haben Sie. Aber das allein ist es nicht. Es gibt da einen ungelösten Fall, der ihm keine Ruhe lässt.«
Plötzlich verengten sich ihre Augen. »Wissen Sie, dass Sie Ähnlichkeit mit meinem Mann haben?«
»Inwiefern?«
»Sie haben die gleiche, einschmeichelnde Art, wenn es darum geht, jemanden unauffällig auszufragen. Außerdem sind Sie für einen Mann, der die letzten paar Jahre in einer Mine gearbeitet haben will, eine Spur zu freundlich und hilfsbereit.«
Daryl lächelte. »Ich sehe schon, Mrs. Walker, Sie stehen Ihrem Mann in nichts nach.«
Nachdem er erklärt hatte, wer er war und weswegen er nach Moonlight Bay gekommen war, bekam Mrs. Walkers Gesicht einen nachdenklichen Ausdruck.
»Ich dachte, der Fall sei von offizieller Stelle abgeschlossen«, meinte sie in ernstem Ton.
»Im Prinzip, ja. Aber mein Chef glaubt – und ich schließe mich seiner Meinung an –, dass die Todesumstände von Tom Grammar doch nicht so eindeutig sind, wie dies der Schlussbericht glauben lässt.«
»Das hat mein Mann den zuständigen Untersuchungsbeamten schon lange klar zu machen versucht.«
In diesem Augenblick betrat der Sergeant die Küche. Als er erfahren hatte, wer Daryl war, verdüsterte sich sein ohnehin schon finsterer Blick noch mehr. Er führte Daryl ins angrenzende Büro und schloss die Tür.

»Kaum zu glauben«, meinte er mürrisch und bot Daryl an, sich zu setzen. »Da rede ich mir wochenlang den Mund fusselig, und niemand glaubt mir. Dann wird Tom Grammars Leiche freigegeben und eingeäschert, und jetzt kommen die in Perth plötzlich auf die Idee, es könnte an der Geschichte doch was faul sein.«
»Mieses Timing, zugegeben.«
»Das können Sie laut sagen.«
Sergeant Walker war ein breiter, kräftiger Mann mit einem strengen Gesichtsausdruck. Als er nun einen Stuhl heranzog und sich setzte, entspannten sich seine Züge ein wenig.
»Mit Verlaub, Ihre Hilfe kommt ziemlich spät. In drei Wochen wird der Posten hier dichtgemacht. Wie Sie ja sehen, ist meine Frau bereits dabei, unseren Umzug zu organisieren.«
»Dann werden wir versuchen müssen, in der verbleibenden Zeit so viele Fragen wie möglich zu beantworten. Beginnen wir mit John Grammar. Inwieweit unterscheidet sich sein Tod von dem seines Sohnes?«
Der Sergeant überlegte einen Moment. »Eigentlich nur darin, dass zwar auch, als seine Leiche gefunden wurde, die Tür des Leuchtturms verschlossen war, der Schlüssel aber nicht von innen im Schloss steckte.«
»Wo war der Schlüssel dann?«, wollte Daryl wissen.
»Er hing unten neben dem Eingang, an einem Kleiderhaken.«
»Versuchen Sie, sich zu erinnern: Gibt es sonst noch etwas, was Ihnen aufgefallen ist?«
Sergeant Walker schüttelte langsam den Kopf. »Nichts, was nicht auch in meinem Bericht steht.«
»Den Bericht habe ich gelesen. Leider ist aber in einem Polizeirapport viel zu oft nur das festgehalten, was unmittelbar

und offensichtlich mit dem Fall in Zusammenhang steht. Kleinigkeiten werden oft als Nebensächlichkeiten abgetan.«

»Ich verstehe, was Sie sagen wollen«, meinte der Sergeant nach kurzem Überlegen. »Aber der Tod von John Grammar liegt schon fünf Jahre zurück …«

»Trotzdem hatten Sie schon damals das Gefühl, dass es kein Unfall oder Selbstmord war. Weshalb?«

»Nun, der alte John war einfach nicht der Typ, der sich umbringt. Er war Fischereiinspektor dieser Region und Chef der freiwilligen Feuerwehr von Moonlight Bay, weshalb er übrigens auch einen Schlüssel für den Leuchtturm hatte. Soweit ich das beurteilen kann, führte er eine solide Ehe. Er liebte seinen Job, und die Leute mochten ihn – was man von seinem Sohn allerdings weniger behaupten kann. John hatte keinen Grund, sich umzubringen, zumindest keinen ersichtlichen. Und er war körperlich in bester Verfassung. Ich kann mir daher auch nicht vorstellen, dass er einen plötzlichen Schwächeanfall erlitten hat, ohnmächtig wurde und unter dem Geländer hindurchrutschte oder dass ihn eine heftige Windböe über die hohe Brüstung gerissen haben könnte.«

»Im Obduktionsbericht steht, er war schon mindestens vierundzwanzig Stunden tot, als man ihn fand. Hat ihn seine Frau nicht vermisst?«

»Wie gesagt, er war Fischereiinspektor, und da war es nicht ungewöhnlich, dass er hin und wieder ein, zwei Tage unterwegs war.«

»Verstehe. Und was war mit Tom Grammar?«

»Nun, Tom war ein scheuer, introvertierter Junge. Freunde hatte er keine, obwohl es drei gleichaltrige Jungen in Moonlight Bay gab, mit denen er auch in Manjimup zur Schule ging. Er war allerdings ein guter Schüler, unauffällig und ruhig. Als ihn seine Eltern nach Kalgoorlie ins College schickten, änderte sich das jedoch. Etwas mehr als ein Jahr war er dort, dann flog er von der Schule und kehrte nach Moonlight Bay zurück.«

»Interessant. Was war der Grund?«

»Er hat einem Mitschüler den Kiefer, das Nasenbein und beide Arme gebrochen.«

Daryl zog fragend die Brauen hoch.

»Ich weiß, was Sie sagen wollen: Wie wird aus einem schüchternen, introvertierten Jungen ein brutaler Schläger? Die Schulleitung hatte darauf auch keine Antwort. Nach Toms Tod habe ich mit dem damaligen Rektor gesprochen, nur so aus Neugier und weil ich dachte, vielleicht erfahre ich wenigstens, was diese Veränderung in Toms Charakter ausgelöst haben könnte. Fehlanzeige.«

»Tom flog also von der Schule und kehrte hierher zurück«, nahm Daryl den Faden wieder auf. »Wie ging's weiter?«

»Zunächst gab's keine Probleme. Wenn er nicht gerade fischte, lungerte Tom in der Gegend herum. Oft sah ich ihn auch nur irgendwo herumsitzen und lesen. Doch dann begann er zu trinken und wurde gewalttätig, weshalb ihm Mullay nach einer Schlägerei auch Lokalverbot erteilte.«

»Hatte er keinen Job?«, wollte Daryl wissen.

»Mehr, als ich aufzählen könnte. Aber er schmiss sie allesamt nach kurzer Zeit hin oder wurde hinausgeworfen. Kurz bevor John umkam, erzählte er mir, er habe seinem Sohn ein Ultimatum gestellt. ›Entweder du reißt dich jetzt am Riemen und suchst dir einen Job, oder du fliegst zu Hause raus‹, soll er ihm gesagt haben.«

»Und, hat's was genutzt?«
»Einen Tag vor Johns Beerdigung verließ Tom Moonlight Bay. Seine Mutter erzählte, er hätte einen Job an der Ostküste angenommen und könne daher nicht bei der Trauerfeier dabei sein.«
Daryl fragte den Sergeant, um was für eine Arbeit es sich dabei gehandelt hatte und ob Tom Grammar in den vergangenen fünf Jahren jemals nach Moonlight Bay zurückgekehrt sei, beispielsweise um seine Mutter zu besuchen. Doch Walker schüttelte den Kopf.
»Hat jemand bemerkt, an welchem Tag der Junge nach Hause gekommen ist?«
»Fehlanzeige. Allerdings vermute ich, Tom war noch keine vierundzwanzig Stunden hier, als er starb. Sonst hätte ihn bestimmt jemand gesehen. Glaubt man Mrs. Grammar, so hat sie ebenfalls nicht gewusst, dass er zurückgekehrt war. Offenbar war er per Anhalter unterwegs, und jemand hat ihn bis zur Abzweigung nach Moonlight Bay mitgenommen. Von dort hat er wohl den Weg zum Leuchtturm eingeschlagen. Was er da wollte und woher er einen Schlüssel zum Turm hatte, ist mir allerdings ein Rätsel. Wegen des heftigen Regens ließen sich in der Umgebung später auch keine Spuren finden. Ich kann also auch nicht sagen, ob diese geheimnisvolle weiße Gestalt, die der Inspektor des Schifffahrtsamtes gesehen haben will, wirklich da gewesen ist.«
Daryl dachte an die Spuren, die er an diesem Morgen entdeckt hatte. »Steht im Untersuchungsbericht eigentlich, welche Schuhgröße Tom Grammar hatte?«
»Neununddreißigeinhalb«, erwiderte der Beamte, ohne nach-

zudenken. Er sah den Detective fragend an, doch dieser lächelte nur zufrieden.
»Wann begann es zu der Zeit eigentlich zu regnen?«, lautete Daryls nächste Frage.
Sergeant Walker überlegte einen Augenblick. »Zwei Tage bevor Toms Leiche gefunden wurde«, antwortete er dann bestimmt. »Richtig ungemütlich wurde es aber erst an dem Morgen, als der Mann vom Schifffahrtsamt zum Leuchtturm fuhr.«
»Was macht Sie eigentlich so sicher, dass die Grammars Opfer eines Verbrechens wurden?«
Der Sergeant begann unruhig auf seinem Stuhl herumzurutschen. Nach einigem Zögern meinte er: »Ehrlich gesagt, mein Gefühl.« Er wurde rot. »Sehen Sie, bereits vor John Grammars Tod geschahen hier einige merkwürdige Dinge.«
Der Detective war wie hypnotisiert. »Was für Dinge?«, fragte er gespannt.
»Da war zunächst Mrs. Markhams Unfall …«
Wie Daryl erfuhr, war Anna Markham die Frau von George. Eines Nachmittags – ihr Mann war zum Fischen auf See – fuhr sie wie üblich los, um ihre Tochter Grace vom Schulbus abzuholen. Plötzlich wurde sie von einer Tigerschlange gebissen, verlor die Kontrolle über den Wagen, der daraufhin gegen einen Baum prallte. Sie war auf der Stelle tot. Die Frage, wie die äußerst giftige Schlange in das Fahrzeug gelangt war, war stets ungeklärt geblieben.
»Doch das war nicht der einzige Schicksalsschlag, der George Markham getroffen hat«, fuhr Walker fort. »Um sich besser um seine Tochter kümmern zu können, verkaufte dieser sein Fischerboot und nahm einen Job bei der Forstverwaltung an.

Das ging recht gut, obwohl er den Tod seiner Frau nie richtig überwunden hat. Aber als dann ein Jahr später auch noch die elfjährige Grace spurlos verschwand, war das endgültig zu viel für ihn.«

Daryl war sichtlich bestürzt. Er erinnerte sich an seine erste Begegnung mit George und an den traurigen Ausdruck in dessen Augen. »Was ist Georges Tochter denn zugestoßen?«, fragte er.

»Wir wissen es nicht.« Auf Sergeant Walkers Stirn bildeten sich tiefe Falten. »Das Einzige, was wir von ihr finden konnten, war einer ihrer Schuhe. Er lag am Rand der Klippen – nahe dem Leuchtturm. Damals ging ich davon aus, dass sie sich zu nahe an die Felskante gewagt haben musste und ins Meer gestürzt war. Ihre Leiche haben wir allerdings nie gefunden.«

»Wie verarbeitete Markham Grace' Tod?«

»Er begann zu trinken. Deshalb verlor er seine Arbeit bei der Forstverwaltung. Die Raten für sein Privatboot, den Sport-Fisherman, konnte er auch nicht mehr bezahlen, worauf sich Mrs. Grammar bereit erklärte, das Boot zu übernehmen. Markham war voller Wut, hatte sich aber offensichtlich immerhin noch so weit unter Kontrolle, dass er sie nicht an anderen ausließ. Aber er brauchte irgendein Ventil, daher zündete er schließlich sein eigenes Haus an. Nun ja, hundertprozentig beweisen kann ich es nicht. Aber ich bin mir ziemlich sicher, dass er es war. Ich habe ihn trotzdem nicht festgenommen oder zur psychiatrischen Untersuchung in eine Klinik einweisen lassen. Ich war sicher, dass er keine Gefahr für die Allgemeinheit darstellte. Meine Frau meint, dass ich's hätte tun sollen. Ich bin anderer Meinung. Seit diesem Tag lebt er jedenfalls in einer alten, halb verfallenen Hütte im Wald.«

»Das ist wirklich eine schreckliche Geschichte«, meinte Daryl nachdenklich.

»Das ist noch nicht alles«, erwiderte der Polizeibeamte grimmig. »Fast genau zwölf Monate später verschwand auch noch Reverend Reeds Tochter Mary. Von ihr fanden wir nicht einmal eine einzige Spur, obwohl wir die Gegend mehrmals gründlich durchkämmt haben. Seither behaupteten einige Leute allen Ernstes, sie hätten den Geist des Mädchens gesehen. Jedenfalls, fast gleichzeitig mit Marys Verschwinden starb John Grammar. Und sein Sohn hatte es plötzlich so eilig, aus Moonlight Bay zu verschwinden, dass er nicht mal an der Beerdigung seines Vaters teilgenommen hat. Fünf Jahre bleibt er verschwunden, dann liegt er plötzlich mit zertrümmertem Schädel fast an derselben Stelle wie damals sein Vater. Alles Zufall?«

Daryl lächelte. »Möglich wäre es.«

Walker schüttelte entschieden den Kopf. »Ich kenne die Menschen in Moonlight Bay. Der zuständige Beamte aus Albany kann sagen, was er will. Er hat Unrecht.«

»Ich habe gehört, Sie hatten Ärger mit dem untersuchenden Beamten«, sagte Daryl, mehr als Feststellung denn als Frage.

»Und ob. Der Kerl fragte doch allen Ernstes, ob ich mich in Moonlight Bay langweile und deshalb so wilde Mordtheorien entwickle.«

»Und?«

»So ein Schwachsinn! Dieser Pullman mag wohl Detective Inspector sein, zu mehr als zum Verkehrspolizisten taugt er meiner Meinung nach aber nicht. Es hat nicht viel gefehlt, und ich hätte ihm eine runtergehauen.«

In diesem Augenblick wurde Sergeant Walker bewusst, dass er sich hatte gehen lassen, und er räusperte sich verlegen.

»Verzeihung, das hätte ich jetzt wohl nicht sagen sollen«, versuchte er sich zu rechtfertigen. »Ich weiß, auf der Polizeiakademie lernt man, dass man sich bei Ermittlungen in erster Linie an die Fakten halten sollte und dass es gefährlich ist, sich zu sehr von persönlichen Gefühlen und Vermutungen leiten zu lassen. Aber ich glaube, ein guter Polizist spürt instinktiv, ob etwas faul ist. Und dieser Fall stinkt wie ein fünf Tage alter Fisch in der Sonne.«

Daryls Augen funkelten vergnügt.

»Ich will Ihnen mal etwas sagen, Sergeant. Meiner Meinung nach ist das, was man in der Polizeiausbildung lernt, nichts als Theorie. Das eine oder andere kann man später vielleicht gebrauchen. Aber wer nur nach dem Handbuch Dienst macht, wie dieser Pullman, wird nie einen brauchbaren Polizeibeamten abgeben. Daher gebe ich Ihnen Recht. Was auch immer in Moonlight Bay geschehen ist, es ist ungewöhnlich, und wir werden herausbekommen, was es damit auf sich hat.« Der Detective schaute auf die Uhr. »Eine Frage noch, dann wird es höchste Zeit, dass ich gehe. Schließlich wollen wir nicht, dass Ihre Nachbarn glauben, wir hätten mehr als nur harmlos miteinander geplaudert. Was hat es Ihrer Meinung nach mit dieser geheimnisvollen, weiß gekleideten Frauengestalt auf sich?«

Als Daryl die Polizeiwache verließ, war er tief in Gedanken versunken. Eigentlich hatte er vorgehabt, im Pub einzukehren,

doch nun ging er an dem Gasthaus vorbei, ohne es zu bemerken.
Er dachte über das nach, was er gerade gehört hatte. Wie er das immer tat, wenn er einen neuen Fall anging, betrachtete er die einzelnen Informationen wie Puzzleteile. Jedes für sich gab noch keinen Hinweis, wie das Bild schlussendlich aussehen würde. Doch je mehr Teile man hatte und je länger man sie drehte, desto besser passten sie ineinander. Mrs. Grammar behauptete, nichts von der Rückkehr ihres Sohnes nach Moonlight Bay gewusst zu haben. Doch das war ziemlich unwahrscheinlich, falls die Fußspuren, die zu ihrem Haus führten, wirklich von Tom stammten, wie Daryl es vermutete. Da war dieser Sohn, der nach fünf Jahren heimlich nach Moonlight Bay zurückgekehrt war und der einen Schlüssel zum Leuchtturm besaß, den er eigentlich gar nicht haben durfte. Und da waren zwei spurlos verschwundene Mädchen, von denen eins angeblich als Gespenst herumspukte. Noch passte überhaupt nichts zusammen. Aber vermutlich hatte Sergeant Walker Recht. Beide Grammars waren beim Leuchtturm umgekommen. Das Einzige, was man von George Markhams Tochter Grace gefunden hatte, war ein Schuh – beim Leuchtturm. Und die geisterhafte Gestalt von Reverend Reeds verschwundener Tochter Mary war jedes Mal in der Nähe des Leuchtturms gesehen worden. Das konnte kein Zufall sein. Walker hatte gesagt, er glaube nicht an Gespenster. Entweder lebe Mary Reed noch, oder jemand habe sich einen makaberen Scherz erlaubt. Die Aussagen der Leute, die behaupteten, sie gesehen zu haben, waren Walkers Meinung nach ohnehin nicht viel wert.
Einer von ihnen war George Markham. Der andere ein alter

Mann namens Mel Holland. Bevor er auf einem Auge blind wurde, hatte Holland in Moonlight Bay eine Arztpraxis geführt. Und da war auch noch die Besatzung eines Fischerbootes, die die weiße Gestalt, allerdings nur aus großer Distanz, gesehen haben wollte. Was Averill Chase betraf, so hatte dieser unter Schock gestanden, als er glaubte, das Mädchen zu sehen. Mit George und dem Arzt darüber zu reden war vermutlich nicht sonderlich schwierig. Reverend Reed dagegen würde bestimmt ein harter Brocken werden. Doch er hatte ja Zeit. Zumindest sagte Daryl sich das. Sein Vorgesetzter, Chief Inspector Garratt aus Perth, hatte ihm zwar lediglich drei Wochen Zeit gegeben, um den Fall zu lösen, doch das kümmerte ihn im Moment herzlich wenig. »Keinen Tag länger, haben Sie mich verstanden, Simmons?«, hatte Garratt gebrüllt. »Glauben Sie bloß nicht, dass sie dieselbe Show wie bei ihrem letzten Fall in den Kimberleys abziehen können. Damals haben Sie meinen Befehl, umgehend nach Perth zurückzukehren, einfach ignoriert und weitergemacht. Sie hatten verdammtes Glück, dass Sie den Fall doch noch gelöst haben. Aber nochmals lass ich Ihnen so was bestimmt nicht durchgehen.« Daryl hätte ihm gleich sagen können, dass er das nicht versprechen konnte. Da der Chief Inspector aber ein notorischer Choleriker war, ließ er es lieber bleiben.
Daryl folgte der Straße den Hügel hinauf, bis er am Wegrand auf einen schmalen Waldweg stieß. Teilweise war er von Farnen, Sträuchern und kleinen Bäumen bereits wieder überwachsen. Allem Anschein nach wurde der Pfad aber immer noch benutzt, wenn auch nicht von Fahrzeugen. Daryl fand Fußabdrücke, Größe vierundvierzig, weshalb er ziemlich

sicher war, dass das der Weg zu Georges Hütte war. Kurz entschlossen folgte er ihm.
Schon nach wenigen Metern fühlte Daryl sich bedrohlich eingeengt. Durch das dichte Blätterdach fiel kaum noch ein Sonnenstrahl. Überall standen mächtige Karri-Bäume, dazwischen wuchsen Baumfarne, deren Stämme mit leuchtend grünen Moospolstern bewachsen waren.
Nach einer Viertelstunde wurde der Weg noch schmaler. Er führte jetzt nicht länger den Hügel hinauf, sondern parallel zur Bergflanke, ehe er schließlich in einer kleinen Senke endete.
Eine schiefe, fensterlose Hütte – kaum größer als zwölf Quadratmeter – stand neben einem verfallenen Unterstand, aus dem das verrostete Sägeblatt einer alten, dampfbetriebenen Kreissäge ragte. Neben der Hütte stand eine graue Regenwasserzisterne, ein Stück weiter eine mit Planen abgedeckte Feuerstelle. George Markhams Zuhause war das eines Einsiedlers.
Daryl klopfte an die Tür und rief Georges Namen. Als er keine Antwort erhielt, zog er an dem einfachen Riegel, mit dem die Tür verschlossen war. Das Licht fiel zunächst auf einen kleinen Holztisch und einen Stuhl. Als sich Daryls Augen an das schummrige Licht gewöhnt hatten, sah er an der linken Wand ein selbst gezimmertes Gestell, das mit Konservendosen, Geschirr und anderen Haushaltgegenständen gefüllt war. An der gegenüberliegenden Wand befand sich ein schmales Feldbett. Daneben stand eine alte, angesengte Truhe, auf der sich eine Kerosinlampe und ein Fotorahmen befanden. Daryl zögerte einen Moment, dann trat er ein und ging zu der Truhe, um sich das Bild näher anzusehen.

Die Aufnahme zeigte ein hübsches blondes Mädchen an Bord eines Fischerbootes, das mit beiden Händen und stolzem Blick einen fast einen Meter langen, leuchtend blauen Queen Snapper in die Höhe stemmte. Daneben, mit verlegenem Lachen, stand eine Frau. Auch sie hielt einen Fisch in die Höhe, doch war dieser kaum größer als zwanzig Zentimeter. Dies waren offensichtlich Georges Frau sowie seine Tochter, und die Fotografie stammte aus einer Zeit, in der das Glück der Markhams noch ungetrübt war.

»Was tun Sie da?«, riss eine Stimme Daryl aus seinen Gedanken. Daryl drehte sich langsam um. Im Eingang stand George Markham. Seine linke Faust öffnete und schloss sich immer wieder, während seine rechte ein dickes Holzscheit umklammerte.

»Tut mir Leid«, entschuldigte sich Daryl. Er wandte sich langsam um und stellte den Bilderrahmen vorsichtig zurück auf die Truhe. Dann sah er dem ehemaligen Fischer wieder in die Augen. »Sie müssen mich für einen ziemlich unhöflichen Menschen halten.«

»Verdammt neugierig trifft es wohl eher. Noch mal: Was tun Sie hier?«

Daryl erklärte, dass er aus reiner Neugierde dem alten Pfad gefolgt sei. Und als er das ehemalige Holzfällercamp fand, hätte er sich eben ein wenig umgesehen.

»Sie gehen jetzt besser«, meinte Markham wenig freundlich. Er lehnte die Holzlatte gegen die Wand und drängte sich an Daryl vorbei.

»Nochmals, es tut mir Leid. Ich wollte wirklich nicht in Ihre Privatsphäre eindringen.«

»Sind Sie aber!«, rief George wütend. »Ich weiß schon, die

Leute in Moonlight Bay halten mich für einen Spinner. Sie sagen, der alte Markham ist durchgeknallt und lebt wie ein wildes Tier im Wald.«

»Was andere denken, interessiert mich nicht. Ich verlasse mich lediglich auf mein eigenes Gefühl und auf das, was ich mit meinen Augen sehe.«

»Ach, und was ist das?«

Daryl blickte in sein trauriges Gesicht. Sanft sagte er: »Einen verzweifelten Menschen, dessen tiefe Trauer sein Leben bestimmt und der am liebsten aufgeben würde, den aber irgendetwas zurückhält.«

George wandte sich langsam ab und ließ sich auf das Bett sinken. Er starrte auf die Fotografie seiner Familie, dann schloss er die Augen.

Daryl trat aus der Hütte. Bevor er ging, wandte er sich aber nochmals um.

»Wie gesagt, es tut mir Leid. Ich würde es ehrlich sehr bedauern, wenn ich Sie dauerhaft verärgert habe. Es wäre jedenfalls schön, wenn es bei unserer Verabredung auf ein Glas Bier im Pub bleiben würde.«

4

Daryl liebte schwere Rotweine und schottischen Highland-Malt-Whisky, aus Bier machte er sich eher wenig. Trotzdem servierte ihm Mullay gerade sein viertes Glas. Gedankenversunken blickte Daryl hinein und beobachtete, wie sich die Schaumkrone allmählich auflöste und der goldfarbene Gerstensaft sichtbar wurde. Er warf einen Blick auf die Uhr an der Wand. Es war kurz nach einundzwanzig Uhr. George war bisher nicht zu ihrer Verabredung erschienen, und langsam glaubte Daryl auch nicht mehr, dass er noch kommen würde. Daryl machte sich Vorwürfe, weil er unvorsichtig gewesen war und bei der Durchsuchung von Georges Camp nicht besser aufgepasst hatte.

Der ehemalige Fischer lebte am Rande der Gesellschaft von Moonlight Bay, doch er sah und hörte bestimmt so manches. Daryl konnte sich gut vorstellen, dass George die eine oder andere Beobachtung gemacht hatte, die ihm weiterhelfen konnte. Aber er hatte den Mann enttäuscht und musste sich nun etwas einfallen lassen, um sein Vertrauen wiederzuerlangen.

»Sie wirken nachdenklich«, riss ihn der Wirt aus seinen Gedanken.

Daryl überspielte seine Grübeleien, indem er erst mal, ohne abzusetzen, das halbe Glas Bier hinunterkippte. »Das scheint nur so. Ich überlege mir gerade, wo ich morgen am besten meine Angel auswerfe.«

Phil Mullay hätte dem Saloon eines alten Westernfilms entsprungen sein können; er wirkte immer etwas ungepflegt, hatte stets eine weiße Schürze um den Bauch gebunden und polierte ein Bierglas nach dem andern.
»Haben Sie denn schon eine Stelle ins Auge gefasst?«, fragte er neugierig.
»Mehrere.«
»Dann lassen Sie mal hören.«
»Da wäre der alte Landungssteg. Wie mir die Besatzung eines Fischtrawlers sagte, tummeln sich da bei Flut eine Menge Wrassen und manchmal auch kapitale Blue Groper. Die Klippen am östlichen Ende der Bucht scheinen mir aber auch ein idealer Ort, um es zu versuchen. Ich hab gesehen, dass sich da zu den Gezeitenwechseln Strudel und eine starke Strömung bilden. Das könnte ein idealer Ort zum Fischen sein. Was meinen Sie?«
Erst schürzte Mullay die Lippen, dann wiegte er ein paar Mal den Kopf hin und her. »Ich würde Ihnen den Schiffssteg empfehlen«, sagte er wichtigtuerisch. »Da haben Sie bestimmt mehr Erfolg.«
»Glauben Sie ihm kein Wort. Mullay versteht vom Angeln etwa so viel wie vom Kühemelken«, drang George Markhams Stimme durch den Raum. »Sie haben ganz richtig kombiniert, die östliche Klippe ist ideal.«
Daryl war erleichtert. Vielleicht hatte ihn George nach dem Vorfall in seiner Hütte nur ein wenig schwitzen lassen wollen. Oder er hatte der Aussicht auf ein paar spendierte Biere am Ende doch nicht widerstehen können.
»Ich dachte schon, Sie versetzen mich«, wandte Daryl sich an den Einsiedler.

»Hab's mir überlegt«, gab dieser brummelnd zur Antwort. »Aber dann sagte ich mir, so billig lässt du den Jungen nicht davonkommen.«

George gab Mullay zu verstehen, dass er auf ein Bier wartete, worauf dieser Daryl einen prüfenden Blick zuwarf.

»Nun mach schon, es ist spät. Heute bin ich Mr. Simmons' Gast, also fang endlich an, den Zapfhahn zu kitzeln, sonst komm ich rüber und mach's selber.«

Daryl war klar, dass er die Informationen, die er an diesem Abend sammeln wollte, vermutlich mit einem ordentlichen Kater bezahlen würde. Aber Alkohol löst nun einmal die Zunge.

Schon nach kurzer Zeit gelang es ihm, das Gespräch auf den Leuchtturm zu lenken, und sowohl George als auch Mullay erzählten, was sich dort in den vergangenen Jahren zugetragen hatte.

»Ja, so war's. Erst der alte Grammar, dann der Junge. Und beide durch einen Unfall an der gleiche Stelle«, fasste der Wirt zusammen. »Da fragt man sich doch wirklich, ob Gott einen ausgeprägten Hang zur Ironie hat.«

»So ein Blech«, rief Markham und schob Mullay zum sechsten Mal sein leeres Glas über den Tresen. »Die beiden wurden umgebracht, das ist passiert.«

»Nicht schon wieder die alte Leier«, stöhnte der Wirt und verdrehte die Augen. »Wenn du weißt, wer's war, dann spuck's endlich aus.«

»Das kann ich nicht – noch nicht. Erst brauche ich mehr Beweise.«

»Das sagst du nun schon seit Wochen. Weißt du, was ich glaube? Du willst dich nur aufspielen. Die Polizei hat beide

Fälle untersucht und ist zum Schluss gekommen, dass es Unfälle waren.«
»Glaub, was du willst. Ich weiß, was ich weiß.«
»Wie wär's mit einem kleinen Hinweis«, schlug Daryl vor.
»Sie wollen einen Tipp?« George setzte das frische Glas Bier an die Lippen. Nachdem er es in einem Zug leer getrunken hatte, wischte er sich mit dem Handrücken über die Lippen. »Na schön. Fragen Sie mal den schleimigen Reverend Reed, was mit seiner Tochter ist.«
»Was meinen Sie damit?«, stellte sich Daryl unwissend.
»Fragen Sie ihn, ob er nicht vielleicht weiß, wo sie ist. Und fragen Sie ihn auch gleich, mit wem Mary an dem Tag, an dem der alte John Grammar starb, zusammen war.«
»Nun mach mal halblang«, meinte der Wirt. »Wenn Mary sich irgendwo verstecken würde, dann hätte man sie längst gefunden. Oder glaubst du etwa, sie lebt im Wald, wie du, verkriecht sich tagsüber in Höhlen oder unter umgestürzten Bäumen?« Er wandte sich Daryl zu und fuhr fort: »Wenn Sie mich fragen, ist das Mädchen von zu Hause abgehauen. Bei dem Vater würde mich das jedenfalls nicht wundern.«
»Und was ist mit den Leuten, die Mary gesehen haben?«, protestierte George.
Mullay zuckte gleichgültig mit den Schultern. »Was soll mit ihnen sein? Mary kann sich unmöglich seit fünf Jahren hier irgendwo verstecken. Und Geister gibt es auch keine. Folglich sind die, die sie beobachtet haben wollen, Lügner oder Wichtigtuer.«
»Ich habe Mary gesehen!«, rief George wütend. »Sie war's, daran gibt es keinen Zweifel!«

»Vielleicht glaubst du aber auch nur, wenn Mary noch lebt, lebt auch deine Tochter.«
Die Hand des ehemaligen Fischers schoss mit solcher Geschwindigkeit über den Tresen, dass Mullay gar nicht mitbekam, was eigentlich geschah. Plötzlich lag er halb auf dem Schanktisch, sein Gesicht nur Zentimeter von Markhams entfernt. Dieser umklammerte den Hals des Wirts so fest, dass aus dessen Kehle lediglich ein schwaches Röcheln drang.
»Pass jetzt gut auf, Phil Mullay. Ich bin weder ein Lügner noch geisteskrank. Und ich klammere mich auch nicht an sinnlose Hoffnungen. Wäre Grace noch am Leben, dann würde ich das spüren. Ich will nur eins: herausfinden, was ihr zugestoßen ist. Und das werde ich, egal was Kerle wie du denken.« Er warf einen Blick über die Schulter zu den anderen Gästen. »Und sollte mir jemand in die Quere kommen, dann breche ich ihm das Genick.«
Als George den Wirt losließ, rutschte dieser wie ein nasser Sack hinter den Tresen.
Mullay kam nur langsam wieder auf die Beine. »Okay, du Arschloch, das war's!«, rief er keuchend hinter der Theke hervor. Er schnappte sich eine Flasche aus einem Regal und fuchtelte damit in der Luft herum. »Du hast Lokalverbot, hast du kapiert? Du bist nicht dicht, man sollte dich in eine Anstalt stecken und den Schlüssel wegwerfen! Wenn du hier je wieder einen Fuß reinsetzt, verpasse ich dir eine Ladung Schrot, du Scheißkerl!«
George war bereits bei der Tür. Ohne sich nochmals umzudrehen, trat er nach draußen.
Daryl hätte den Wirt am liebsten gepackt und da weitergemacht, wo George Markham aufgehört hatte. Aber dann

hätte er sich auch gleich aus Moonlight Bay verabschieden können.

»Nun beruhigen Sie sich erst mal«, versuchte er den Mann hinter dem Schanktisch zu besänftigen. »George hat's bestimmt nicht so gemeint. Er hatte wohl einfach ein paar Bierchen zu viel.«

Mullay stellte die Flasche auf den Tresen und schenkte sich mit zittrigen Händen einen Whisky ein.

»Scheiß drauf, der Kerl kommt mir hier jedenfalls nicht mehr rein.«

»Was ist mit diesem Reverend Reed?«, versuchte Daryl Mullay abzulenken. »Sie scheinen ihn ja auch nicht besonders zu mögen.«

Der Wirt wendete langsam seinen Blick von der Tür ab und sah wieder Daryl an.

»Wenn Sie mich fragen, ist der Kerl ein aufgeblasener Wichtigtuer. Will nicht nur die Leute bekehren, tut auch so, als ob die Zehn Gebote auf seinem Mist gewachsen wären. Hat doch tatsächlich bei der letzten Gemeindeversammlung den Antrag gestellt, meinen Laden dichtzumachen.«

»Mit welcher Begründung?«, fragte Daryl interessiert.

»Er behauptete, ich würde heimlich Alkohol an Jugendliche verkaufen. Außerdem seien alkoholische Getränke eine Sünde, und mit meinem Pub würde ich die Menschen tagtäglich in Versuchung führen.«

»Der Reverend scheint ziemlich radikale Ansichten zu haben.«

»Der Typ hat 'ne Meise, das ist es. Nicht genug, dass er mir mit seiner sonntäglichen Predigt das Geschäft versaut. Nein, er hat auch das Gefühl, er müsse allen Leuten sagen, wie sie

zu leben haben. Der Kerl ist die Scheinheiligkeit in Person, dabei hat nicht mal seine eigene Tochter auf ihn gehört.«
»Sie meinen Mary?«, hakte Daryl nach und nützte Mullays aufgewühlten Gemütszustand weiter aus.
»Genau. Mary war erst fünfzehn Jahre alt, als sie verschwand. Aber sie hatte es schon faustdick hinter den Ohren, wenn Sie wissen, was ich meine.«
»Nein, was meinen Sie?«
Mullay zapfte ein frisches Bier und stellte es vor Daryl auf den Tresen. »Geht aufs Haus«, sagte er gönnerhaft. Dann lehnte er sich näher zu Daryl hinüber und sagte so leise, dass ihn keiner der anderen Gäste hören konnte: »Sie trieb sich die meiste Zeit mit Tom Grammar rum, und das, obwohl Tom fünf Jahre älter war und ihr ihr Vater sonst nicht mal erlaubte, sich mit gleichaltrigen Jungs zu treffen. Die beiden hatten nur Unfug im Kopf. Einmal habe ich sie erwischt, als sie gerade aus meinem Keller kamen. Sie waren eingebrochen, um Schnaps zu stehlen. Zwölf Flaschen! Die beiden sind mir zwar entwischt, aber ich hab sie bei Walker angezeigt. Das gab mächtig Ärger.« Mullays Mund verzog sich zu einem schmierigen Grinsen. »Ich glaube, der Reverend hat seiner Tochter eine ordentliche Abreibung verpasst, jedenfalls fehlte sie danach eine Woche in der Schule. Natürlich hat er ihr auch den Umgang mit dem jungen Grammar verboten. Mary kümmerte das aber wenig. Wenn Sie mich fragen, war das Mädchen Tom hörig, und der hat das in jeder erdenklichen Weise ausgenutzt. Und als Tom dann aus Moonlight Bay verschwand, ist sie mit ihm abgehauen.«
»Das klingt einleuchtend. Mary wäre demnach heute zwanzig Jahre alt, richtig? Sie hätte sich bestimmt sehr verändert.«

»Meine Rede. Dieses Leuchtturmgespenst soll Mary sein? Wer weiß schon, wie das Mädchen heute aussieht. Das Ganze ist entweder der Streich einiger Kinder oder das Hirngespinst von Verrückten.«

Daryl hatte noch eine andere Theorie. Doch die behielt er lieber für sich. Als er den Pub verließ, machte er sich zu Fuß auf den Nachhauseweg. Die frische Luft tat ihm gut und half, den Alkoholnebel etwas aus seinem Kopf zu vertreiben.

5

Der Sonntag zeigte sich von seiner trüben Seite.
Die Bucht lag hinter einem dichten Vorhang aus Nieselregen, während das Grau des ruhigen Meeres mit dem des düsteren Himmels verschmolz.
Daryl war trotz eines leichten Brummschädels früh auf den Beinen. Als er in die Gästeküche trat, war Mrs. Grammar gerade dabei, Frühstück zu machen.
»Guten Morgen«, sagte er freundlich.
»Halb acht und Sie sind schon auf den Beinen?« Sie musterte ihn neugierig. »Wollen Sie vielleicht doch zum Gottesdienst?«
Daryl setzte sich an den Tisch und schenkte sich eine Tasse Tee ein.
»Sie werden es nicht glauben, ich hab gestern ernsthaft darüber nachgedacht.«
»So?« Sie sah ihn prüfend an. »Sehr religiös sehen Sie mir aber nicht aus.«
»Bin ich auch nicht. Aber da ich seit meiner Kindheit in keinem Gottesdienst mehr war, dachte ich, es könnte vielleicht ganz interessant sein. Zumal Reverend Reed ein sehr eigenwilliger Mensch sein soll.«
»Wieso haben Sie sich dann entschieden, es doch bleiben zu lassen?«
Daryl setzte ein schuldbewusstes Lächeln auf. »Ich hatte

gestern Abend ein paar Biere zu viel, und da bekommt mir frische Luft wohl besser. Außerdem will ich endlich mal meine Angel auswerfen.«

»Dann wünsche ich Ihnen viel Glück.«

»Danke, ich kann's brauchen«, meinte Daryl mit einem schiefen Lächeln. »Sonst bleibt mir nichts anderes übrig, als bei Mr. Mullay im Pub zu Abend zu essen.«

»Das müssen Sie sich nun wirklich nicht antun. Für alle Fälle hat's immer ein paar Steaks im Kühlschrank, also bedienen Sie sich. Als Gegenleistung erwarte ich allerdings, dass Sie mir gelegentlich ein paar Fische mitbringen.«

Bis zum Einsetzen der Flut dauerte es noch fast drei Stunden. Diese Zeit wollte Daryl nutzen, um sich beim Leuchtturm umzusehen. Die meisten Leute aus Moonlight Bay würden beim Gottesdienst sein, und die Zuhausegebliebenen kamen bei dem Wetter wohl kaum auf die Idee, einen Spaziergang zum Leuchtturm zu unternehmen. Er brauchte sich also keine Sorgen zu machen, dass ihn jemand sah, selbst wenn er auf die Plattform des Turms stieg. Gegen dreizehn Uhr, wenn die Flut ihren Höchststand erreichte, wollte er bei den östlichen Klippen sein, um noch etwas zu fischen.

Diesmal nahm Daryl nicht die Abkürzung, sondern machte den Umweg über Moonlight Bay. Der Nieselregen hatte etwas nachgelassen, dafür wehte nun ein eisiger Wind von Süden her über die Küste. Vom Dorf aus folgte Daryl dem engen Pfad um die Bucht herum, bis er zum ersten Mal einen Blick auf die Silhouette des Leuchtturms werfen konnte. Zum schmalen Kap hin verengte sich der Weg. Um die Umgebung genau betrachten zu können, blieb er immer wieder stehen. Als er das schmale Leuchtturmkap erreichte, stellte er fest, dass der Weg hier zwischen niedrigen Karri-Bäumen, einigen Büschen und drei großen Felsen hindurchführte.

Dies war die Stelle, an der der Ingenieur des Schifffahrtsamtes die weiße Frauengestalt gesehen hatte. Wie Daryl feststellte, war es gleichzeitig auch die einzige Stelle zwischen dem Leuchtturm und dem Ende der Bucht von Moonlight Bay, wo sich jemand verstecken konnte. Im Polizeibericht hatte Daryl gelesen, dass Averill Chase, nachdem er sich vom ersten Schrecken erholt hatte, zu der Stelle ging, wo die Gestalt hinter einem Felsen verschwunden war. Er suchte hinter Bäumen und Felsen nach ihr, doch die unheimliche Gestalt war wie vom Erdboden verschluckt. Wäre sie weiter dem Pfad Richtung Moonlight Bay gefolgt oder quer über die Felsen zum nahen Wald gegangen, hätte er sie sehen müssen. Blieb einzig die Möglichkeit, dass sie über die Klippen in die aufgewühlte See gestürzt war. Der Ingenieur war bis zum Klippenrand gekrochen. Doch eine schmale Felskante, die zwei Meter unter ihm hervorragte, blockierte die Sicht nach unten. Als Chase klar wurde, dass er nichts mehr tun konnte, war er zurück zu seinem Wagen gerannt, um Hilfe zu holen.

Daryl untersuchte sowohl die drei Felsen als auch die Umgebung der verkrüppelten Karri-Bäume nach Spuren oder einem getarnten Versteck, fand aber nichts. Als er einen Blick über die Felskante warf, sah er die von Chase beschriebene Klippe. Auf ihr saßen dicht gedrängt ein paar Möwen, die kreischend davonflogen, als sie ihn bemerkten.

Es war von hier aus tatsächlich nicht möglich, ungehindert nach unten zu sehen. Wenn also jemand über den Klippenrand stürzte und nicht zufällig das Glück hatte, auf der vorstehenden Felskante zu landen, dann musste er ins Meer fallen, wo ihn die meterhohen Wellen gegen die senkrechten Felsen schmettern und er ertrinken würde, ohne dass man ihn von oben sah. Und tatsächlich hatte seit dem Tag, an dem der Inspektor des Schifffahrtsamtes Tom Grammars Leiche fand, niemand mehr Mary Reeds Geist gesehen.

Daryl sah sich den Leuchtturm zunächst von außen an. Die dicken Gläser der drei kleinen Fenster waren durch die salzige Luft mit einem milchig weißen Film überzogen. Sie waren fest verschlossen. Das Türschloss, welches Sergeant Walker aufgebrochen hatte, war inzwischen durch ein neues ersetzt worden. Den Schlüssel dazu hatte sich Daryl vom Sergeanten geben lassen.

Rund um den Turm entdeckte er nichts, was seine Neugierde geweckt hätte. Er vergewisserte sich, dass niemand in der Nähe war, schloss die Tür auf und betrat den Leuchtturm.

Die Luft roch muffig und feucht. Neben dem Eingang waren ein halbes Dutzend Kleiderhaken angebracht, daneben stand ein alter Stuhl. Unter der Treppe befand sich ein halbrunder Wandschrank, in dem Daryl verstaubte Ersatzteile und leere Kisten fand. Als er die durchbrochenen Metallstufen der Wendeltreppe hinaufstieg, hinterließen seine Schritte ein Geräusch, das wie das Klopfen kleiner Hämmer klang. Das gedämpfte Licht, welches von oben herabfiel, reichte gerade aus, um die Umrisse der Stufen und des matt schimmernden Geländers zu erkennen. Daryl ärgerte sich, weil er nicht daran gedacht hatte, eine Taschenlampe mitzunehmen. Natürlich konnte er davon ausgehen, dass die Polizei die Treppenstufen routinemäßig nach Spuren untersucht hatte. Allerdings hätte er das gerne selbst noch einmal gemacht. Nach fünfzehn Stufen erreichte er das erste schmale Fenster. Es war nicht einmal zwanzig Zentimeter breit und höchstens fünfunddreißig Zentimeter hoch. Daryl war enttäuscht. Sergeant Walker hatte in seinem ersten Protokoll vermerkt, dass das unterste Fenster nur angelehnt und nicht verschlossen gewesen war, als er zum Leuchtturm kam. Das hatte bei Daryl natürlich sofort den Verdacht geweckt, jemand könnte den Turm von innen verschlossen haben und durch das Fenster entkommen sein. Aber das war unmöglich.

Nach weiteren fünfzehn Stufen erreichte Daryl das zweite Fenster und gleichzeitig den ersten, halbrunden Treppenabsatz. Er versuchte, einen Blick nach draußen zu werfen, doch das Glas war so salzverkrustet, dass man nichts erkennen konnte. Weitere dreißig Stufen später stand Daryl auf dem zweiten Zwischenboden. Nun fiel von oben genug Licht ein, um alle Details auf den letzten zwanzig Stufen erkennen zu können.

Schließlich erreichte er die Kuppel des Steinturms, die das Leuchtfeuer umschloss. Um die Leuchtanlage zog sich ein stählerner Laufgang. Selbst ohne Sonnenschein verwandelte das durch die Außenfenster einfallende Licht ihre muschelförmig angeordneten Glasprismen in einen riesigen, glänzenden Kristall. Daryl sah sich kurz um, dann öffnete er die Tür, von der er mittels dreier Stufen auf den schmalen Balkon gelangte.

Der eisige Wind pfiff ihm um die Ohren, und der Regen fühlte sich auf seiner Haut an, als würde er mit feinen Nadeln gepikt. Dennoch nahm er sich die Zeit, die Plattform zu umrunden und alles genau zu untersuchen. Beim alten Flaschenzug blieb Daryl stehen. Interessiert studierte er die Stelle, wo

sich laut Protokoll der Stofffetzen zwischen Geländer und Zugvorrichtung verklemmt hatte. Wie sich bei der Untersuchung von Tom Grammars Leiche herausgestellt hatte, stammte das Material von seinem linken Jackenärmel.
Daryl nickte ernst. So wie der Flaschenzug befestigt war, konnte sich der junge Grammar beim Sturz vom Leuchtturm den linken Ärmel nur eingeklemmt haben, wenn er mit dem Rücken zum Geländer dicht an der Winde gestanden hatte. Gesprungen war er demnach mit Bestimmtheit nicht. War er vielleicht von einer heftigen Windböe erfasst und über die Brüstung gehoben worden? Möglich, aber ziemlich unwahrscheinlich. Viel wichtiger schien allerdings die Frage, was Tom Grammar bei dem Sturm überhaupt veranlasst haben mochte, auf die Plattform zu steigen.
Daryl wollte gerade wieder hineingehen, als er unten vor dem Leuchtturmeingang eine Bewegung registrierte. Vorsichtig lehnte er sich ein Stück weit über das Geländer, stellte dann aber fest, dass eine schmale Kante unterhalb des Balkons verhinderte, dass er den Eingang sehen konnte. Dennoch war er sicher, sich nicht getäuscht zu haben.

Daryl hatte die schwere Eingangstür zum Turm nicht von innen verschlossen. Wenn ihn jemand hatte hineingehen sehen, schoss es ihm durch den Kopf, konnte er womöglich versucht sein nachzusehen, wer sich da oben herumtrieb. Wie sollte er erklären, was er hier tat und woher er einen Schlüssel zum Leuchtturm hatte? Daryl erinnerte sich, dass zwischen dem zweiten und dritten Treppenabsatz eine Schranknische in der Wand eingelassen war. Wenn er Glück hatte, konnte er sich dort verstecken.

Er versuchte, ganz leise zu sein. Trotzdem verursachten seine Schuhe ein metallisches Klappern auf den Stufen. Als Daryl stehen blieb, um in aller Eile die Schuhe auszuziehen, fiel plötzlich die schwere, eiserne Eingangstür ins Schloss. Daryl zuckte zusammen. Er war nicht sicher, ob jemand den Leuchtturm betreten oder schon wieder verlassen hatte. Vorsichtshalber blieb er bewegungslos stehen und lauschte. Es war nichts zu hören.

Schließlich schlich Daryl in Socken bis zum zweiten Absatz hinab. Wieder hielt er inne, und wieder blieb er absolut ruhig stehen und lauschte. Nichts. Jetzt war er ziemlich sicher, dass jemand den Turm betreten, ihn gehört hatte und dann in aller Eile wieder nach draußen verschwunden war.

Daryl versuchte, das oberste der drei schmalen Fenster einen Spaltbreit zu öffnen. Der Riegel war vom Rost angefressen und ließ sich nicht bewegen. Also presste er sein Gesicht an die salzverkrustete Scheibe.

Durch das milchige Glas sah er die Frauengestalt so unwirklich und verzerrt wie einen Geist. Sie bewegte sich in Richtung der drei Felsen, während ihre Füße über den Boden zu schweben schienen.

6

Daryl schlüpfte rasch in seine Schuhe und rannte die Stufen hinunter. Dabei stolperte er über die offenen Schnürsenkel, konnte sich aber noch im letzten Moment am Geländer festhalten. Fluchend band er sie zu und hetzte, zwei Stufen auf einmal nehmend, weiter Richtung Ausgang. Unten angekommen, riss er die Tür auf und sah zum Pfad hinüber.

Die Gestalt war verschwunden. Plötzlich war Daryl nicht mehr sicher, ob er wirklich eine menschliche Gestalt gesehen hatte. War es ein Albatros gewesen, der zu einem Flug Richtung Moonlight Bay abhob? Die Fenster im Turm waren nicht nur schmutzig, die Salzkristalle, die sich auf ihnen abgelagert hatten, verzerrten auch das Bild, das man durch sie hindurch wahrnahm.

»Quatsch«, murmelte Daryl, »seit wann öffnen Albatrosse schwere Eisentüren?«

Während er zu den drei Klippen eilte, sah er immer wieder auf den Boden. Er suchte Spuren, doch auf dem steinigen Untergrund war das unmöglich.

Im Laufschritt bog Daryl um den ersten Felsen. Ein heftiger Schlag gegen seinen Kopf brachte ihn aus dem Gleichgewicht. Er taumelte rückwärts, stieß mit dem Rücken unsanft gegen den Stamm eines Baumes und sackte zu Boden. Für einen Moment saß er benommen da, dann befühlte er seinen Kopf. Dem Blut nach zu urteilen, hatte er eine Platzwunde an der Stirn. Aus den Augenwinkeln suchte er die Umgebung ab, um festzustellen, wer ihm den Schlag verpasst hatte. Doch da war niemand.

Daryl war wütend auf sich selbst, weil er ohne jede Vorsicht hinter der fremden Gestalt hergerannt war. Als er glaubte, sich so weit erholt zu haben, dass er mit einem erneuten Angriff würde fertig werden können, stand er auf und bog vorsichtig um den Felsen vor ihm.

Vor ihm auf dem Boden lag ein Mensch, mit dem Gesicht zum Boden. Die Person war zwar kein Geist, dennoch war Daryl überrascht. Er kniete sich neben den schlaffen Körper und drehte ihn auf den Rücken. Es war ein älterer Mann. Er hatte eine große Beule auf der Stirn, blutete aber nicht. Daryl zog seine Jacke aus und schob sie dem bewusstlosen Fremden unter den Kopf. Dann nahm er dessen Handgelenk und maß den Puls. Er war kräftig, was ihn ein wenig beruhigte.

Während Daryl darauf wartete, dass der Mann zu sich kam, musterte er ihn. Er trug einen langen braunen Regenmantel und solides Schuhwerk. Neben ihm lagen eine Angelrute und eine Umhängetasche, aus der die Schwanzflosse eines Fisches herausschaute.

Der Unbekannte begann zu blinzeln. Er drehte ein paar Mal suchend den Kopf hin und her, aber erst als er ihn ganz zur Seite legte, gelang es ihm, Daryl zu erkennen. Der Mann war auf einem Auge blind.

»Was … was ist passiert? Wer sind Sie?«, fragte er verwirrt.

»Mein Name ist Daryl Simmons. Und ich fürchte, wir sind mit den Köpfen zusammengestoßen.«

»Es ging alles so schnell, ich habe nichts mitgekriegt.«

»Da sind Sie nicht der Einzige«, gestand der Detective und half dem Mann, sich aufzurichten. »Wie fühlen Sie sich?«

»Etwas, nun ja, angeschlagen. Und Sie?«

»Mein Schädel brummt wie nach einer durchzechten Nacht.«

»Sie haben die Kneipenschlägerei vergessen.«

»Welche Schlägerei?«

»Ihre Platzwunde«, meinte der ältere Mann und begann zu lachen.

»Oh, das!« Daryl befühlte die Wunde. Sie blutete noch immer.

»Wir sollten Sie verarzten.« Der alte Mann setzte sich auf, öffnete seinen Mantel und kramte ein großes Taschentuch heraus. »Keine Angst, es ist sauber. Halten Sie es sich an die Stirn. Mal sehen, was wir sonst noch haben.« Er griff nach seiner Tasche und öffnete sie. »Übrigens, ich heiße Holland.«

»Dr. Holland?«, fragte Daryl.

»Den Doktor können Sie weglassen. Ich praktiziere nicht mehr.«

Daryl sah zu, wie der Arzt den Fisch aus der Tasche zog.

»Sie brauchen nicht so skeptisch zu gucken. Ich leg Ihnen das Ding schon nicht auf die Stirn. Erstens nützt das noch weniger als ein Steak auf einem blauen Auge, und zweitens ist dieser Prachtbursche mein Abendessen.«

»Dann bin ich ja beruhigt.«

»Wer sagt's denn«, rief Dr. Holland zufrieden und zog ein Halstuch aus einer der Innentaschen. »Damit lässt sich ja schon mal was anfangen.« Er wickelte das Tuch wie einen Verband um Daryls Kopf.

»Nur so aus Neugier: Rennen Sie eigentlich öfters bei Wind und Wetter alte Leute über den Haufen?«

Daryl machte ein entschuldigendes Gesicht. »Ein Hobby ist es jedenfalls nicht.«
»Das freut mich. Sonst hätte ich mir ernsthaft überlegen müssen, ob ich weiter zum Angeln gehe, solange Sie in Moonlight Bay sind. Was machen Sie eigentlich hier draußen, und warum rennen Sie wie von der Tarantel gestochen herum?«
Daryl wollte erst sagen, dass er ebenfalls zum Fischen hierher gekommen war. Dann erinnerte er sich, dass er sein Angelzeug im Leuchtturm zurückgelassen hatte.
»Ein Spaziergang bei dem Wetter?«, erwiderte der Arzt auf Daryls Ausrede. »Es scheint tatsächlich zu stimmen, was man über Sie hört. Und was sollte die Sprinteinlage?«
Daryl half Dr. Holland auf die Beine und antwortete: »Wenn ich Ihnen das erzähle, werden Sie mich vermutlich für verrückt halten.«

Dr. Holland hatte Daryl angeboten, ihn in seinem Haus zu verarzten. Da der ehemalige Arzt nicht weit vom Leuchtturm entfernt wohnte, war dieser einverstanden. Sie folgten dem holprigen Weg, der den Leuchtturm mit der Hauptstraße verband.
Holland lauschte aufmerksam Daryls Beschreibung der weiß gekleideten Frau. Dabei nickte er ein paar Mal zustimmend, unterließ es aber, sich dazu zu äußern.
Daryl verschwieg, dass er im Leuchtturm gewesen war. Stattdessen erzählte er, er habe an der Spitze der Klippe beim Turm gestanden, als er Marys Geist sah.
»Sie hat Sie also bemerkt und ist dann davongerannt«, fasste der Arzt zusammen. »Wie genau konnten Sie ihr Gesicht sehen?«

»Eigentlich gar nicht«, gestand Daryl. »Der Regen und die aufsteigenden Gischtschleier machten es unmöglich, sie genau zu erkennen.« Er schwieg einen Augenblick. »Was ich nicht verstehe: Wie konnte sie spurlos verschwinden? Und Sie hätten sie doch auch sehen müssen?«

»Vielleicht hat sie sich hinter einem der Büsche versteckt«, argumentierte der Arzt. »Schließlich mussten Sie erst den Leuchtturm umrunden. Sie wartete, bis Sie an ihr vorbei waren, dann rannte sie hierher in den Wald.«

Daryl musste zugeben, dass das möglich war. Wenn er wirklich am Ende des Kaps gestanden und um den Turm herum gegangen wäre, hätte er Mary Reed allerdings höchstens für zehn Sekunden aus den Augen verloren. In dieser Zeit wäre es ihr kaum gelungen, sich zu verstecken. Doch da er sich in Wirklichkeit im Leuchtturm befunden hatte, waren gut und gerne zwanzig Sekunden vergangen, ehe er nach draußen trat.

»Wenn Sie Recht haben, könnte sie ganz in der Nähe sein«, stellte Daryl fest.

»Schon möglich – falls Sie sie tatsächlich gesehen haben.«

Daryl blieb stehen. Er schaute den alten Mann an. Dessen krankes Auge war halb geschlossen, das andere studierte Daryl mit unverhohlener Neugier.

»Soviel ich weiß, gehören Sie ebenfalls zu den Leuten, die Marys ›Geist‹ gesehen haben«, meinte der Detective.

Dr. Holland zögerte einen Augenblick, dann ging er weiter. Nach einigen Metern sagte er: »Sie haben Recht. Allerdings weiß ich nicht, ob das Mädchen wirklich Mary Reed war.«

Daryl zog fragend die Brauen hoch. »So? Ich dachte, alle, die sie gesehen haben, seien sich einig.«

»Die Leute erzählen viel. Zugegeben, sie hatte eine gewisse Ähnlichkeit. Aber ich habe nie behauptet, dass sie es war. Und was Sie anbelangt, Sie sagen es ja selbst: Sie konnten das Gesicht nicht erkennen. Und die Besatzung des Trawlers konnte das noch viel weniger. Die haben einfach angenommen, dass es Mary Reed gewesen sein müsse, weil George Markham das behauptet hat.«

»Sie glauben, dass Markham lügt?«

»Was ich glaube, spielt keine Rolle. Die Leute machen sich sowieso ihr eigenes Bild. Sie glauben, was sie glauben wollen, und sei es noch so fantastisch.«

Diese Antwort befriedigte Daryl nicht, doch er wollte Dr. Holland nicht bedrängen.

Eine Zeit lang gingen sie schweigend nebeneinander her. Dann fragte Daryl: »Wo haben Sie die Gestalt denn gesehen?«

»In der Nähe des Leuchtturms, genau wie Sie. Es war letzten Frühling, an einem schönen, milden Sonntagmorgen. Die Sonne schien, und ich beschloss, zu Fuß nach Moonlight Bay zu gehen, um im Pub etwas zu trinken. Ich kam gerade aus dem Wald, als ich eine weiß gekleidete Frauengestalt hinter dem Leuchtturm hervortreten sah. Als sie mich bemerkte, rannte sie weg. Natürlich war ich neugierig. Ich ging ihr nach, doch sie war viel schneller als ich. Sie rannte zum Pfad, dann blieb sie stehen. Sie winkte mir zu, als fordere sie mich auf, ihr zu folgen. Das tat ich auch. Was dann geschah, können Sie sich denken.«

»Sie verschwand.«

»Genau. Wäre sie den Klippenweg weitergegangen, hätte ich sie sehen müssen. Es gibt da keine Möglichkeit, sich zu verstecken. Und bis ans Ende der Bucht von Moonlight Bay konnte sie in der kurzen Zeit unmöglich gekommen sein. Ich kann es mir nur so erklären, dass ich sie irgendwie übersehen habe. Wie Sie festgestellt haben, bin ich auf einem Auge blind, und auf dem anderen sehe ich auch nicht mehr so besonders gut.«

Als sich der Weg gabelte, sagte Dr. Holland: »Zu meinem Haus geht's da lang.«

Die Küste westlich des Leuchtturms war unberührt und rau. Dichter Karri- und Eukalyptuswald zog sich wie ein schützender Wall entlang der felsigen Linie und trennte das Meer von den grünen Weiden und Wäldern landeinwärts.

Dr. Holland wohnte in einem kleinen Farmhaus, das am Fuß eines flachen Hügels direkt am Waldrand lag. Davor breitete sich eine saftig grüne Wiese aus, auf der Schafe weideten.

»Sie betreiben Schafzucht?«, fragte Daryl, als sie die Stufen zur Veranda hochstiegen.

»Das wäre zu viel gesagt. Es ist eigentlich mehr ein Hobby. Ich besitze zwar eine kleine Herde, aber viel Geld verdiene ich damit nicht.«

Nachdem sie die schmutzigen Schuhe ausgezogen hatten, betraten sie das Haus. Daryl sah sich um. Was die Einrichtung betraf, so bewies der ehemalige Arzt Geschmack. Wenige, dafür antike Möbel standen so verteilt im Raum, dass jedes einzelne Stück voll zur Geltung kam. Dr. Holland entfachte ein Feuer im Kamin, dann führte er seinen Gast durch das Wohnzimmer in den angrenzenden Raum.

Das Zimmer war eine Mischung aus Bibliothek und Arztpraxis. In der einen Hälfte stand ein großer Lesestuhl vor einem prall gefüllten Bücherregal. Der andere Teil des Raumes war mit Stuhl und Schreibtisch, einem Untersuchungstisch,

einem Arzneischrank und einer Glasvitrine voller glänzender Untersuchungsinstrumente eingerichtet. Sogar ein altes Röntgengerät stand in einer Ecke.
»Ich dachte, Sie praktizieren nicht mehr«, bemerkte Daryl und setzte sich auf den Untersuchungstisch.
»Das ist richtig. Aber wie das in einer kleinen Gemeinde wie Moonlight Bay so ist: Die Leute tun sich schwer mit Veränderungen. Sie wollen nicht vierzig oder fünfzig Kilometer weit zu einem Arzt oder Krankenhaus fahren, das sie nicht kennen. Lieber gehen sie weiterhin zu dem alten Knochenklempner, der sie jahrzehntelang behandelt hat; selbst wenn er schon halb blind ist.« Er besah sich Daryls Wunde. »Ihre Verletzung ist nicht weiter schlimm. Ich werde sie desinfizieren und mit drei Stichen nähen. Wie ich ja bereits feststellen konnte, sind Sie hart im Nehmen. Auf eine örtliche Betäubung können wir also verzichten.«

Später bot der Arzt seinem Gast einen Drink an, den dieser dankend annahm.
»Sie haben ein schönes Zuhause«, sagte Daryl, nachdem sie im Wohnzimmer Platz genommen hatten. »Etwas einsam. Aber wenn ich mich irgendwo niederließe, würde ich mich wohl auch für die Abgeschiedenheit entscheiden.«
»Seit meine Frau gestorben ist, ist es zugegebenermaßen sehr ruhig hier. Aber der Mensch gewöhnt sich an vieles, besonders im Alter.«
»Wie steht's mit den Nachbarn?«, wollte Daryl wissen.
»Hinter dem Hügel, etwa drei Kilometer weiter westlich, wohnte bis vor einem Jahr eine Farmerfamilie. Jetzt gehört der Besitz der Bank. Das Weideland haben sie verpachtet, das

Haus verfällt langsam. Aber so ist das nun mal in diesem Land. Zwei Kilometer nordwestlich wohnen die Reeds. Mrs. Reed ist eine zurückhaltende, aber freundliche Frau. Ihr Mann, der Reverend, ist weniger mein Fall. Er mag es nicht, wenn man unangemeldet bei ihnen aufkreuzt. Deshalb haben wir auch kaum Kontakt. Ehrlich gesagt ist mir das aber ganz recht. Mr. Reed ist mir zu fanatisch, was seine religiösen Ansichten angeht. Von solchen Leuten halte ich mich lieber fern.«

»Wie meinen Sie das, fanatisch?«

»Zum Beispiel wollte er Mary verbieten, am Biologie- und Naturkundeunterricht teilzunehmen. Es sei weder die Aufgabe der Schule, seine Tochter aufzuklären, noch sei es akzeptabel, dass Kinder diese darwinistischen Lügen über die Entstehung und Entwicklung des Lebens lernen würden. Bei der Schulbehörde kam er damit natürlich nicht durch, worauf Mary an den Tagen, an denen diese Stoffe durchgenommen wurden, oft fehlte. Oder als Grace Markham spurlos verschwand, da beteiligte er sich nicht, wie die meisten Leute aus Moonlight Bay, an der Suche nach ihr. Stattdessen betete er und schwafelte Dinge wie: ›Wenn es Gottes Wille ist, wird Grace auch gefunden werden‹, oder: ›George Markham fehlt es am nötigen Glauben, um Gott dazu zu bewegen, seine Tochter gesund wieder zurückzubringen.‹«

»Trotzdem scheint der Reverend bei den Menschen hier in der Gegend sehr beliebt zu sein«, entgegnete Daryl.

»Erstaunlich, nicht? Wenn Sie allerdings einmal eine von Reeds Predigten gehört haben, werden Sie es verstehen. Weder die Fischer in Moonlight Bay noch die Familien der umliegenden Farmen haben es leicht. Sie arbeiten hart, trotzdem haben viele von ihnen Schulden oder können sich gerade mal so über Wasser halten. Reed versteht es wie kein anderer, auf ihre Sorgen und Nöte einzugehen, und das ist das Geheimnis seines Erfolgs.«

»Kannten Sie eigentlich seine Tochter?«, gab Daryl dem Gespräch eine andere Richtung.

»Sicher. Ich habe ihr auf die Welt geholfen. Mrs. Reed wollte ihr Kind zu Hause bekommen, ohne Arzt oder Hebamme. Doch dann gab es Komplikationen, nichts Ernstes, und der Reverend bat mich um Hilfe. Bei der Geburt ihres Sohnes wollten mich die Reeds aber nicht mehr dabeihaben. Der Reverend mag mich nicht besonders, was wohl daran liegt, dass ich nicht zum Gottesdienst gehe.«

»Die Reeds haben einen Sohn?«, fragte Daryl überrascht.

»Ja, Samuel. Er ist fünf.«

Die dicke Nase des Arztes hatte sich vom Alkohol und der Wärme des Kaminfeuers rot verfärbt. Daryl konnte nicht sagen, ob der Mann ein Trinker war. Aber dass er sich gerne einen genehmigte, war nicht zu übersehen.

»Eigentlich sollte ich das gar nicht erzählen. Aber das Witzige an der Geschichte ist, Mrs. Reed kam damals zu mir. Sie klagte über Hitzewallungen, Appetit- und Schlaflosigkeit. Ich sagte ihr, dass diese Symptome für eine Frau in den Wechseljahren ganz normal sind. Ich hatte zu der Zeit gerade aufgehört zu praktizieren, deshalb empfahl ich ihr einen befreundeten Arzt in Albany. Doch da wollte sie nicht hin. Wegen ihres Mannes, wie ich annahm. Der sollte wohl nichts davon mitbekommen. Einige Wochen später erfuhr ich, dass sie schwanger war. Der menschliche Körper ist eben immer wieder für eine Überraschung gut.«

»Um nochmals auf die geheimnisvolle Gestalt, diesen Geist beim Leuchtturm, zurückzukommen: Wer ist sie?«
»Ich wünschte, ich wüsste es«, antwortete Dr. Holland und starrte nachdenklich in sein Glas.

7

Daryl ging in aller Eile zum Leuchtturm zurück, um sein Angelzeug zu holen. Anschließend suchte er bei den drei Klippen, wo die geisterhafte Gestalt verschwunden war, nach Spuren. Die einzigen, die er auf dem felsigen Untergrund fand, stammten jedoch von seinem unfreiwilligen Zusammentreffen mit Dr. Holland.

Daryl schaute auf die Uhr. Die Flut hatte er verpasst und damit auch die beste Chance, ein paar Fische zu fangen. Ohne wenigstens einen Angelversuch unternommen zu haben, wollte er aber auch nicht nach Hause gehen. Er entschloss sich, sein Glück beim alten Holzsteg in Moonlight Bay zu versuchen.

Auf dem Weg dorthin dachte er an Dr. Holland. Der ehemalige Arzt war hilfsbereit, intelligent und hatte Humor. Selbst als ihn Daryl umgerannt hatte, war er freundlich geblieben. Er war Daryl sympathisch, trotzdem wurde er das Gefühl nicht los, dass der alte Mann irgendetwas verheimlichte.

Der Frage, ob er George Markham für einen Lügner hielt, war Dr. Holland ausgewichen. Und dass er das Gesicht des Mädchens nicht erkannt hatte, kaufte Daryl ihm nicht ab. Holland war ein Mann, der einem normalerweise beim Sprechen in die Augen sah. Aber als der Arzt von seiner Begegnung mit der geheimnisvollen Gestalt berichtet hatte, hatte er immer wieder nervös zur Seite gesehen. Das erinnerte Daryl an ein Polizeiseminar über Verhörpsychologie, das er einmal besucht hatte. Dort hatte er gelernt, dass Menschen, die logen, direkten Augenkontakt mieden und stattdessen nach rechts blickten. Genau wie Dr. Holland.

Über den Tod von John und Tom Grammar hatte der Arzt ebenfalls nicht gerne gesprochen. Er erwähnte lediglich, dass er die Ansicht der Polizei teilte, die in beiden Fällen von Unfällen ausging.

Als Daryl den alten Landungssteg erreichte, fielen vereinzelte Sonnenstrahlen durch die Regenwolken, und ein Regenbogen spannte sich wie ein farbiges Dach über die Bucht.

Am Ende des Stegs setzte er sich auf einen Holzpoller, befestigte einen künstlichen Köder am Haken und warf die Angel aus.

Eine halbe Stunde war vergangen, da hörte er das Poltern von Schuhen auf den Planken des alten Jettys.

»Hier sind Sie also, ich habe Sie schon überall gesucht«, sagte Sergeant Walker. Als er die Verletzung auf Daryls Stirn sah, zog er fragend die Brauen hoch. »Was ist denn mit Ihnen passiert?«

»Ach, nur ein kleiner Unfall, kaum der Rede wert.«

Der Polizist warf einen Blick in Daryls leeren Plastikeimer. »Und, wie beißen sie?«

»Gar nicht! Ich habe schon dreimal den Köder gewechselt, aber sie ignorieren ihn einfach. Langsam habe ich das Gefühl, da unten gibt's überhaupt keine Fische.«

Obwohl Sonntag war, trug Walker seine Uniform. Er lehnte sich lässig ans Geländer und grinste. »Fische gibt's da bestimmt. Nur sind sie zu schlau, um sich von Plastik- oder Metallködern überlisten zu lassen. Das ist das Gesetz des Jettys.«

»Noch nie was davon gehört. Altes Anglerlatein?«
»Nein, Erfahrung.«
»Sie sagten, Sie hätten mich gesucht. Was gibt's?«
»Ihr Chef hat angerufen.«
»Heute?«
»Ja.« Walker machte ein säuerliches Gesicht. »Punkt sieben Uhr in der Früh. Meine Frau und ich waren noch im Bett. Jedenfalls wollte er wissen, wo er Sie erreichen kann.«
Daryl holte resigniert die Leine ein. »Der gute Chief Inspector Garratt, immer bei der Arbeit. Wenn es nach ihm ginge, müsste ich vierundzwanzig Stunden am Tag mit Mikrofon und einer Helmkamera auf dem Kopf herumlaufen, um ihn auf dem Laufenden zu halten.«
»Klingt nach einem ziemlich schwierigen Chef.«
»Was glauben Sie, weshalb ich mich um Fälle wie diesen hier reiße?«, antwortete Daryl mit einem Augenzwinkern.
Walker sah zu, wie der Detective in der Köderbox nach einem neuen Lockmittel suchte. Er empfahl ihm einen silbergrauen Blinker.
»Haben Sie meinem Chef gesagt, wo ich wohne?«, wollte Daryl wissen.
»Ich sagte ihm, was Sie mir aufgetragen haben. Als er hörte, dass Sie bei einer Frau untergekommen sind, die weder Telefon noch einen Internetanschluss hat, ist er allerdings ziemlich wütend geworden. Er blaffte, dass Sie das mit Absicht machen würden und dass er Sie von der Sache abziehen wird, wenn Sie sich nicht binnen vierundzwanzig Stunden bei ihm melden.« Walker zuckte entschuldigend mit den Schultern. »Tut mir Leid. Ich hätte Ihnen gerne etwas mehr Zeit verschafft.«

»Da machen Sie sich mal keine Sorgen.« Daryl holte aus und warf den Köder in weitem Bogen ins Wasser. »Mein Chef ist wie ein kleiner, übel gelaunter Terrier. Er beißt zwar, aber richtig weh tut's nicht.«
»Waren Sie heute beim Leuchtturm?«, wechselte der Sergeant das Thema.
»Ja. Es war interessant und in mancher Hinsicht auch sehr aufschlussreich. Insbesondere die Begegnung mit dem Geist von Moonlight Bay.«
»Mit *was?*«

Daryl berichtete Sergeant Walker von der Gestalt, die er durch das Leuchtturmfenster gesehen hatte, von seinem Zusammenstoß mit Dr. Holland und wie ihn dieser bei sich zu Hause verarztet hatte.
»Sie lassen wirklich nichts aus. Nur schade, dass Sie dieses ›Gespenst‹ nicht erwischt haben«, meinte Walker.
Daryl lächelte. »Da haben Sie Recht. Aber zurück zu Dr. Holland. Was können Sie mir über ihn erzählen?«
Der Sergeant überlegte kurz, bevor er antwortete. »Bescheiden, unauffällig und überall beliebt«, fasste er schließlich zusammen. »Ein guter Arzt. Nachdem er diesen Unfall mit seinem Auge hatte, begann er allerdings zu trinken. Nicht, dass man sich Sorgen machen müsste. Sonst hätte ich längst eingegriffen und ihm verboten, weiter Patienten zu behandeln, obwohl er die Praxis doch längst aufgegeben hat.«
»Wie kam es zu diesem Unfall?«
»Darauf wollte ich gerade kommen. Ich glaube nicht an einen Unfall. Holland behauptet, beim Fischen unglücklich aufs Gesicht gestürzt zu sein, wobei er sich ein Auge so schwer

verletzt haben will, dass es nicht mehr zu retten war. Für mich sah es allerdings eher so aus, als hätte ihn jemand verprügelt und schrecklich zugerichtet.«

»Wieso sollte er lügen?«

»Das habe ich mich auch gefragt. Sehen Sie, ein paar Wochen zuvor hatte damals das Gerücht die Runde gemacht, Mary Reed sei von Tom Grammar schwanger. Sie soll sich an den alten Doc wegen einer Abtreibung gewandt haben.«

»Haben Sie eine Ahnung, wie die Leute darauf kamen?«

»Die Duncan-Brüder, zwei Jungen von einer Farm oben an der Hauptstraße, die auf dem Weg zum Angeln waren, haben behauptet, gesehen zu haben, wie Mary zum Doc lief. Angeblich hat sie sich dabei weinend den Bauch gehalten. Jedenfalls, wenn Reverend Reed davon Wind bekommen hätte, dann wäre es schon möglich, dass er die Beherrschung verloren und den Doc zusammengeschlagen hat. Reed ist nicht nur ein religiöser Fanatiker, er ist auch ein sehr jähzorniger Mann.«

»Und weil Holland wegen der Abtreibungsgeschichte Angst vor einer Anzeige hatte, erfand er diesen Unfall«, spann Daryl die Geschichte weiter.

»Genau. Ich habe dem Doc in den vergangenen fünf Jahren immer wieder auf den Zahn gefühlt, aber er bleibt stur bei seiner Version.«

»Wenn Sie Recht haben, dann hätte Reverend Reed durchaus auch ein Motiv gehabt, Tom Grammar zu töten. Erst schwängert dieser seine Tochter, dann treibt Mary ab. Und kurz darauf reißt das Mädchen von zu Hause aus, um mit Tom an die Ostküste zu verschwinden. Nach fünf Jahren kehrt Tom heimlich nach Moonlight Bay zurück. Warum?

Vielleicht, weil er pleite war und hoffte, dass ihm seine Mutter aus der Patsche helfen würde? Er versteckt sich im Leuchtturm. Der Reverend erfährt davon, stellt ihn zur Rede, will wissen, was aus seiner Tochter geworden ist, es kommt zum Streit, der Reverend wird handgreiflich, und Tom stürzt über die Brüstung in den Tod.«

Walker schien nicht im Geringsten erstaunt. »Das waren auch meine Schlussfolgerungen.«

Daryl sah den Polizisten an und lächelte. »Die Sache hat nur einen Haken: Sie können es nicht beweisen.«

»Noch nicht. Aber wenn Sie zum gleichen Resultat kommen, dann könnten Sie eine offizielle Wiederaufnahme des Falles beantragen, und wir hätten die Möglichkeit, Dr. Holland und Reverend Reed richtig in die Mangel zu nehmen.«

»Ich habe nicht gesagt, dass ich Ihrer Meinung bin«, erwiderte Daryl. »Zugegeben, es wäre denkbar, dass sich alles so abgespielt hat. Aber es könnte ebenso gut sein, dass der Doktor sich weigerte, die Abtreibung vorzunehmen, worauf ihn Tom verprügelt hat. Oder Mary war überhaupt nicht schwanger. Die beiden Jungen, die sie gesehen haben wollen, können gelogen oder sich schlicht und ergreifend nur geirrt haben. Mary könnte ja auch aus einem ganz anderen Grund beim Doc gewesen sein – beispielsweise, um von ihm ein Verhütungsmittel zu bekommen. Mary und Tom waren eng befreundet und haben wohl auch miteinander geschlafen. Der Doc könnte ihr geholfen haben, und der Reverend kam dahinter und ist durchgedreht. Oder aber, Holland lehnte es ab, Mary zu helfen, und Tom ist deswegen in Rage geraten.«

»Ich weiß nicht recht. Wenn Holland von Tom verprügelt

worden wäre, warum hat er ihn dann nicht wegen schwerer Körperverletzung angezeigt?«

»Vielleicht weil Tom etwas über den Doc wusste.«

Der Sergeant schüttelte langsam den Kopf. »Das scheint mir ein wenig an den Haaren herbeigezogen. Wenn Tom Grammar Dr. Holland in der Hand gehabt hätte, wie hätte dieser sich dann weigern können, Mary ein Verhütungsmittel zu verschreiben oder – sollte das Gerücht tatsächlich stimmen – die Abtreibung vorzunehmen?«

»Möglicherweise waren seine ethischen Bedenken größer als seine Angst, von Tom verraten zu werden.«

Sergeant Walker war sichtlich verwirrt. »Jetzt verstehe ich überhaupt nichts mehr«, murmelte er und stand langsam auf. »Wer hat dann Tom umgebracht? Und sagen Sie jetzt nicht, es sei ein Unfall gewesen.«

»Keine Angst. Ein Unfall war's ganz bestimmt nicht. Tom stand mit dem Rücken zum Geländer an der Winde. Er ist bestimmt nicht gesprungen. Und dass eine Orkanböe ihn über das Geländer gerissen hat, glaube ich auch nicht, dafür ist die Brüstung zu hoch. Es war Mord. Der Täter könnte durchaus Reverend Reed sein, ebenso gut aber auch Dr. Holland oder vielleicht eine andere Person, die wir noch gar nicht in Betracht gezogen haben. Zum Beispiel George Markham.«

»Das würde ja bedeuten, dass wir noch immer ganz am Anfang stehen.«

»Nun lassen Sie mal nicht den Kopf hängen«, beruhigte Daryl den Sergeant. »Ich wollte Ihnen lediglich klar machen, dass es gefährlich ist, sich nur auf einen möglichen Tathergang zu versteifen, solange man nicht alle Teile des Puzzles beisammenhat. Die Wahrheit ist leider meist komplizierter, als wir uns das vorstellen. Nehmen wir nur das Verschwinden von Georges Tochter Grace oder diese geheimnisvolle Frauengestalt, die immer wieder in der Nähe des Leuchtturms auftaucht. Inzwischen glaube ich nicht nur, dass diese Vorkommnisse etwas mit dem Tod der Grammars zu tun haben, ich bin sogar überzeugt, dass sie der Schlüssel zu dem ganzen Fall sind.«

Plötzlich schnellte die Angelrute nach unten. Während sich die Leine mit einem Surren von der Rolle abspulte, packte Daryl die Kurbel.

»Geben Sie ihm bloß nicht so viel Leine«, rief der Sergeant.

»Leicht gesagt. Das Biest hätte mir doch fast die Rute aus den Händen gerissen.«

Daryl blockierte den Hebel und zog die Angel hoch. Dann holte er die Leine ein Stück weit ein. Wenn sich die Nylonschnur zu sehr spannte, gab er wieder etwas nach. Das wiederholte er so lange, bis die Kräfte des Fisches nachließen. Nun konnte er ihn Stück für Stück näher an den Landungssteg ziehen.

»Das ist ein ganz netter Brocken«, stellte der Sergeant fest, als Daryl den Fisch bis dicht an den Steg herangebracht hatte.

»Was ist es?«

»Ein Golden Trevally, würde ich meinen. Holen Sie ihn raus, dann wissen wir's genau.«

Das war leichter gesagt als getan. Das Tier war an die siebzig Zentimeter lang und beinahe acht Kilo schwer. Es kämpfte bis zuletzt verbissen um sein Leben. Als Daryl es endlich an Land gezogen hatte, erlöste er es von seinen Qualen, indem er ein spitzes Messer schräg hinter einem Auge ansetzte und zustach.

»Iki Jimi – ich hätte nicht gedacht, dass Sie die japanische Art des Fischtötens kennen.«

»Mein Chef hat darauf bestanden, dass ich mich etwas übers Angeln schlau mache, ehe ich hierher kam.«

Sergeant Walkers Stimme nahm wieder einen dienstlichen Ton an. »Was jetzt?«, fragte er.

»Jetzt werde ich zu Mrs. Grammar gehen und mir dieses Prachtstück zubereiten lassen.« Daryl lachte. »Schon klar, das war es nicht, was Sie wissen wollten. Aber ehrlich gesagt, mir knurrt im Augenblick so sehr der Magen, dass ich an nichts anderes denken kann.«

8

Eine Woche war vergangen, und Daryl hatte noch keine nennenswerten Ermittlungsergebnisse erzielt, die er seinem Vorgesetzten nach Perth hätte melden können. Verabredungsgemäß hatte er Chief Inspector Garratt aber eine Postkarte von Moonlight Bay geschickt und darauf vermerkt, dass er die Zeit hier sehr genösse und jeden Tag Neues entdecke. Natürlich wusste Daryl, dass sein Chef an die Decke gehen würde. Aber der versteckte Hinweis, dass er Fortschritte machte, würde ihm fürs Erste etwas Luft verschaffen.

In den vergangenen Tagen hatte Daryl sich oft in der Nähe des Leuchtturms aufgehalten. Vergeblich hatte er gehofft, dort vielleicht noch einmal Mary Reeds Geist zu begegnen. Und auch der Besuch bei der Familie Reed war alles andere als zufrieden stellend verlaufen. Zwar hatte ihm Rebecca Reed die Tür geöffnet, als er auf einem seiner ausgedehnten Spaziergänge an ihrem Grundstück vorbeikam und bei ihr klopfte, doch sie lud ihn weder zu einer Tasse Tee ins Haus, noch schien sie Lust zu haben, sich mit ihm zu unterhalten. Er hatte den Zeitpunkt absichtlich so gewählt, dass ihr Mann nicht da war. Doch Mrs. Reed war dadurch nicht weniger zurückhaltend. Er beschloss, es an einem anderen Tag, wenn der Reverend ebenfalls zu Hause war, nochmals zu versuchen.

Daryl war jeden Nachmittag durch Moonlight Bay geschlendert, hatte hier und da mit den Leuten geplaudert und war anschließend auf ein Bier in Mullays Pub eingekehrt, in der Hoffnung, so mehr über Tom Grammar und das Verschwinden der beiden Mädchen zu erfahren. Doch wie er erwartet hatte, waren die Menschen in Moonlight Bay zwar freundlich, einem Fremden gegenüber aber eher zurückhaltend. Um niemanden misstrauisch zu machen, hatte er darauf verzichtet, die Leute direkt auf die tragischen Geschehnisse anzusprechen. Gelegentlich sprach aber doch der eine oder andere über das mysteriöse Verschwinden der beiden Mädchen und den Tod von John und Tom Grammar. Dabei hatte Daryl allerdings auch nichts Neues erfahren. Außer vielleicht dass offenbar niemand einen Zusammenhang zwischen dem Verschwinden von Grace Markham und Mary Reed sah. Grace' Schuh, den man an der Klippe beim Leuchtturm gefunden hatte, deutete für alle auf einen Unfall hin. Bei Mary Reed schieden sich allerdings die Geister. Diejenigen, die an die Geschichte von Marys Geist glaubten, waren sicher, dass sie tot war. Die anderen waren überzeugt, dass sie vor fünf Jahren Moonlight Bay gemeinsam mit Tom verlassen hatte. John Grammars Tod hielt man, genauso wie den seines Sohnes, für einen Unfall.

Mit Mrs. Grammar verstand Daryl sich inzwischen recht gut. Einmal hatte sie sich sogar mit ihm über den Tod ihres Mannes und ihres Sohnes unterhalten. Dabei hatte Daryl den Eindruck, dass ihr der Verlust ihres Ehemannes viel mehr zu schaffen machte als der von Tom. Das fand er ungewöhnlich. Die Bindung einer Mutter zu ihrem einzigen Kind war normalerweise mindestens gleich stark, vielleicht sogar stärker als die zu ihrem Mann. Zudem war John Grammar bereits seit fünf Jahren tot. Dennoch sprach sie über ihren Mann in viel herzlicherem, respektvollerem Ton als über Tom. Und das, obwohl Tom zu seinen Eltern offenbar lange Zeit ein gutes Verhältnis gehabt hatte. Zwar hatte sich Tom mit den Jahren immer mehr zurückgezogen und sich fast nur noch seiner großen Leidenschaft, dem Lesen, gewidmet. Doch darüber hatten sich die Grammars keine Sorgen gemacht, im Gegenteil, sie waren eher stolz darauf. Ob Sachbücher oder Romane, Tom hatte sie verschlungen wie andere Kinder Comics oder Süßigkeiten. Schließlich war er nach Kalgoorlie aufs College gegangen. Was ihn dort so verändert hatte, konnte – oder wollte – Mrs. Grammar Daryl allerdings nicht sagen.

Mit George Markham hatte Daryl sich jeden Morgen unterhalten, wenn dieser zur Arbeit bei Mrs. Grammar erschien. Da sich Phil Mullay strikt weigerte, das Lokalverbot gegen ihn aufzuheben, saß George auf dem Trockenen. Daryl brachte ihm deshalb hin und wieder heimlich ein paar Flaschen Bier mit.

Als George die Instandhaltungsarbeiten an Mrs. Grammars Haus beendet hatte, machte er sich an die Überholung seines ehemaligen Fischerbootes.

Es war ein klarer, sonniger Morgen, als Daryl George am Hafen besuchte.

»Jemand an Bord?«, rief er und kletterte die Leiter zu dem Sport-Fisherman hinauf.

Georges Kopf tauchte hinter der Reling auf. Er trug einen Overall, der genauso ölverschmiert war wie seine Hände und sein Gesicht. »Hallo, Simmons! Was machen denn Sie hier?«

»Ich wollte mich erkundigen, wie weit Sie mit dem Überholen des Bootes sind. Der Wetterbericht sagt für die nächsten zwei bis drei Tage sonniges Wetter mit wenig Wind voraus. Das Richtige für einen Angeltrip, was meinen Sie?«

George grinste. »Bin mit meinem alten Schätzchen so gut wie fertig. Wenn Sie wollen, können wir schon morgen raus. Muss sowieso die Motoren prüfen.«

»Das trifft sich ja gut. Besorgen Sie alles, was wir an Ausrüstung brauchen, ich sorge für die Verpflegung.«

»Abgemacht. Wann soll's losgehen?«

»Sie sind der Skipper.«

»Okay, dann um halb acht unten am Hafen.«

Das Wetter hielt, was die Meteorologen versprochen hatten. Der neue Tag war zwar noch jung, doch die anhaltende Windstille und der wolkenlose Himmel stimmten George zuversichtlich. Daryl war froh darüber, denn er war sich nicht sicher, ob er überhaupt seefest war.

Die Motoren brummten kraftvoll, und die »Blue Marlin« tuckerte in weitem Bogen aus der Bucht. Dann stampfte das Fischerboot mit gleichmäßigen Bewegungen hinaus in die offene See.

George kam leichtfüßig nach achtern, klarierte eine dünne Angelschnur und ließ den gefiederten Haken über Bord gleiten. »Wollen erst mal Köderfische fangen«, brummte er. »Sie haben ja jetzt gesehen, wie's geht. Lassen Sie achtern noch zwei weitere Leinen auslaufen. Ich reduziere inzwischen die

Geschwindigkeit und bring uns an eine Stelle, wo wir garantiert welche fangen.«

Kaum hatte der Skipper die Maschinen gedrosselt, hatte Daryl schon alle Hände voll zu tun, die Leinen einzuholen, Fische von den Haken zu lösen, in einen Plastikeimer zu werfen und die Angelschnüre möglichst rasch wieder über Bord zu lassen.

Er hatte angenommen, dass sie ausschließlich mit künstlichen Ködern fischen würden. Doch George wollte an eine Stelle, wo sich zu dieser Zeit große Schulen von Mulloways und Pink Snappern versammelten.

»Die beißen zwar auch bei künstlichen Ködern, aber für einen kleinen Mullett hüpfen sie fast freiwillig ins Boot«, hatte er Daryl erklärt.

Nachdem sie über ein Dutzend Fische eingeholt hatten, zeigte George Daryl, wie man einen Köderfisch so am Haken der großen Hochseeangelrute befestigte, dass er nicht während der Fahrt verloren ging oder von einem Fisch wegstibitzt wurde.

»Wir werden gut zwei Stunden brauchen, bis wir draußen sind. Inzwischen können Sie ja schon mal ein wenig ihr Glück versuchen. Vielleicht geht Ihnen ja ein Bonito, eine Tunfischmakrele oder sogar ein gestreifter Marlin an den Haken.«

»Hier gibt es Marline?«, fragte Daryl überrascht.

»Marline, Schwertfische, Tunfische, weiße Haie – die ganze Palette.« George schnaubte verärgert. »Na ja, heutzutage braucht man allerdings ziemliches Glück, um einen Marlin zu fangen. Mittlerweile hat nämlich jeder popelige Fischerkutter ein Ortungsgerät, um Fischschwärme aufzuspüren –

und diese Freizeitkapitäne aus den Städten richten auch nur Schaden an!«

»Was tue ich also, wenn was wirklich Großes zuschnappt?«, fragte Daryl.

»Zunächst setzen Sie sich mal auf den Stuhl, die Angel zwischen die Beine. Stecken Sie das Ende der Angel in die Metallhalterung an der Heckreling! – Genau so. Hier, das Speichenrad an der Seite der Rolle ist die Bremse, aber das wissen Sie ja bereits. Denken Sie daran, nicht zu stark zu bremsen, wenn einer anbeißt, denn sonst reißt die Schnur, oder, noch schlimmer, die Rolle bricht. Das Wasser sollte dem Köderfisch leicht Widerstand bieten, das reicht. Wenn Sie eine Rückenflosse sehen oder einer beißt, rufen Sie ›Fisch-ho!‹. Dann werde ich etwas langsamer oder stoppe. Lassen Sie den Fisch wenn möglich hinter dem Boot herjagen, bis er zuschnappt. So lange ändern Sie nichts an der Leine und heben auch nicht die Rute, damit er nicht misstrauisch wird.«

»Verstanden. Und was weiter?«

»Haben Sie ihn am Haken, lösen Sie das Bremsrad. Geben Sie ihm ganz wenig Schnur, damit er nicht gleich die Leine kappt. Dann bin ich auch schon bei Ihnen und helfe beim Reinholen.« Er klopfte Daryl auf die Schulter und kletterte auf die Laufbrücke.

Daryl warf den Köder achtern über Bord und ließ ihn so weit auslaufen, dass er die Stelle noch im Auge behalten konnte. Sein Blick wanderte über den tiefblauen Ozean hinüber an die Küste. Das Grün der bewaldeten Hügel war zu einem schmalen Streifen geschrumpft, und das schmale Felsenkap im Westen schien im Meer versunken zu sein. Einzig der Leuchtturm ragte noch als dünner weißer Strich heraus.

Eigentlich wollte er gar nicht so weit hinausfahren. Ihn interessierte mehr die Küste um Moonlight Bay, und das aus gutem Grund. Doch George hatte den Tag und ihre Route bereits geplant. Außerdem wollte Daryl dem ehemaligen Fischer nicht die Freude verderben, zumal er, seit sie abgelegt hatten, offensichtlich in seinem Element war und ausgesprochen zufrieden wirkte.

Das Angelfieber hatte Daryl zudem gepackt, und er versuchte erst gar nicht, über den Fall nachzudenken. Das Einzige, was ihn jetzt interessierte, war, wie es sich wohl anfühlte, einen großen schweren Fisch von über einem Meter Länge an der Angel zu haben. Er war ein ausgezeichneter Buschläufer, kannte die Überlebenstricks der Eingeborenen und beherrschte ihre Jagdtechniken so perfekt wie sie. Hier auf See jedoch war alles anders. Es gab keine Spuren, die man lesen, keine Fährten, denen man folgen konnte. Ihm blieb nichts anderes übrig, als auf seinem Anglerstuhl zu sitzen, abzuwarten und im passenden Augenblick das Richtige zu tun. Was die Fahrt entlang der Küste betraf, so konnte das auch noch ein wenig warten.

Nach einer halben Stunde wurde Daryl langsam unaufmerksam. Seine Gedanken wanderten immer häufiger an Land und zum Fall Grammar.

Reverend Reed war der Nächste, mit dem er sprechen wollte. Wie schwer es war, an ihn und seine Familie heranzukommen, davon hatte Daryl ja schon einen Vorgeschmack bekommen. Vielleicht machte es einen guten Eindruck auf den Reverend, wenn er am Sonntag zur Messe ging. Daryl war zwar kein gläubiger Mensch, aber diesmal würde er in einer der vordersten Reihen sitzen, so dass ihn der Reverend nicht übersehen konnte. Aber auch Dr. Holland wollte er nochmals auf den Zahn fühlen. Im Augenblick steckte er ziemlich fest. Irgendwie musste er versuchen, wieder etwas Wind in die Sache zu bringen.

Ein kurzes, sanftes Zupfen, mehr war es nicht, doch es reichte aus, um Daryls ganze Aufmerksamkeit auf das Ende seiner Angelleine zu lenken. Es hatte sich anders angefühlt als der kurze, ruckartige Widerstand, den die See dem Köder bot, wenn die »Blue Marlin« direkt in eine der weit laufenden Wellen steuerte. Ganz sicher war er allerdings erst, als er einen dunklen Schatten in der Nähe der durch das Wasser schneidenden Leine sah.

»Fisch-ho!«, rief er aufgeregt. Er spürte, wie ihn das Jagdfieber packte und ihm das Blut in den Kopf stieg.

Sofort drosselte George Markham das Tempo. Dann eilte er die Leiter hinunter und stellte sich hinter Daryl. Er legte ihm das lederne Angelgeschirr an, befestigte es an der Rute und an dem am Boden verschraubten Stuhl. Jetzt war Daryl gesichert und konnte nicht mehr über Bord gehen. Als Nächstes hielt George Daryl einen Handschuh hin, in den Daryl nur noch mit der Hand hineinzutauchen brauchte.

»Denken Sie dran, sobald er anbeißt, die Bremse fallen zu lassen und mit dem Handschuh auf die Trommelleine zu drücken, damit nicht zu viel Schnur abläuft. Da, sehen Sie den Schatten? Nicht die Angel bewegen. Gleich schnappt er zu!«

Dicht unter der Wasseroberfläche packte ihr Opfer tatsächlich zu, und die Trommelrolle begann, laut zu surren.

»Sobald der Fisch den Köder geschluckt hat und den Haken in seinem Maul spürt, wird er hochkommen, um ihn loszuwerden«, rief George. »Dann liegt's an Ihnen, ihn nicht entwischen zu lassen.«

Der Magnum-35-Sport-Fisherman konnte sowohl von der Laufbrücke als auch von Deck aus gesteuert werden. George brauchte sich somit nur umzudrehen, um mit wenigen Schritten das Ruder zu erreichen. Er stellte den Motor auf Leerlauf und war sofort wieder bei Daryl.

Die Leine lief rascher aus, als Daryl das für möglich gehalten hätte. Angespannt wartete er auf den Moment, wenn der Fisch stoppen würde.

»Was jetzt?«, fragte er, als es so weit war.

»Ganz sachte etwas Schnur einholen, die Leine muss leicht gespannt sein, damit Sie spüren, was er tut.«

Genau in diesem Moment riss es Daryl in seinem Sitz nach vorn.

»Sie haben ihn am Haken, Kumpel, jetzt halten Sie sich ran und holen Sie ihn rein!«

Daryl nahm die Hand von der Bremse und packte stattdessen den Angelstock oberhalb der Rolle. Er riss die Rute nach oben und spulte gleichzeitig wie wild Leine auf. Dann senkte er sie wieder, um den Vorgang zu wiederholen. Mit jedem Mal schien das Gewicht des Fisches zuzunehmen, und bald schon fragte er sich, wer hier am Ende der Stärkere sein würde.

Plötzlich zog die Leine scharf nach links.

»Da, er versucht auszubrechen!«, rief George aufgeregt. »Etwas nachlassen, aber nicht zu viel. Gleich wird er feststellen, dass er da nicht wegkommt, und es mit einem anderen Trick versuchen.«

Nur Sekunden später schoss das Tier wie ein Pfeil aus dem

Wasser. Für einen kurzen Moment erhaschten sie einen Blick auf den Fisch, dann tauchte er wieder in die aufschäumenden Wellen ein.

»Ein Speerfisch, eine wahre Schönheit!«, stellte Markham begeistert fest.

»Warum springt er?«, wollte Daryl wissen.

»Er spürt, dass er den Haken unter Wasser nicht loswird, deshalb springt er, das ist seine einzige Chance. Passen Sie also auf, dass die Schnur gespannt bleibt, aber reißen Sie nicht, wenn er springt, sonst ziehen Sie ihm den Haken aus dem Maul.«

In diesem Augenblick sprang der Speerfisch erneut aus dem Meer, riss heftig an der Leine, so dass die Rolle sich ein Stück weit abspulte, vollführte gleichzeitig eine wilde Pirouette und stürzte dann mit der Schwanzflosse voran zurück in die See. Daryl, der die Leine wieder etwas straff ziehen wollte, riss eine Spur zu heftig am Angelstock und befreite den mächtigen Fisch dadurch vom Köderhaken.

»Mist, verdammter! Warum habe ich nicht besser aufgepasst?!«, fluchte Daryl. Es war weniger die Tatsache, dass ihm seine Beute entkommen war. Tatsächlich freute er sich sogar ein wenig, dass der Speerfisch am Leben blieb. Vielmehr ärgerte er sich, dass ihm so ein schwer wiegender Fehler unterlaufen war.

In diesem Moment legte ihm George die Hand auf die Schulter.

»Was für ein cleverer Bursche, der hing bestimmt nicht zum ersten Mal am Haken! Hat Sie glatt ausgetrickst. Trotzdem, Sie haben sich prächtig geschlagen, Simmons – Hut ab!«

»Ich hab's verbockt.«

»Na und?«, rief Markham unbekümmert. »Das nächste Mal passiert Ihnen das bestimmt nicht mehr. Erfahrung ist der beste Lehrmeister, und Sie sind ein kluges Bürschchen, das war mir schon klar, als ich Sie das erste Mal gesehen habe.« Er wandte sich um und kletterte auf die Laufbrücke.

Daryl holte die Leine ein, schnallte sich los und stieg zu George hinauf.

»Erinnern Sie sich noch an unser Gespräch im Pub?«, begann er.

»Was meinen Sie?«

»Mary Reeds Geist.«

George sah ihn neugierig an. »Was ist damit?«

»Ich hab ihn gesehen.«

Daryl erzählte Markham, was er schon Dr. Holland berichtet hatte.

Nur das gleichmäßige Tuckern der Motoren war zu hören. George starrte geradeaus, schien irgendeinen imaginären Punkt am Horizont ins Auge gefasst zu haben, der seine ganze Konzentration beanspruchte. Daryl sah, dass der alte Fischer mit sich kämpfte.

»Bei mir war es ähnlich«, brach dieser schließlich unvermittelt das Schweigen. »Ungefähr dieselbe Stelle. Aus den Augen verlor ich sie ebenfalls an den drei Klippen.«

»Und es war Mary?«

»Ganz bestimmt. Ich war nicht mal zwanzig Meter weit von ihr entfernt. Weiß war sie, weiß wie Schnee.«

»Und sie sah kein bisschen älter aus?«

»Sie sah verändert aus – aber älter? Sie hatte denselben schmalen Kopf und denselben kindlichen Ausdruck. Aber ihr Gesicht war so hell, dass ihm irgendwie die Konturen fehlten.«

»Ein Geist?«

Langsam schüttelte der alte Mann den Kopf. »Mein Verstand sagt nein. Aber welche Erklärung gibt es sonst für diese Erscheinung?«

»Das habe ich mich auch gefragt. Ich würde gerne etwas überprüfen. Allerdings bräuchte ich dafür die Hilfe eines starken Mannes.«

George sah Daryl neugierig an. Schließlich nickte er.

»Worum geht's?«

»Das erfahren Sie morgen. Sagen wir um dreizehn Uhr beim Leuchtturm, okay?«

»Geht klar.«

Eine Weile fuhren sie schweigend weiter, dann änderten sie den Kurs. Sie liefen nun parallel zur Küste, welche nur noch als dünner, gräulicher Strich zu sehen war.

»Wir sind gleich an der Stelle, die ich eigentlich im Sinn hatte«, meinte George Markham nach einer Weile. »Dort erhebt sich ein schmaler Bergrücken aus dem Meer, der sich in einem Bogen einige Kilometer weit Richtung Küste zieht. Ihm folgen die Fischschwärme vom offenen Meer her. Mal sehen, was uns an den Haken geht.«

Die Stunden vergingen, und Daryl frönte seiner neuen Leidenschaft. Am Ende hatte er drei große Snapper und einen kapitalen Mulloway von über zwanzig Kilo an Bord gehievt. Aber auch George war nicht untätig gewesen. Während er sie entlang des unterseeischen Gebirges allmählich wieder zur Küste führte, hatte er zwei Snapper und eine stattliche Makrele geangelt.

Als sie sich bis auf ein paar Kilometer dem Land genähert

hatten, war Daryl endlich bereit, seine Angel einzuholen. Er kletterte zu seinem Skipper hoch und setzte sich neben ihn.

»Ich würde gerne vom Leuchtturmkap bis Moonlight Bay nahe der Küste zurückfahren, geht das?«

»Klar. Das Meer ist da überall tief genug. Hat das etwas mit morgen zu tun?«, fragte George.

»Ganz recht ...«

9

Daryl trug eine schwarze Leinenhose und ein frisches weißes Hemd. Beides hasste er. Aber da sie die einzigen Kleidungsstücke in seinem Schrank waren, die einigermaßen etwas hermachten, hatte er sie für alle Fälle mit nach Moonlight Bay genommen. Eine Krawatte hatte er keine dabei – die konnte er noch viel weniger ausstehen.

Nachdem er in der zweiten Sitzreihe der Town Hall Platz genommen hatte, war Daryl allerdings sicher, dass er mit Halsbinde einige missbilligende Blicke weniger kassiert hätte.

Die Halle war knapp zur Hälfte gefüllt. Einige der Anwesenden kannte Daryl aus dem Pub, andere von seinen täglichen Spaziergängen durch Moonlight Bay. Er sah aber auch eine Menge neuer Gesichter. Daryl vermutete, dass einige von ihnen von den umliegenden Farmen gekommen waren. Viele hatten ihre Kinder mitgebracht, die nun sauber gekämmt auf ihren Sitzen hin- und herrutschten und vermutlich an angenehmere Beschäftigungen dachten.

Reverend Reed genoss seinen Auftritt sichtlich. Er trug einen schwarzen Talar und betrat das Podest durch einen Nebenraum. Mit einstudierter Pose baute er sich vor dem schmalen Rednerpult auf und begrüßte die Anwesenden mit weit ausgebreiteten Armen.

Ein kurzes, zufriedenes Aufblitzen in den Augen des Reverends war für Daryl Zeichen genug, dass Reed ihn erkannt hatte. Der erste Schritt war getan. Jetzt hieß es nur noch, die Predigt durchzustehen und zu hoffen, dass sich danach eine Gelegenheit bot, um mit dem Geistlichen ins Gespräch zu kommen.

Reverend Reed hielt eine feurige Predigt. Sie war provokativ, sparte nicht mit Seitenhieben gegen Behörden und die Regierung, prangerte den Sittenverfall der Gesellschaft an, enthielt einen deutlichen Aufruf zu mehr Frömmigkeit und Enthaltsamkeit und klagte diejenigen an, die sich von der Kirche abwandten und ihre Seele damit dem Teufel verschrieben. Trotzdem musste Daryl eingestehen, dass sie nicht ohne Witz war. Bei seinen Zuhörern kam Reed jedenfalls an, wie Daryl einige verstohlene Blicke zu seinen Sitznachbarn bestätigten. Trotzdem war er froh, als der Reverend schließlich zum Ende kam.
Als Daryl sich ohne Eile erhob und durch die Bankreihe bis zum Mittelgang ging, stieg der Reverend gerade die Stufen zum Saal hinunter, schüttelte Hände und wechselte einige Worte mit Mitgliedern der Gemeinde.
Daryl hatte ihm den Rücken zugekehrt und ging langsam Richtung Ausgang.
»Bitte warten Sie einen Augenblick, Mr. Simmons«, hörte er Reed rufen.
Als er sich umdrehte, stand der Reverend bereits hinter ihm.
»Es freut mich, Sie hier zu sehen«, sagte dieser mit einem unverbindlichen Lächeln. »Letzten Sonntag hatten Sie ja leider keine Zeit, um mit uns den Tag des Herrn zu feiern.«
»Besser spät als nie, nicht wahr?«, antwortete Daryl im selben salbungsvollen Ton.

»Und, wie hat Ihnen die Predigt gefallen?«
»Sie war jedenfalls nicht langweilig. Sie wissen Ihre Zuhörer zu fesseln, ganz ohne Zweifel. Vielleicht etwas zu provokativ für meinen Geschmack, außerdem sind mir Ihre Ansichten etwas – nun, sagen wir zu konservativ.«
Die Augen hinter Reeds dicken Brillengläsern verengten sich kurz, dann begann der Reverend zu lächeln. »Finden Sie?« Er machte eine ausladende Handbewegung. »Ich denke, die meisten Menschen hier würden Ihnen wohl widersprechen. Sehen Sie, viele der Leute, die heute gekommen sind, wohnen nicht einmal in Moonlight Bay. Es sind Menschen von den umliegenden Farmen, einige kommen sogar aus benachbarten Gemeinden. Das würden sie kaum tun, wenn meine Worte sie nicht erreichen würden.«
Daryl verkniff sich die Bemerkung, dass es die Menschen auf dem Land in Zeiten wie diesen ohnehin schon sehr schwer hatten – Schafzüchter und Farmer ganz besonders – und daher nur allzu gerne bereit waren, in der Kirche Halt und Kraft zu suchen. Frömmigkeit und Enthaltsamkeit würden ihnen bei der Bewältigung ihrer finanziellen und existenziellen Probleme allerdings kaum weiterhelfen.
»Wie ich gehört habe, sind Sie gestern mit Mr. Markham zum Fischen hinausgefahren?«, fuhr der Reverend fort.
»Ja. George kennt sich wirklich ausgezeichnet aus. Ich hatte sogar einen Speerfisch an der Leine. Leider habe ich ihn entwischen lassen.«
»Sie wissen, dass Mr. Markham einen ziemlich fragwürdigen Lebenswandel führt.«
»War das eine Frage?«
»Nein, eine Feststellung.«

»Ich weiß, dass George einige schwere Schicksalsschläge hinnehmen musste – wenn es das ist, was Sie damit ausdrücken wollten.«

»In der Tat. Manchmal prüft uns Gott, doch denen, die an ihn glauben, hilft er auch in der Not. Doch leider hat sich George Markham statt an Gott an den Teufel gewandt und ist dem Alkohol verfallen. Er ist nicht bereit, sein Herz dem Allmächtigen zu öffnen. Lieber lebt er wie ein wildes Tier im Wald, ist streitsüchtig und bemitleidet sich selbst, anstatt einer geregelten Arbeit nachzugehen und Gott zu bitten, die Seelen seiner Frau und seiner Tochter in sein Reich aufzunehmen.«

Daryl konnte kaum glauben, was er da hörte. Nur mit Mühe gelang es ihm, seinen Abscheu und den Ekel, den er in diesem Augenblick empfand, zu verbergen. Schließlich antwortete er ruhig: »Die Menschen gehen ganz unterschiedlich mit Trauer um. Ich glaube nicht, dass George Markham ein schlechter Mensch ist, nur weil er trinkt. Es ist seine Art, mit den Problemen in seinem Leben fertig zu werden. Ich behaupte nicht, dass es der richtige Weg ist, aber ich kann ihn doch verstehen.«

Reverend Reed sah Daryl einen Moment durchdringend an. Dann nickte er kaum merklich. »Sie sind noch jung, Mr. Simmons. Sie mögen vielleicht glauben, die Sünden Ihrer Jugend später mit ein paar Gebeten tilgen zu können, aber da irren Sie sich. Am Jüngsten Tag werden sie alle gezählt, und nur die, die wirklich reinen Herzens sind, werden Erlösung finden. Was ich damit sagen will: Menschen wie George Markham sind kein guter Umgang, denn sie sind schwach und werden am Ende der Macht des Bösen erliegen. Nehmen Sie es mir nicht übel, dass ich das so offen sage, aber ich denke, es wäre besser für Sie, wenn Sie sich von ihm fern hielten.«

Bis zu diesem Moment hatte sich Daryl ganz gut im Griff gehabt, doch nun wurde ihm Reverend Reeds Überheblichkeit zu viel. Er wollte gerade eine spitze Bemerkung fallen lassen, da trat Mrs. Reed neben ihren Mann. Dicht hinter ihr stand ein magerer, blonder Junge. Daryl nahm an, dass es ihr fünfjähriger Sohn Samuel war. Der Junge hatte ungewöhnlich große, blaue Augen, mit denen er Daryl verstohlen musterte.

»Du solltest dich langsam auf den Weg machen«, sagte Mrs. Reed mit leiser Stimme zu ihrem Mann. »Du weißt, du hast der kranken Mrs. Conway versprochen, sie nach der Predigt zu besuchen.«

»Ja, richtig«, bemerkte der Reverend. Er wandte sich wieder Daryl zu. »Meine Frau kennen Sie ja bereits.«

»Ja. Freut mich, Mrs. Reed, Sie wiederzusehen. Wie geht es Ihnen?«

»Danke, gut. Und Ihnen?«

»Ich kann nicht klagen. Das hiesige Klima und die langen Spaziergänge bekommen mir bestens. Ich möchte mich nochmals entschuldigen, dass ich vor drei Tagen einfach so bei Ihnen hereingeplatzt bin.«

»Das war halb so schlimm«, antwortete der Reverend anstelle seiner Frau. »Leider war meine Frau gerade sehr beschäftigt, als Sie sie besucht haben. Vielleicht kommen Sie ein andermal bei uns vorbei – auf eine Tasse Tee zum Beispiel.«

»Gerne.« Vergeblich wartete Daryl darauf, dass ihm die Reeds den Jungen vorstellten. Stattdessen warf der Reverend einen Blick auf seine Uhr. »Höchste Zeit. Mrs. Conway hasst

Unpünktlichkeit. Sie ist zwar bettlägerig, aber die Uhr kann sie immer noch lesen.«
Als sich Daryl von den Reeds verabschiedet hatte, ging er Richtung Ausgang. Unterwegs warf er einen Blick über die Schulter. Samuel Reed stand noch immer im Gang. Der Junge schaute ihm mit einem seltsamen Blick nach.

10

Daryl fuhr zurück zu seinem Cottage. Er zog sich um, nahm den gepackten Rucksack vom Bett und machte sich gleich wieder auf den Weg.

Daryl nahm die Abkürzung hinunter zum Leuchtturmpfad. Als er den Turm erreichte, saß George Markham bereits auf dem Betonsockel und rauchte.

»Schön, dass Sie gekommen sind«, begrüßte ihn Daryl.

»Keine Ursache. Was haben Sie denn da alles drin?«, fragte George mit einem neugierigen Blick auf Daryls prall gefüllten Rucksack.

»Das werden Sie gleich sehen. Lassen Sie uns aber erst rübergehen zu den drei Felsen. Möglich, dass ich mich gleich zum Narren mache – für den Fall bitte ich Sie schon jetzt um Nachsicht. Sollte ich aber Recht behalten, sind wir dem Geheimnis dieses angeblichen Geistes, den wir beide gesehen haben, zumindest teilweise auf die Schliche gekommen.«

Bei den Klippen angelangt, öffnete Daryl seinen Rucksack und leerte den Inhalt auf den Boden. George sah überrascht zu.

»Handschuhe, ein dickes Seil, eine Taschenlampe und ein kleines Beil – Sie machen mich echt neugierig, Simmons.«

Der Detective trat an den Klippenrand und suchte die Stelle mit dem darunter liegenden Felsvorsprung. Als er direkt über ihr stand, drehte er sich zu George um und lächelte.

»Was ist?«

»Kommen Sie, werfen Sie einen Blick nach unten.«
Markham sah ihn misstrauisch an, schaute dann aber über den Rand.
»Ein Felsvorsprung, okay. Und was weiter?«
»Bis auf die Besatzung des Trawlers hat jeder, der die geheimnisvolle Gestalt sah, sie irgendwo hier aus den Augen verloren. Sehen Sie sich um. Man kann sich hier zur Not hinter einem der Felsen, einem Busch oder Karri-Baum verstecken. Aber nicht so, dass man nicht gefunden wird. Wohin ist unser ›Geist‹ also verschwunden?«
George zuckte mit den Schultern. »Keine Ahnung. Von der Klippe ist Mary Reed jedenfalls kaum gesprungen.«
»Vielleicht doch. Gestern, als wir nahe der Küste zurück nach Moonlight Bay gefahren sind, habe ich mir diesen Felsvorsprung da unten vom Boot aus genau angeschaut. Er steht wie ein schiefer Zahn von der Felswand ab. Da man vom Meer aus hinaufblicken muss, ist die Stelle, an der er in die Felswand übergeht, nicht zu sehen. Auch von hier oben nicht, weil die Felswand leicht überhängend ist.«
»Weiter.«
»Der Felsvorsprung liegt etwa zwei Meter unter uns. Er ist schätzungsweise achtzig Zentimeter breit, hundertfünfzig Zentimeter lang und oben abgeflacht. Um hinunterzuspringen, braucht es Mumm, das gebe ich zu. Ich persönlich würde es nicht wagen, wenn mich nicht jemand mit einem starken Seil sichert. Ich kann mir aber durchaus vorstellen, dass man diesen Sprung mit etwas Mut auch so machen kann. Man braucht dann nur noch bis zur Felswand runterzurutschen und ist von oben nicht mehr zu sehen.«
»Nette Idee. Würde aber bedeuten, dass unser ›Geist‹ einen

Komplizen haben muss. Sonst käme er ja nicht wieder hinauf, oder?«
»Vollkommen richtig. Und genau das beabsichtige ich jetzt zu beweisen.«
George sah ihn skeptisch an. »Das ist nicht Ihr Ernst, oder?«
»Doch, das ist es. Und ich verlasse mich darauf, dass Sie mich sichern.«
Während Daryl sich das Seil um den Bauch schlang und es mehrfach verknotete, fragte er beiläufig: »Gab es eigentlich irgendwelche Parallelen zwischen dem Verschwinden Ihrer Tochter und dem von Mary Reed?«
George überlegte kurz, dann schüttelte er den Kopf. »Weshalb fragen Sie?«
»Nun, als ich hörte, dass gleich zwei Mädchen aus Moonlight Bay verschwunden sind – und das innerhalb von einem Jahr –, da habe ich mich gefragt, ob das wirklich nur ein Zufall war, wie das offenbar alle hier glauben.«
»Nicht alle«, antwortete George grimmig. »Ich habe mir schon oft dieselbe Frage gestellt.«
»Und?«
George Markham zögerte. »Ich bin mir nicht sicher. Das Einzige, was man von meiner kleinen Grace fand, war ein Schuh, hier ganz in der Nähe. Die Polizei nahm an, sie sei gestolpert oder ausgerutscht und über die Klippen ins Meer gestürzt. Aber ihre Leiche wurde niemals angespült. Ein Jahr danach verschwand Mary und mit ihr Tom, und ich begann mich zu fragen, ob ihr Verschwinden vielleicht etwas mit Grace' Schicksal zu tun hatte.«
»Kannten sich Ihre Tochter und Mary eigentlich gut?«, wollte Daryl wissen.

»Nicht besonders. Mary war vier Jahre älter als Grace.«
»Und was ist mit Tom?«
Georges Blick verdüsterte sich. »Grace hatte Angst vor ihm – und sie hasste ihn.«
»Sie hasste ihn?«, fragte Daryl erstaunt. »Weshalb?«
»Grace hatte einen Hund, einen Labrador namens Spooky. Das Tier war lammfromm und ein ganz lausiger Wachhund, aber Grace liebte ihn über alles. Eines Tages – wenige Wochen bevor meine Frau starb – kam sie zu uns und behauptete, sie hätte gesehen, wie Tom Grammar ums Haus geschlichen sei, Spooky ein Seil um den Hals gelegt und ihn mitgenommen habe. Also fuhr ich zu den Grammars. Es war niemand zu Hause, und so versuchte ich es am Abend noch einmal. Tom behauptete, Grace habe sich geirrt und müsse ihn verwechselt haben, doch ich sah ihm an, dass er log.«
Daryl zog ein paar Mal kräftig am Seil, um die Knoten zu überprüfen, dann sah er George in die Augen. »Aus welchem Grund hätte Tom den Hund Ihrer Tochter stehlen sollen?«
»Keine Ahnung. Aber er hat es getan, davon bin ich überzeugt. Spooky ist nie wieder aufgetaucht, und Grace hat dieses Erlebnis nie vergessen. Sie wollte auch keinen neuen Hund mehr haben. Sie hatte Angst, Tom würde auch ihn stehlen.«
»Wie haben Mr. und Mrs. Grammar auf Ihre Anschuldigungen reagiert?«
»Sie versprachen, Tom noch einmal ins Gebet zu nehmen, aber er blieb bei seiner Geschichte.«
Daryl trat erneut an den Rand der Klippe und schaute nach unten. Trotz des Seils um seinen Bauch hatte er ein mulmiges Gefühl. Zwar verfügte George Markham über Bärenkräfte

und würde ihn bestimmt mühelos auch wieder hochziehen können. Ein gewisses Risiko aber blieb. Was war, wenn er die Klippe verfehlte und mit voller Wucht gegen die Felswand prallte? Daryl versuchte, den Gedanken daran beiseite zu schieben, und konzentrierte sich auf den Sprung.

Von oben hatte alles viel gefährlicher ausgesehen, als es tatsächlich war. Daryl war in der Mitte des Vorsprungs gelandet, hätte aber problemlos auch vierzig Zentimeter weiter links oder rechts aufsetzen können. Er rief nach George, der oben auf den Klippen saß und die Füße gegen eine Felskante gestemmt hatte. Bereit, Daryl aufzufangen, sollte er abstürzen.

»Das war leichter, als ich dachte«, rief Daryl, als George zu ihm hinabschaute.

»Schön. Und was weiter?«

»Ich rutsche jetzt bis zur Felswand runter. Sind schätzungsweise anderthalb Meter. Mal sehen, ob sich dort Spuren finden lassen.«

Daryl glitt das steile Stück auf dem Hinterteil hinunter, darauf vorbereitet, sich mit den Füßen an der Felswand abzufangen. Mit einem Bein gelang ihm das auch, das andere verschwand in einem tiefen Loch. Seine Beine wurden auseinander gerissen, gleich darauf spürte er einen stechenden Schmerz in der Leistengegend und schrie laut auf.

»Verdammt noch mal, was ist da unten los?«, rief George vom Rand der Klippe herunter. »Nun sagen Sie doch endlich was! Sind Sie in Ordnung, Simmons?«

Daryl blickte nach oben. Die überhängende Felswand versperrte ihm die Sicht. »Alles okay!«, presste er hinter zusammengebissenen Zähnen hervor. »Hier ist eine kleine Höhle, der Eingang ist nur etwa fünfzig Zentimeter breit. Warten Sie, ich schaue nach, wie tief sie ist.«

Daryl zog das Bein aus dem Loch, dann drehte er sich vorsichtig um und befreite sich vom Seil. Als er seine Taschenlampe aus dem Gürtel gezogen hatte, richtete er deren Strahl in das Innere der Höhle und steckte den Kopf durch die schmale Öffnung. Der Schein der Lampe fiel auf die Wände eines kurzen Tunnels, dahinter erfasste er nur noch konturlose Schwärze. Daryl war überrascht. Er hatte mit einer kleinen Nische, bestenfalls mit einer Aushöhlung gerechnet. Doch wie es aussah, hatte er eine richtige Höhle entdeckt.

»Auch das noch«, seufzte er geknickt.

Daryl litt seit einem schrecklichen Erlebnis in seiner Kindheit unter Klaustrophobie. Als er elf Jahre alt gewesen war, hatte er sich eines Nachts heimlich aus seinem Elternhaus geschlichen. Nicht weit von der Aborigine Community, in der er als einziger weißer Junge mit seinen Eltern gelebt hatte, lag eine zerklüftete Hügelkette. An ihren steilen Hängen lebte eine Gruppe seltener Felsenkängurus, von der ihm sein Aborigine-Lehrmeister Ungjeeburra erzählt hatte. Ungjeeburra, der früh auf Daryls Interesse für die Kultur der Aborigines sowie seine ausgeprägte Liebe zur Natur aufmerksam geworden war und ihn deshalb als Schüler aufgenommen hatte, erzählte Daryl, diese Felsenkängurus seien ein Teil seines Dreamings und somit ein Teil der Schöpfungsgeschichte seines Clans. Natürlich hatte Daryl die Tiere unbedingt sehen wollen. Doch der alte Aborigine hatte ihn mit den Worten vertröstet: *»Erst wenn du ihre Geschichte kennst, sollst du* *sie sehen.«* Auf Daryls Frage, wann das sein würde, hatte Ungjeeburra geantwortet: *»Wenn die Zeit gekommen ist, wenn du reif bist, um zu verstehen.«* Diese Erklärung hatte Daryl nicht gereicht. Er war jung und voller Wissensdurst. Und so hatte er sich mitten in der Nacht auf den Weg in die Berge gemacht. Es sollte das erste und einzige Mal bleiben, dass er nicht auf Ungjeeburras Rat hörte.

Daryl hatte gewusst, dass Felsenkängurus nicht nur äußerst scheue Tiere waren, sondern auch durch ihre spezielle Fellzeichnung so gut getarnt, dass man sie kaum zwischen den Felsen ausmachen konnte. Wenn überhaupt, so ließen sie sich nur ganz früh morgens oder in den abendlichen Dämmerstunden beobachten.

Als er die Hügelkette erreicht hatte, kämpfte er sich über Geröll, alte, umgestürzte Baumstämme und zwischen gewaltigen, von den Bergflanken herabgestürzten Felsquadern hindurch bis ans Ende des »Tals der singenden Winde«, über dem die Felsenkängurus in Nischen und kleinen Höhlen die Nacht verbrachten. Im Osten verfärbte sich der Horizont gerade purpurrot, und der fast volle Mond, der ihm den Weg zu der Schlucht gewiesen hatte, versank hinter dem Bergkamm. Daryl beeilte sich, die steilen Felsen hinaufzuklettern, denn er wollte hoch genug sein, um die Kängurus aus nächster Nähe beobachten zu können, wenn sie aus ihren Verstecken kamen. Plötzlich löste sich ein Felsbrocken unter seinen Füßen, und er verlor das Gleichgewicht. Was danach geschehen war, daran erinnerte er sich nur noch bruchstückhaft. Manchmal träumte er aber davon, wie er die steile Felswand herunterrutschte und wie sich plötzlich vor ihm eine riesige Schlange aus dem Fels löste, ihr gewaltiges Maul aufriss und

ihn verschlang, ehe sie wieder mit dem Berg verschmolz. In Wirklichkeit war Daryl in eine tiefe Felsspalte gestürzt, wo er mit ausgekugelter Schulter und gebrochenem Fuß zunächst bewusstlos liegen geblieben war.
Daryl erschauderte. Wann immer er einen dunklen, engen Raum betrat, kehrten die Erinnerungen an dieses Kindheitserlebnis zurück und mit ihnen der Drang wegzurennen.
»Verdammt, reiß dich am Riemen«, presste er zwischen zusammengekniffenen Lippen hervor. »Es hilft alles nichts. Du musst da rein, ob du willst oder nicht.«
Daryl nahm seinen ganzen Mut zusammen, dann robbte er vorsichtig in den Tunnel. Er spürte weder einen Luftzug, noch hörte er ein Rauschen oder Dröhnen aus der Höhle. Eine Verbindung zum Meer hatte der Gang demnach nicht. Erneut ließ er den Lichtstrahl kreisen. Diesmal erfasste das Licht sowohl die Decke als auch den Boden und die Seitenwände. Das Ende der Grotte konnte Daryl aber immer noch nicht sehen.
Er kroch bis ans Ende des Tunnels und richtete sich auf.
Die Kaverne hatte die Form eines Halbmondes. Sie war so hoch, dass ein erwachsener Mensch aufrecht stehen konnte. Die Wände bestanden aus rohem Fels, der unzählige Kanten und Höhlungen aufwies. In einigen entdeckte Daryl heruntergebrannte Kerzenstummel. Als er sie sich näher ansah, stellte er fest, dass es sich um schwarze Kerzen handelte. Er konnte nicht sagen, weshalb, aber ihr Anblick beunruhigte ihn. Vor allem, weil er immer mehr von ihnen in den Felsritzen der Höhle entdeckte, je genauer er sich umsah. Die Sache wurde immer unheimlicher.
Daryl ließ den Lichtstrahl seiner Taschenlampe weiter durch

den Raum wandern. An der breitesten Stelle maß die Grotte an die zwei Meter. Dort, direkt an der Felswand, entdeckte Daryl ein Brett, das auf zwei leeren Holzkisten lag. Über das Brett war ein schwarzes, löchriges Tuch gespannt, das mit mehreren Schlangenhäuten dekoriert war. In der Mitte des behelfsmäßigen Altars lag ein Ziegenbockschädel mit großen, verdrehten Hörnern. Rechts und links von ihm standen zwei dicke, halb abgebrannte schwarze Kerzen, und vor dem Schädel sah Daryl eine flache Metallschale auf einem kleinen, runden Holzsockel. Daneben lag ein langes Jagdmesser. An der Wand über dem Altar hing ein großes, auf dem Kopf stehendes Holzkreuz, auf das die Worte »Satan ist Gott« aufgemalt waren. Die vier Seiten des Kreuzes waren mit einer großen, schwarz-gelben Tigerschlangenhaut verbunden, deren Schuppen im Schein der Lampe wie eine Lichterkette glänzten. Als Daryl näher an den Altar herantreten wollte, stellte er fest, dass sich um den Tisch ein breiter Kreis zog, der in den Kalksteinboden geritzt worden war. Die Einkerbung war deutlich dunkler als das Gestein ringsum. Daryl kniete sich nieder, strich mit dem Finger über die einen Zentimeter breite Markierung und betrachtete danach nachdenklich seine schwarzen Fingerspitzen. Die Vertiefung um den Altar war offenbar mit Holzkohle oder Asche nachgezeichnet worden.

Daryl erhob sich wieder und trat an den Altartisch, um sich die darauf stehende Schale genauer anzusehen. Das Innere des Gefäßes sah aus, als wäre es mit einer dicken Rostschicht überzogen. Als er die Schale jedoch näher untersuchte, stellte er fest, dass sie aus rostfreiem Stahl bestand. Was er zunächst für Korrosion gehalten hatte, war allem Anschein nach getrocknetes Blut. Er wollte sie wieder an ihren Platz auf dem Holzsockel zurückstellen, da sah er, dass auf diesem etwas aufgemalt war. Es war ein Kreis, in dessen Mitte eine Reihe abstrakter Zeichen stand, die Daryl nicht zu deuten vermochte. Das Ganze wurde von einem Ring umfasst, in dem in roter Farbe die Worte »Glasya-Labolas« standen.

Daryl lief ein eiskalter Schauer über den Rücken. Plötzlich hatte er das Gefühl, nicht mehr allein zu sein. Er wirbelte herum, und der Strahl seiner Taschenlampe zuckte hektisch durch den Raum. Je schneller das Licht über die Felswände wanderte, umso mehr bizarre Schatten entstanden. Daryl zwang sich, die Augen zu schließen. Seine Gedanken kehrten zurück zu der Felsspalte im »Tal der singenden Winde«.

Eingeklemmt zwischen harten Felswänden, war Daryl zu sich gekommen. Einige Meter über sich hatte er einen dünnen, gezackten Streifen Himmel sehen können, der wie ein erstarrter Blitz über der Felsspalte hing. Sein Licht drang jedoch nicht bis zum Boden der Spalte hinunter, weshalb Daryl nicht erkennen konnte, wie schwer er verletzt war. Nur mit Mühe hatte er es geschafft aufzustehen. Vorsichtig, mit einer Hand die fast senkrechten Wände abtastend, hatte er sich die kaum fünfzig Zentimeter breite und nur wenige Meter lange Spalte entlanggearbeitet. Als er schließlich feststellte, dass er in einer Falle saß, aus der es ohne fremde Hilfe kein Entrinnen gab, war er in Tränen ausgebrochen. Immer wieder hatte er nach Hilfe gerufen, aber niemand hatte ihn gehört. Als die Nacht hereinbrach, war er zitternd vor Kälte, Angst und Schmerzen am Ende der Felsspalte zusammengesunken und in einen unruhigen, fiebrigen Schlaf gefallen.

Irgendwann war er wieder aufgewacht, weil er spürte, wie etwas langsam über seinen Körper kroch.
Daryl schüttelte heftig den Kopf und versuchte, so die Erinnerung an das schreckliche Erlebnis aus seiner Kindheit zu verscheuchen – ohne Erfolg. Die Schlangenhäute auf Altar und Kreuz, die Schlange, die damals über seinen Körper gekrochen und sich bis zum Morgengrauen an seinem Körper gewärmt hatte, diese unheimliche Höhle und die bedrückende Enge der Felsspalte einst, das alles verschmolz für Daryl in diesem Moment zu einem Furcht einflößenden Ganzen.
Seine Rettung aus der Felsspalte hatte er Ungjeeburra zu verdanken. Am nächsten Morgen, kurz nachdem die Schlange endlich von ihm weggekrochen war, um sich dann scheinbar mühelos die steile Felswand hinaufzuschlängeln, war die Silhouette des Eingeborenen am Rand der Spalte aufgetaucht.
»Ich werfe dir ein Seil zu, glaubst du, du kannst es dir alleine umbinden?«, hatte Ungjeeburra ihm zugerufen. Daryl, gleichermaßen glücklich, gerettet zu sein, wie auch beschämt, weil er nicht auf den Aborigine gehört hatte, mobilisierte seine letzten Kräfte, band sich das Seil um und ließ sich dann nach oben ziehen. Zu seiner Überraschung war Ungjeeburra allein gewesen. Wie dieser Daryl später erzählte, hatten ihm seine Känguru-Ahnen im Traum berichtet, wo Daryl war und dass er sich verletzt hatte, worauf sich der Aborigine unverzüglich auf den Weg gemacht hatte. Schuldbewusst und mit hängendem Kopf hatte Daryl vor Ungjeeburra gestanden, überzeugt, das Vertrauen und die Freundschaft des Eingeborenen für immer verloren zu haben. Doch Ungjeeburra hatte ihn nur ernst angeschaut und gesagt: *»Du bist neugierig und mutig, aber du hast keine Geduld. Doch gerade sie ist es,*

die dich stark macht. Du musst lernen, geduldig und ausdauernd zu sein.« Das war Daryl im Laufe der Zeit auch gelungen. Bisweilen brachte seine unerschütterliche Geduld seinen Chef zwar beinahe um den Verstand und ihn mitunter in ziemliche Schwierigkeiten, aber ohne sie wäre er nie ein guter Polizist geworden.

Erst vier Jahre nach seinem Unfall, kurz vor seiner Initiation, war Daryl gemeinsam mit Ungjeeburra wieder ins »Tal der singenden Winde« gegangen. Dort hatte ihm der alte Pintubi die Geschichte von Warrew, dem großen Felsenkänguru, und Goonnear, der Pythonschlange, erzählt, die einst, in grauer Vorzeit, gemeinsam mit anderen mythischen Wesen die Natur in all ihren Erscheinungsformen erschaffen hatten. Nach Vollendung ihres Werkes verwandelten sie sich in die Hügelkette nahe der Aborigine Community. Noch heute, so hatte Ungjeeburra erzählt, erwachte Goonnear manchmal wieder zum Leben, um diejenigen zu verschlingen und in Stein zu verwandeln, die ohne Erlaubnis diesen heiligen Berg bestiegen. Manchmal fragte sich Daryl, ob sein Traum von der riesigen Schlange, die sich aus dem Felsen gelöst und ihn verschluckt hatte, wirklich nur ein Traum gewesen war.

Nachdem sich Daryl etwas beruhigt hatte, öffnete er die Augen. Der Lichtstrahl seiner Taschenlampe ruhte auf dem Schlangen-Kreuz. Daryl atmete tief durch, dann ließ er den Lichtkegel wieder durch die Grotte wandern. Erneut sprangen unheimliche Schatten wie böse, lichtscheue Geister von den Höhlenwänden, schlüpften in Felsspalten und -nischen, um sogleich wieder aus ihnen herauszujagen und sich ein neues Versteck zu suchen.

Daryl schlug das Herz bis zum Hals, doch diesmal gelang es ihm, seine Klaustrophobie unter Kontrolle zu halten. Jetzt wandte er seine Aufmerksamkeit dem verkehrt hängenden Kreuz zu. Es war mit Stahlhaken an der Wand befestigt worden. Wie Daryl schon vermutet hatte, konnte das Kreuz also nicht irgendwann in diese Position verrutscht sein, sondern war absichtlich so aufgehängt worden. Ein weiterer Beweis dafür waren die »teuflische« Inschrift und die sorgfältig um das Kreuz dekorierte Schlangenhaut. Er hatte es hier zweifellos mit Satanismus zu tun. Wer auch immer diese Höhle für geheime, finstere Rituale benutzt hatte oder noch immer benutzte, er hatte hier Blutopfer dargebracht, das bewiesen das Jagdmesser und die Opferschale. Daryl hoffte nur, dass es sich dabei nicht um Menschenopfer gehandelt hatte. Sollte sich allerdings herausstellen, dass das Blut in der Schale von Mary oder Grace stammte, dann würde das ein neues Licht auf den Fall und das Verschwinden der beiden Mädchen werfen – und wohl auch auf den Tod von Tom Grammar.
Links vom Altar fielen Daryl vier Felsnischen auf. Sie waren nahezu rechteckig und offenbar künstlich vergrößert worden. In ihnen hatte man ebenfalls schwarze Kerzen platziert. Daryl ging hinüber, um sie sich näher anzusehen. Als er die Kerze aus der ersten Nische entfernt hatte und hineinleuchtete, fand er dort das halb verrottete Fell einer Katze. Vorsichtig hob er es mit zwei Fingern an. Darunter kam der teilweise mumifizierte Schädel des Tieres zum Vorschein. Daryl besah sich die Unterseite des Fells. Wer auch immer das Tier abgehäutet hatte, er verstand nicht viel davon. Die Haut wies an einigen Stellen Löcher und Schnitte auf, an anderen war das Fleisch des Tieres nicht sauber entfernt worden, was

Daryl an den dunklen, schimmligen Flecken erkannte, die nach der Zersetzung des Fleisches zurückgeblieben waren.
In der zweiten und dritten Felsnische erwartete ihn jeweils ein ähnliches Arrangement. In der einen lagen Balg und Kopf eines Fuchses, in der anderen die eines Opossums.
Daryl verzog angewidert das Gesicht. Von den Aborigines hatte er gelernt, wie man Tiere jagte und sie rasch und möglichst schmerzlos tötete. Von ihnen wusste er auch, welche Teile essbar waren und welche nicht, wie man seine Beute am besten zubereitete und was man von ihr sonst noch verwenden konnte, beispielsweise zur Herstellung von Medizin und anderem mehr. Auch das fachgerechte Abbalgen eines Tieres wie zum Beispiel eines Kängurus, dessen Fell die Eingeborenen gerade in kalten Winternächten sehr schätzten, beherrschte Daryl. Das Töten hatte für ihn somit nichts Abstoßendes. Doch was er hier sah, das berührte ihn. Daryl achtete die Natur. Wie hatte Ungjeeburra es einst ausgedrückt? *»Die Traumzeit war vor langer Zeit, und sie ist immer noch. Sie ist ein fortlaufender, schöpferischer Prozess, der vor Ewigkeiten begann und ewig weitergehen wird. Wir sind ein Teil von ihm, genauso wie Pflanzen und Tiere, wie ein Stein oder wie der Wind und der Regen. Wir alle sind miteinander verbunden und voneinander abhängig.«* Das sinnlose Töten von Tieren, wie es hier stattgefunden hatte, war für Daryl deshalb abstoßend und beinahe gleichbedeutend mit der Zerstörung eines ganzen Lebensraumes.
Als Daryl sich bückte, um die vierte und gleichzeitig größte Felsnische zu untersuchen, machte sich ein flaues Gefühl in seinem Magen breit. Langsam und mit angehaltenem Atem entfernte er die Kerze und leuchtete in die Höhlung.

Unter einem kurzen, cremefarbenen Fell lag der breite Schädel eines Hundes. Eingeklemmt, zwischen seinen Zähnen, entdeckte Daryl ein Halsband. Darauf stand »Spooky«.
George Markhams Tochter hatte also die Wahrheit gesagt. Die Frage war nur, ob Tom Grammar allein hinter der Entführung und Tötung des Hundes steckte oder ob er Komplizen, möglicherweise sogar einen Auftraggeber gehabt hatte. Vielleicht würde die Spurensicherung feststellen können, ob sich außer Tom noch andere Personen in der Höhle aufgehalten hatten und sie vielleicht gelegentlich heute noch aufsuchten.
Mit dem Sprung auf die vorstehende Klippe und der Entdeckung der Höhle hatte Daryl so gut wie bewiesen, dass es sich bei der weiß gekleideten Gestalt, die in der Nähe des Leuchtturms gesichtet worden war, nicht um einen Geist handelte, der sich in Luft auflöste, wenn man ihm zu nahe kam. Allerdings hatte Daryl in der Höhle auch nichts entdeckt, was eine Verbindung zum Verschwinden der Mädchen herstellte. Darüber war er zwar einerseits ein wenig enttäuscht, andererseits war er auch froh darüber, denn er hatte schon befürchtet, in einer der Felsnischen auf die Gebeine der Mädchen zu stoßen.
Daryl stand auf. Zögernd folgte er dem immer enger werdenden Verlauf der Grotte. Je weiter er sich vom Einstiegstunnel entfernte, desto feuchter wurde es. An der Decke sammelten sich am Ende zerbrechlicher Stalaktiten funkelnde Wassertropfen, die nach einigen Sekunden in Pfützen oder auf kleine Stalagmiten auf dem Boden fielen. Sein Herz schlug bereits wieder wild. Wie eine unsichtbare Würgeschlange legte sich die Angst erneut um Brust und Hals, zog sich immer mehr

zusammen, bis er schließlich kaum noch Luft bekam. In diesem Augenblick bewegte sich links von ihm etwas. Als Daryl sah, dass er beinahe auf eine große, olivschwarze Schlange getreten war, erschrak er und machte zwei Schritte zurück. Dabei stolperte er über einen der Tropfsteine am Boden. Um den Sturz abzufangen, ließ er die Taschenlampe los, so dass diese auf dem Boden aufschlug und ausging. Die Dunkelheit, die Daryl auf einen Schlag einhüllte, lähmte ihn vollständig. Einige Minuten lag er keuchend auf dem feuchten Boden, dann begann er am ganzen Körper zu zittern.

Es war die Kälte, die ihn wieder aus seiner Erstarrung befreite. Daryl fühlte sich, als erwache er aus einer tiefen Ohnmacht. Erst wirbelten die Gedanken in seinem Kopf wild durcheinander, doch dann formten sie sich langsam zu klaren Bildern. Als er begriff, was geschehen war, wich die Angst den Selbstvorwürfen. Hatte Ungjeeburra ihn nicht gelehrt, in Situationen wie diesen ruhig und besonnen zu bleiben? Hatte er ihm nicht beigebracht, in Gefahrenmomenten seine Ängste zu unterdrücken und einen kühlen Kopf zu bewahren, um Fehler zu vermeiden und nicht in noch größere Gefahr zu geraten?

»Du hattest Recht«, sagte Daryl und meinte damit seinen alten Lehrmeister. »Die Stammesgeschichten erzählen nicht vom Kampf des Guten gegen das Böse, sondern vom Sieg des Klugen über den Dummen und von der Strafe der Natur gegenüber dem Nachlässigen.«

Gut, er hatte Mut bewiesen, als er von der Klippe gesprungen war, um zu bestätigen, dass er mit seinem Verdacht richtig lag. Allerdings war es reichlich dumm gewesen, in eine Höhle zu kriechen, wenn man wie er unter Klaustrophobie litt. Auf einmal musste Daryl lachen. Ob er wohl bei der Polizei aufgenommen worden wäre, wenn man von seiner Klaustrophobie gewusst hätte? Wohl kaum. Zum Glück kam er nicht oft in solche Situationen. Trotzdem, in Zukunft musste er sich besser unter Kontrolle haben, andernfalls konnte eine Situation wie eben ganz schön ins Auge gehen.

Daryl richtete sich auf, versuchte sich klar zu werden, wo die Taschenlampe auf dem Boden aufgeschlagen war, und begann dann auf den Knien, nach ihr zu suchen. Mit ausgestreckten Armen, langsamen und vorsichtigen Bewegungen suchte er den unebenen Grund ab. Etwas mulmig war ihm dabei schon zumute, denn immerhin konnte die Schlange noch in der Nähe sein. Daryl glaubte, erkannt zu haben, dass es sich bei dem Reptil um eine ungiftige, nachtaktive Diamant-Python handelte, was auch ihre Anwesenheit in der Höhle erklären würde. Trotzdem war es ratsam, vorsichtig zu sein. Diamant-Pythons waren dafür bekannt, bei der geringsten Provokation schnell zuzubeißen.

Die Lampe lag in einer Pfütze. Daryl war erleichtert, als er feststellte, dass sie noch funktionierte. Durch den Aufprall auf dem Boden hatte sie sich lediglich ausgeschaltet. Allerdings war das Glas gesplittert. Daryl ließ den nun merkwürdig verzerrten Lichtkegel über den Höhlenboden wandern, auf der Suche nach der Schlange, doch das Tier war verschwunden.

Daryl überlegte kurz, ob er umkehren sollte. Doch dann wurde ihm bewusst, dass die Schlange unmöglich von der Klippe her in die Höhle gelangt sein konnte, folglich musste es noch einen weiteren Zugang geben. Vielleicht war dieser nur sehr klein, gerade groß genug, für eine Schlange oder ein

kleines Säugetier. Aber bevor er das nicht mit Sicherheit festgestellt hatte, wollte er nicht zurückgehen.
Vorsichtig wagte Daryl sich weiter vor. Immer enger wurde der Höhlengang. Nach ein paar Metern konnte er nur noch gebückt weitergehen. Als er glaubte, das Ende erreicht zu haben, entdeckte er neben einem breiten, bis zum Boden reichenden Tropfsteingebilde einen engen Durchgang. Dahinter tat sich eine weitere, allerdings viel schmalere und auch wesentlich niedrigere Höhle auf. Sie verlief fast schnurgerade, dennoch reichte der Lichtstrahl nicht bis an ihr Ende. Um sich nicht den Kopf an den immer zahlreicheren Stalaktiten zu stoßen, musste Daryl sich beim Gehen nun noch tiefer bücken.
Schließlich, er war dem Höhlengang schon einige Minuten gefolgt, entdeckte er einen Seitengang. Daryl leuchtete hinein und stellte fest, dass dieser Tunnel nur wenige Meter tief war. In ihm fand er weder Kerzen noch sonst irgendwelche Gegenstände. Er nahm seinen Weg durch den niedrigen Höhlengang wieder auf. Ein paar Meter weiter verengte sich dieser auf weniger als einen Meter. An dieser Stelle lagen auf dem Höhlenboden Teile von zwei Tropfsteinformationen, die einst bis zum Boden gereicht haben mussten und eine natürliche Barriere gebildet hatten. Daryl besah sich die Überreste an der Decke und fand Spuren, die darauf schließen ließen, dass der Durchgang gewaltsam vergrößert worden war. Vorsichtig stieg er durch die Öffnung. Auf der anderen Seite war der Höhlengang etwas höher, so dass er nun aufrecht weitergehen konnte. Trotzdem bewegte er sich nur sehr langsam vorwärts. Immer wieder blieb er stehen und beleuchtete die Felswände. Er wollte sicher sein, dass ihm nichts entging.

Schließlich machte der Gang eine leichte Biegung. Braune Verfärbungen an den Felswänden verrieten Daryl, dass über ihm nicht mehr nur nackter Fels war, sondern auch eine Humusschicht, von der winzige Teile mit dem Regenwasser durch das poröse Gestein in das Höhlensystem gelangt waren. Es war schwer abzuschätzen, welche Distanz er inzwischen zurückgelegt hatte. Offensichtlich aber war er inzwischen bedeutend weiter von den Klippen entfernt, als er angenommen hatte. An einigen Stellen entdeckte Daryl nun auch die Wurzelenden von Bäumen oder Sträuchern, die einen Weg durch die an dieser Stelle offenbar nicht sehr dicke Felsschicht gefunden hatten. Entweder hingen sie wie Lianen von der Höhlendecke, oder sie tasteten sich am Gestein entlang in die feuchten Felsspalten. Zwischen einer dieser Wurzeln und einem Felsvorsprung entdeckte Daryl eine weitere Schlange. Vorsichtig machte er einen Bogen um das schlafende Tier. Dabei wäre er beinahe über einen Steinhaufen gestolpert.
Daryl untersuchte die Wände. Auf der linken Seite entdeckte er einen schmalen Felseinschnitt, der offenbar in einen weiteren Seitengang führte. Die Spalte war eindeutig von Menschenhand mit kleinen und großen Felsbrocken verschlossen worden. Irgendwann waren die Steine im oberen Teil herausgefallen, oder jemand hatte sie entfernt. Daryl leuchtete in das Innere, doch die Öffnung erlaubte keine freie Sicht in den dahinter liegenden Raum.
Daryl vergrößerte den Eingang, so dass er sich besser hindurchzwängen konnte. Nach einem kurzen Gang gelangte er in eine weitere Höhle. Diese unterschied sich von den vorhergehenden vor allem dadurch, dass von ihrer Decke fast

nur noch schmutzig braune Stalaktiten hingen. Auch hier durchstießen Wurzeln die Decke der Grotte, doch waren sie größer und dicker und reichten teilweise bis hinab auf den Boden. Daryl war jetzt sicher, dass er sich irgendwo unterhalb des Waldbodens befand.

Im Schein der Taschenlampe spannten die Wurzeln ein unheimliches Netz aus schwarzen Schatten über Boden und Wände. »Eine Szene wie aus einem schlechten Gruselfilm«, sagte Daryl laut. Er war überrascht, wie fest seine Stimme klang, und das gab ihm die Kraft, die er brauchte, um weiterhin gegen seine Angst anzukämpfen.

Als der Lichtstrahl auf zwei Steinhaufen im hinteren Teil der Grotte fiel, stockte Daryl der Atem. Sie waren auf keinen Fall natürlichen Ursprungs. Entschlossen bahnte er sich einen Weg zwischen den Wurzeln hindurch zu der Stelle. Sorgfältig, Stein für Stein, begann er den ersten Haufen abzutragen. Nach kurzer Zeit kamen die bleichen Knochen eines Skeletts zum Vorschein. Daryl zuckte zusammen. Einen Moment zögerte er, dann machte er weiter. Das Gerippe war erst teilweise freigelegt, als er feststellte, dass es sich dabei um die Überreste eines Tieres handelte. Erleichtert arbeitete er weiter, bis das gesamte Skelett sichtbar wurde. Zwar fehlte der Kopf, doch Daryl erkannte auch so, dass es sich um einen Hund handelte. Dies mussten die Überreste von Spooky sein. Obwohl Daryl annahm, dass es sich beim zweiten Steinhaufen um das Grab der übrigen Opfertiere handelte, begann er, auch diesen abzutragen. Vielleicht hatte er ja Glück und fand außer den Tiergerippen etwas, was ihm weiterhalf. Schon so manchem Verbrecher war beim Vergraben von Diebesgut oder einer Leiche unbemerkt etwas aus der Tasche gefallen.

Daryl hatte erst ein paar Steine entfernt, als ein halb verrottetes Stück Stoff sichtbar wurde. Das Nächste, was er freilegte, waren die zierlichen Knochen eines an den Handgelenken gefesselten Menschen. Erstaunlicherweise blieb Daryl diesmal ganz ruhig.

11

George Markham ging nervös am Klippenrand auf und ab. Zwischendurch warf er immer wieder einen Blick über die Felskante und rief Daryls Namen. Er war unschlüssig, ob er Hilfe holen oder noch länger warten sollte. Vor über zwanzig Minuten war Daryl in der Höhle verschwunden. Inzwischen befürchtete George, dass ihm etwas zugestoßen sein musste.
Als er sich erneut umdrehte, um das ruhelose Auf und Ab fortzusetzen, entdeckte er erstaunt, dass Daryl unmittelbar hinter ihm stand. »Wo in Dreiteufelsnamen kommen Sie denn her?«, fuhr George ihn an.
»Da unten befindet sich ein Höhlensystem, das sich bis zum Waldrand zieht und unter dem Wurzelgewirr eines riesigen, umgestürzten Karri-Baumes einen zweiten Ausgang hat«, antwortete Daryl leicht außer Atem.
Einen Augenblick beobachtete George Daryls finsteres Gesicht. »Das ist noch nicht alles, hab ich Recht?«
Der Detective schüttelte langsam den Kopf. »Ich habe dort einige schlimme Dinge entdeckt. Darunter auch die Leiche eines Kindes.« Daryl streckte den Arm aus und öffnete langsam seine Faust. »Auf dem Foto in Ihrer Hütte trägt Ihre Tochter eine Halskette. Ist es diese hier?«
Mit zitternden Fingern nahm George den silbernen Anhänger aus Daryls Hand. Er berührte ihn sanft mit den Lippen, dann sank er weinend auf den Boden.

Daryl kniete sich neben George Markham hin und umarmte ihn. Er wusste, dass es nicht nur Tränen der Trauer waren, die dieser vergoss. Es waren auch Tränen der Erleichterung. Endlich hatte er Gewissheit. Und endlich konnte er von seiner Tochter Abschied nehmen.

Sergeant Walker kaute angespannt auf seiner Unterlippe herum. Er beobachtete den Detective, der ihm gegenübersaß und telefonierte.

»Ja, Chief Inspector, ich bin sicher, dass das Mädchen ermordet wurde. ... Nein, den Mörder kennen wir noch nicht. ... Nein, Sir, das ist kein weiterer Fall. Ich bin ziemlich sicher, dass dieser Mord im Zusammenhang mit dem Tod der Grammars steht. ... Dafür gibt es mehrere Gründe. Natürlich brauche ich erst den Befund des Labors, um ganz sicher zu sein. ... Sicher, ich werde Sie über die weiteren Ermittlungen auf dem Laufenden halten. ... Darf ich Sie noch um einen Gefallen bitten? ... Ich wäre dankbar, wenn Sie der Gerichtsmedizin Druck machen könnten. Ich habe ein paar Vermutungen. Aber bevor ich nicht den Bericht kenne und sicher bin, dass ich mich auf der richtigen Fährte befinde, möchte ich lieber nicht zu viel unternehmen. ... Danke, Sir.«

Daryl legte auf. Die beiden Männer saßen sich einen Moment schweigend gegenüber, dann fragte Sergeant Walker: »Was jetzt?«

»Gute Frage. Meine Tarnung ist wohl aufgeflogen.«

»Nicht unbedingt. Im Augenblick glauben alle Leute, dass ich Sie verhöre.«

»Das spielt keine Rolle. Über kurz oder lang werden sie sich fragen, weshalb ein Fremder hier so lange herumstöbert, bis er eine Höhle mit einer Leiche findet.«

»Gerede wird es geben, kein Zweifel. Sagen wir doch einfach, dass Sie durch Ihre Begegnung mit der geheimnisvollen Gestalt neugierig geworden sind und nach einer rationalen Erklärung gesucht haben – was ja der Wahrheit entspricht. Dass Sie als ehemaliger Minenarbeiter keine Angst hatten, die Höhle gleich selber zu erkunden, ist ebenfalls nachvollziehbar.«

Daryl verzog die Lippen zu einem schiefen Lächeln. »Sie haben ja keine Ahnung, was für eine Scheißangst ich da unten hatte.«

»Warum haben Sie eigentlich George und nicht mich gebeten, Ihnen zu helfen?«, fragte Walker.

»Nehmen Sie es mir nicht übel: George ist kräftiger als Sie. Und ich musste sicher sein, jemanden dabeizuhaben, der mich bestimmt wieder würde hochziehen können.«

»Demnach haben Sie George von der Liste der Verdächtigen gestrichen?«

»Sagen wir so: Ich hatte nicht das Gefühl, ein Risiko einzugehen, als ich ihn um Hilfe bat.«

Ein kurzes Klopfen, dann streckte Mrs. Walker den Kopf zur Tür herein und wandte sich an ihren Mann: »Dr. Holland möchte dich noch kurz sprechen.« Sie warf Daryl einen flüchtigen Blick zu, dann ließ sie den Arzt eintreten.

»Wie geht es George?«, wollte der Sergeant wissen.

Dr. Holland sah ein paar Mal zwischen Daryl und dem Polizisten hin und her. Als der Sergeant keine Anstalten machte, Daryl aus dem Zimmer zu schicken, zuckte er kurz mit den Schultern und sagte: »Ich habe ihm eine Spritze gegeben. Er wird mindestens zwölf Stunden durchschlafen. Was danach ist – nun ja, das kann ich schwer sagen. Sie wissen ja, in welcher Verfassung er ist.«

Walker nickte. »Was schlagen Sie vor?«

»Ich könnte veranlassen, dass er vorübergehend in eine Klink eingewiesen wird. Nur so lange, bis feststeht, dass sein psychischer Zustand nicht Grund zur Sorge gibt.«

»Ich werd's mir überlegen und Ihnen dann Bescheid geben.«

»Schön. Dann geh ich jetzt mal. Wenn was ist, wissen Sie ja, wo Sie mich erreichen.«

Für einen kurzen Moment schien es, als ob Dr. Holland noch etwas sagen wollte. Doch dann drehte er sich um und ging hinaus.

Sergeant Walkers Blick verdüsterte sich. Schließlich meinte er: »Vielleicht hat Dr. Holland Recht, was George angeht.«

»Da muss ich widersprechen«, entgegnete Daryl. »Ich bin zwar kein Mediziner, denke aber, das Schlimmste liegt hinter ihm.« Er schaute auf die Uhr. »Halb sieben. Ich sollte mich auch langsam auf den Heimweg machen. Sagen Sie bitte Ihrer Frau, dass ich morgen früh um sieben wieder hier sein werde, um nach George zu sehen.«

»Geht in Ordnung. Ich werde dann wahrscheinlich schon weg sein. Die Polizisten, die ich aus Albany angefordert habe, um die beiden Höhleneingänge über Nacht zu bewachen, erzählten mir, dass Detective Inspector Pullman morgen zusammen mit den Ermittlern der Spurensicherung hier antanzen wird. Da will ich unbedingt vorher draußen sein – Sie wissen ja, was ich von Pullman halte.«

Daryl grinste. »So hat jeder von uns sein Kreuz zu tragen.«

Beim Abendessen erzählte Daryl Mrs. Grammar, was er und George an diesem Tag entdeckt hatten. Erfahren hätte sie es am nächsten Tag ohnehin. Mit Details hielt er sich aber bewusst zurück. Gespannt war er in erster Linie auf ihre Reaktion, wenn er von dem Leichenfund berichtete. Er war mittlerweile überzeugt, dass Mrs. Grammar etwas verheimlichte, und dieser Verdacht wurde nun erhärtet.

Sie hatte die ganze Zeit schweigend zugehört, und auch als er geendet hatte, blieb sie stumm. Ohne ihn anzusehen, stand sie auf und trug ihren Teller zur Spüle. Ihr Essen hatte sie kaum angerührt.

»Sie sagen ja gar nichts«, brach Daryl das Schweigen.

»Was erwarten Sie? Wenn es sich bei der Leiche wirklich um Georges Tochter handelt, dann ist das gut. Er glaubte schon lange nicht mehr daran, dass sie noch lebt. Nun hat er Gewissheit, und alles ist vorbei.«

»Nichts ist vorbei. Nach der Trauer werden neue Fragen in ihm aufkommen.« Daryl wusste, wovon er sprach. Er hatte auf ähnlich brutale Weise einen Menschen verloren, den er über alles geliebt hatte: seine Verlobte Michelle. Die Fragen, wie der geliebte Mensch gestorben war, wer ihm das angetan hatte und warum, würden kommen. Und sie konnten, wie er am eigenen Leib erfahren hatte, ebenso schmerzlich sein wie der Verlust selbst.

Es war schon einige Jahre her, seit Michelle gestorben war, doch die Erinnerung daran war für Daryl noch so frisch, als wäre es gestern gewesen. Michelle war von vier flüchtigen Bankräubern als Geisel genommen worden. Die Männer hatten sie im Verlauf ihrer spektakulären Flucht aus einer Propellermaschine gestoßen, einfach nur so, weil sie sie nicht mehr brauchten, weil sie eine unliebsame Zeugin gewesen war. Daryl hatte die vier Männer gejagt und hinter Gitter gebracht. Aufgrund von Michelles Blut, ihrer Fingerabdrücke und Kampfspuren im Flugzeug hatte er bewiesen, dass die Verbrecher ihr nicht einen Fallschirm angelegt und sie irgendwo über dem Outback gezwungen hatten, aus der Maschine zu springen, wie sie das stets behauptet hatten. Doch das alles hatte für Daryl keine Bedeutung. Michelles Leiche war bis heute nicht gefunden worden, weshalb er nie richtig von ihr hatte Abschied nehmen können. Zwar kannte er die Umstände ihres Todes und hatte die Schuldigen zur Rechenschaft gezogen, doch das reichte ihm nicht. Irgendetwas fehlte. Etwas Endgültiges, Abschließendes, etwas, das ihm half, unter die Vergangenheit einen Schlussstrich zu ziehen.

Mrs. Grammar sah Daryl schweigend an. Vermutlich wusste sie, was er meinte.

Der Morgen kam grau heraufgekrochen. Dunkle Gewitterwolken zogen vom Meer her über die Küste, sparten sich den Regen aber dieses Mal für das Landesinnere auf. Die grausigen Entdeckungen, die Daryl am Vortag gemacht hatte, hatten sich bereits wie ein Lauffeuer in Moonlight Bay herumgesprochen. Und so waren die Gesichter der Menschen, denen Daryl auf seinem Weg zur Polizeistation begegnete, so düster und unfreundlich wie das Wetter.

Er parkte direkt vor dem Posten. Als er zum Hauseingang ging, warf er einen flüchtigen Blick hinüber zu den Adeys. Mit einem Schmunzeln stellte er fest, dass sein Besuch bei den Walkers auch diesmal nicht unbemerkt geblieben war. Er betätigte den schmiedeeisernen Türklopfer und wartete, bis ihm die Frau des Sergeants öffnete.

»Guten Morgen, Mrs. Walker. Ist Ihr Mann schon weg?«

Sie nickte. »Vor einer Stunde.«

»So früh schon?«

»Am liebsten wäre er noch gestern Abend rübergefahren. Aber ich konnte ihn überzeugen, dass es besser ist, wenn er ein paar Stunden schläft und sich erst heute früh auf den Weg macht. Er hätte sich sowieso nur über Detective Inspector Pullman aufgeregt.«

Daryl warf ihr einen respektvollen Blick zu. »Ich hab's ja schon immer gesagt: Polizistenfrauen müssten eigentlich für ihr Verständnis und ihr Einfühlungsvermögen ein Staatsgehalt beziehen.«

»Solange ich keine Witwenrente bekomme, bin ich ganz zufrieden«, antwortete sie todernst.

»Ist George schon aufgewacht?«

»Ja. Er sitzt bereits in der Küche. Aber er weigert sich zu essen. Vielleicht können Sie ihn überreden, etwas zu sich zu nehmen.«

Mrs. Walker bat Daryl an den gedeckten Frühstückstisch. Dann ließ sie die beiden Männer allein.

»Wie geht es Ihnen heute?«, erkundigte sich Daryl und schenkte sich eine Tasse Tee ein.

»Ich fühle mich wie ausgehöhlt.« George hob den Kopf und sah sein Gegenüber an. In seinem Gesicht stand ein Ausdruck dumpfer Verzweiflung. »Die letzten sechs Jahre habe ich mich gefragt, wo Grace ist. Nicht, dass ich geglaubt hätte, sie wäre noch am Leben. Ich wusste, dass sie tot ist. Ich habe es gespürt. Aber können Sie sich vorstellen,

was es bedeutet, nicht genau zu wissen, *was* ihr zugestoßen ist?«
Daryl schaute ihm direkt in die Augen. »Glauben Sie mir, das kann ich. Und ich weiß: Es ist die Hölle.«
»Wenn Sie das wirklich wissen, dann sagen Sie mir: Wie soll ein Mensch das jemals verkraften?«
»Sie sind bereits dabei. Sie trauern – das konnten Sie bisher nicht. Ob der Schmerz je ganz verschwinden wird? Ich weiß es nicht. Bei mir ist er noch immer da. Aber ich komme heute besser damit zurecht.«
»Wer war es bei Ihnen?«, fragte George.
»Meine Verlobte. Leider hatte ich nie die Möglichkeit, an einem Grab von ihr Abschied zu nehmen. Aber ich weiß zumindest, was ihr zugestoßen ist.«
George nickte langsam. »Das muss schrecklich für Sie sein. Grace wird jetzt wenigstens ein anständiges Begräbnis erhalten, so wie ihre Mutter.«
Kurze Zeit war jeder mit seinen eigenen Gedanken beschäftigt. Dann fasste sich George Markham ein Herz.
»Sie sagten kürzlich, Sie sähen in mir einen verzweifelten Menschen, der am liebsten aufgeben würde, es aber aus einem bestimmten Grund nicht kann – Sie hatten Recht. Als meine Frau starb, starb auch ein Teil von mir. Aber da war noch Grace, um die ich mich kümmern musste. Und allmählich bekam ich mein Leben wieder einigermaßen in den Griff. Dann verschwand Grace, und alles lief aus dem Ruder. Ich wollte nicht mehr leben. Wozu auch? Erst heute ist mir klar, wieso ich es nicht fertig gebracht habe, allem ein Ende zu machen.«
»Es heißt, Sie hätten damals Ihr Haus angezündet.«

»Wer hat Ihnen das erzählt, Sergeant Walker?« George lächelte grimmig. »Ist auch egal. Der Punkt ist, ich war es nicht. Wenn ich mich damals hätte umbringen wollen, dann hätte ich mich eher zu Tode gesoffen. Als das Feuer ausbrach, lag ich betrunken im Bett. Ich erinnere mich, dass ich aufwachte, weil ich jemanden lachen hörte. Ich versuchte aufzustehen, um nachzusehen, kam aber nicht hoch, und dann sagte ich mir, alles sei nur Einbildung gewesen. Ich nickte wieder ein. Das Nächste, woran ich mich erinnern kann, ist, dass ein Teil der brennenden Decke einstürzte. Ich stolperte nach draußen, so gut das in meinem betrunkenen Zustand eben ging. Als ich da stand und sah, wie die Flammen aus den Fenstern schlugen, wurde mir schlagartig klar, dass ich im Begriff war, auch noch die wenigen Dinge zu verlieren, die mir als Erinnerung an meine Familie geblieben waren. Also lief ich zurück ins Haus.« George schloss die Augen.

»Die angesengte Truhe und der Fotorahmen in Ihrer Hütte«, stellte Daryl fest.

George nickte. Als er sich wieder gefangen hatte, fuhr er fort: »Ich wollte irgendetwas retten, was mich immer an Grace und meine Frau erinnern würde. Soll ich Ihnen sagen, was in der Kiste ist? Kleider. Kleider meiner Frau, die sie schon seit Jahren nicht mehr getragen hatte. Glauben Sie wirklich, dass jemand, der sein Haus gezielt anzündet, noch einmal zurückrennt, um so etwas aus den Flammen zu retten?«

»Sie sagten, Sie hätten ein Lachen gehört. Glauben Sie, dass jemand im Haus war?«

»Ja, und nicht nur das. Dieser Jemand wollte mich umbringen.«

Daryl sah ihn interessiert an. »Können Sie das beweisen?«

»Im Polizeibericht steht, dass das Feuer an mehreren Stellen gleichzeitig ausbrach und sich in einem Tempo ausbreitete, das auf die Verwendung eines Brandbeschleunigers schließen lässt. Ich erzählte der Polizei von den Stimmen, die ich gehört hatte, und erklärte, dass ich es nicht gewesen sei, aber sie glaubten mir nicht.« Er seufzte. »Ich kann es ihnen nicht mal übel nehmen. Alles sprach gegen mich. Zu der Zeit war ich fast dauernd betrunken, ich war ein psychisches Wrack. Wäre das Haus versichert gewesen, man hätte mich wohl wegen versuchten Versicherungsbetrugs ins Gefängnis gesteckt. Aber auch so hat nicht viel gefehlt, und ich wäre hinter Schloss und Riegel verschwunden. Sergeant Walker glaubt zwar, ich hätte das Feuer gelegt, aber letztendlich habe ich es ihm zu verdanken, dass ich nicht in die Klapsmühle eingewiesen wurde. Insofern bin ich ihm nicht böse, dass er mir nicht glaubt.«

Daryl schenkte sich Tee nach und füllte auch Georges Tasse. »Wer sollte ein Interesse haben, Sie zu töten?«

»Das habe ich mich lange Zeit auch gefragt. Ich hatte zwar eine Vermutung, wer es gewesen sein könnte, aber ich konnte kein Motiv erkennen. Zumindest bis gestern nicht. Als Sie mir erzählten, was Sie in der Höhle alles entdeckt haben und dass Sie dort auch auf die Überreste von Spooky gestoßen sind, war der Fall für mich klar.«

Daryl hätte sich fast verschluckt. »Wollen Sie damit sagen, dass Tom Sie umbringen wollte?«

George Markham nickte. »Nicht nur das. Ich glaube auch, dass er Grace getötet hat – und ich denke, ich kann es sogar beweisen.«

Daryl kratzte sich nachdenklich am Kinn.
»Ich glaube, wir sollten unbedingt mit Sergeant Walker sprechen. Wenn Sie Recht haben, dann wäre zumindest der Tod Ihrer Tochter geklärt.«
»Und mich wird man verdächtigen, Tom Grammar vom Leuchtturm gestoßen zu haben.« George schüttelte entschieden den Kopf. »Vergessen Sie's. Ich weiß nicht mal, warum ich Ihnen das überhaupt erzähle.«
»Vielleicht, weil Sie nie mit jemandem darüber gesprochen haben. Jahrelang mussten Sie damit leben, nicht zu wissen, was Ihrer Tochter zugestoßen ist. Dann – von einem Augenblick auf den nächsten – finden wir nicht nur Grace' sterbliche Überreste, Sie erfahren auch, dass sie ermordet wurde. Und Sie glauben, Beweise zu haben, dass Tom sie umgebracht hat. Das kann ein Mensch unmöglich allein bewältigen.«
»Sie sind 'n feiner Kerl, Simmons. Und vermutlich haben Sie sogar Recht. Aber ich muss da allein durch. Erst wenn ich endgültig Gewissheit habe, werde ich zur Polizei gehen.«
In diesem Moment wurde die Verbindungstür zwischen Sergeant Walkers Büro und der Küche aufgestoßen. Ein breiter, stiernackiger Mann mit rotem Haar und Bürstenschnitt trat mit großen Schritten in den Raum. Ihm folgte mit wütendem Gesicht Sergeant Walker.
Der rothaarige Mann baute sich vor dem Küchentisch auf und stemmte die Hände in die Hüften.
»Detective Simmons, richtig?«, wandte er sich an Daryl.
Dieser sah den offensichtlich äußerst aufgeregten Mann interessiert an. »Und Sie sind …?«

»Pullman. Detective Inspector Pullman. Also schön, Simmons. Was hat Ihnen der Knabe da erzählt?«
Daryl warf einen fragenden, halb amüsierten Blick zu Sergeant Walker. Dieser hatte die Hände zu Fäusten geballt, und der Ausdruck in seinen Augen verriet, dass er sie liebend gern benutzen würde. Daryl begann zu lächeln. »Wollen Sie sich nicht erst mal setzen und eine Tasse Tee trinken? Ich bin sicher, Mrs. Walker hätte nichts dagegen – obschon sie es wohl lieber gesehen hätte, wenn Sie nicht einfach durch die Hintertür in ihre Küche hereingestürzt wären.«
»Sie halten sich wohl für 'nen ganz Schlauen, Simmons. Aber das zieht bei mir nicht. Ich bin nicht hergekommen, um mit Ihnen ein Kaffeekränzchen abzuhalten, also verscheißern Sie mich nicht. Ich habe einen höheren Dienstgrad als Sie. Reizen Sie mich, trete ich Ihnen in den Arsch, kapiert?«
»Wenn Sie so sicher sind, dass mir Mr. Markham irgendetwas Wichtiges erzählt hat, warum fragen Sie ihn nicht selbst?«
»Weil ich den Säufer schon vor ein paar Wochen befragt habe. Er hat sich damals widerborstig gezeigt, und das wäre jetzt wohl nicht anders.«
»Ach, wirklich? Woran könnte das bloß liegen?«
»Verdammt, was soll der Scheiß? Wir stehen auf derselben Seite!«
»Tun wir das?«, fragte Daryl mit einem süffisanten Grinsen.
»Natürlich! Ich will diesen Fall genauso gerne lösen wie Sie.«
»Ich dachte, es gäbe keinen Fall. Zumindest stand das in Ihrem Schlussbericht.«
Detective Inspector Pullmans Gesichtsausdruck wäre in

diesem Moment ein Geschenk für jeden Karikaturisten gewesen. »Sie sind erledigt, Detective, wissen Sie das? Sie weigern sich, mit mir zusammenzuarbeiten, und Sie behindern eine offizielle Morduntersuchung. Das kostet Sie Ihren Job!«

»Sie vergessen, dass ich hier lediglich Urlaub mache. Ich mische mich weder in Ihre Ermittlungen ein, noch verheimliche ich Ihnen Informationen, die Ihnen weiterhelfen würden.«

»Ach nein! Dann sitzen Sie also rein zufällig hier und trinken mit diesem Säufer Tee«, höhnte Pullman.

»Ganz richtig. Ich sehe, Ihrer Spürnase entgeht nichts.«

»Machen Sie nur so weiter, Simmons. Aber ich schwöre, das Lachen wird Ihnen bald vergehen.« Der Detective Inspector drehte sich um. »Bringen Sie Markham rüber in Ihr Büro, Walker. Und eine Tasse Tee könnte ich jetzt auch vertragen.«

Als er sich Daryl erneut zuwandte, verzogen sich seine Lippen zu einem boshaften Lächeln.

»Und was Sie angeht, Simmons, gehen Sie zum Teufel! Glauben Sie nur nicht, ich sei auf Ihre Hilfe angewiesen. Ich habe schon Verbrecher gejagt, da haben Sie noch in den Windeln gelegen!«

Er drehte sich auf dem Absatz um und stapfte in Walkers Büro.

Daryl zwinkerte dem Sergeant aufmunternd zu. »Gejagt, vielleicht. Aber wie viele hat er am Ende erwischt?«

Sergeant Walker trat an den Tisch. »Was glauben Sie: Wenn ich ihm den Hals umdrehe, kann ich vor Gericht mit mildernden Umständen rechnen?«

»Wäre ich Richter, gäbe es einen Freispruch.«
George hatte die ganze Zeit stumm am Tisch gesessen. Als der Sergeant nun neben ihn trat, stand er langsam auf, die Augen fest auf Daryl gerichtet.
»Sie haben mich getäuscht. Das hätten Sie besser nicht getan.«

12

Auf dem Weg zurück zu Mrs. Grammars Haus dachte Daryl an George Markham. Ihm ging durch den Kopf, was dieser ihm erzählt hatte, kurz bevor Detective Inspector Pullman in Mrs. Walkers Küche gestürmt war.
George hatte Tom Grammar schon seit längerem im Verdacht, das Feuer in seinem Haus gelegt zu haben. Wieso dieser so etwas hätte tun sollen, dafür hatte er allerdings keine Erklärung.
Tom Grammar benahm sich ihm gegenüber schon seit einiger Zeit seltsam. Erst entführte er Grace' Hund. Und dann, bei der Beerdigung von Mrs. Markham, hatte er George die ganze Zeit über beobachtet. Es waren, wie George es ausdrückte, nicht die neugierig-erschrockenen Blicke eines jungen Mannes gewesen, der zum ersten Mal mit dem Tod und dem Leid eines anderen Menschen konfrontiert wird. Vielmehr hatte ein hungriger, fast freudig erregter Ausdruck in Toms Gesicht gestanden. Später sagte sich George allerdings, dass er sich das alles nur eingebildet hatte. Bis zu dem Tag, als seine Tochter verschwand.
Fast alle Menschen in Moonlight Bay hatten sich an der Suche nach Grace beteiligt, auch die Grammars. Doch die Art, wie ihn Tom bei jeder Gelegenheit anstarrte, war George nicht geheuer gewesen. Von da an hatte er geahnt, dass mit dem Jungen etwas nicht stimmte. Er hatte jedoch keinen

Beweis gehabt, dass dieser etwas mit Grace' Verschwinden zu tun hatte – bis gestern.
Nachdem Daryl ihm das Amulett gezeigt hatte, wollte George unbedingt in die Höhle. Er wollte sich mit eigenen Augen davon überzeugen, dass die sterblichen Überreste wirklich die seiner Tochter waren. Natürlich war das unsinnig. Nach sechs Jahren war von ihrem Körper kaum noch etwas da, was er hätte identifizieren können. Doch das wollte ihm Daryl so nicht sagen. Schließlich gelangt es ihm, George davon zu überzeugen, dass sie womöglich wichtige Spuren zerstören würden, wenn sie nochmals in die Höhle hinabstiegen. Er berichtete ihm stattdessen genau, was er in der Grotte entdeckt hatte. Und plötzlich hatte für George alles einen Sinn ergeben.
Vor ein paar Monaten, als er nach einem heftigen Sturm einige Schindeln auf Mrs. Grammars Dach ersetzt hatte, sah er zwischen den Dachbalken hindurch auf den Dachboden. Dabei entdeckte er einen Pappkarton mit Büchern. Da er abends in seiner Hütte gerne las, entschloss er sich, einige Bücher »auszuleihen«. Er wartete, bis Mrs. Grammar zur Arbeit gefahren war, dann schlich er ins Haus und stieg auf den Speicher.
Die meisten der Bücher waren alt, aber in gutem Zustand, obwohl sie bestimmt schon durch viele Hände gegangen waren. Alle hatten düstere, mit diabolischen Motiven gestaltete Umschläge. Und alle hatten sie nur ein einziges Thema: den Teufel. George hatte sich damals gefragt, wem die Bücher gehörten. Er konnte sich nur schwer vorstellen, dass Mrs. Grammar oder ihr Mann sich für Satanismus interessierten. Bei Tom war er sich da schon weniger sicher. Damals hatte er in den Büchern keine Verbindung zum Verschwinden seiner

Tochter erkennen können, und da er selbst sich nicht im Geringsten für solche Literatur interessierte, hatte er sie schließlich auch nicht mitgenommen. Anschließend vergaß er die ganze Sache wieder.

Als Daryl von dem improvisierten Altar, den Tieropfern, dem Messer und der Opferschale in der Höhle erzählt hatte, erinnerte George sich wieder an den Fund der Bücher. Auf einen Schlag war ihm klar gewesen, dass Grace das Opfer eines barbarischen Rituals geworden sein musste. Er glaubte nicht, dass Mrs. Grammar etwas damit zu tun hatte. Nach dem Tod seiner Frau und dem Verschwinden seiner Tochter hatte sie sich jeweils tief betroffen gezeigt. Sie hatte ihn gefragt, ob sie ihm irgendwie helfen könnte, und er hatte gespürt, dass sie es ehrlich meinte. Auch ihr Mann hatte sich um ihn gekümmert. Er hatte ihm nach dem Tod seiner Frau die Stelle beim Forstamt besorgt. Und als George nach Grace' Verschwinden zum Trinker wurde und die Arbeit wieder verlor, hatte er ihn mit kleinen Nebenjobs versorgt. John Grammar war kein besonders gläubiger Mensch gewesen, so viel wusste George. Bestimmt aber hätte er nie solche Bücher gelesen, schon gar nicht einen ganzen Karton davon. Blieb allein Tom.

Für Daryl warf das folgende Fragen auf: Wenn sich Tom Grammar tatsächlich für schwarze Messen und Satanskulte interessierte, wie weit war er tatsächlich gegangen? Hatte er Grace entführt, gefoltert und auf bestialische Weise umgebracht? War ein einzelner Mensch überhaupt zu einer solchen Tat fähig? Brauchte er nicht »Publikum«, Gleichgesinnte, in deren Gegenwart er sein grausiges Werk vollbringen konnte? Oder war Tom nur ein Diener, ein willenloser Gehilfe gewesen? Aber wer war dann der »Hohepriester«?

In der Höhle schienen seit längerer Zeit keine rituellen Handlungen mehr vollzogen worden zu sein. Das, die Entführung von Spooky durch Tom und die Bücher, die George auf dem Dachboden der Grammars entdeckt hatte, ließen es für Daryl am wahrscheinlichsten erscheinen, dass Tom hinter all dem steckte. Daryl erinnerte sich an die Aussage des Pubbesitzers Phil Mullay, wonach Mary Reed Tom Grammar hörig gewesen war. Stand Marys Verschwinden möglicherweise im Zusammenhang mit alldem? Hatte sie vielleicht gewusst, was Tom trieb, und war seine Gehilfin gewesen? Möglich. Allerdings konnte es auch sein, dass sie zufällig davon erfahren hatte, schockiert war und deshalb zum Schweigen gebracht wurde.

Er konnte es drehen und wenden, wie er wollte, die Fragen nach Marys Schicksal und nach dem Mörder von Tom Grammar blieben weiterhin offen. Auch der Tod von Toms Vater war noch nicht geklärt. Vielleicht würde er etwas klarer sehen, wenn er mit einem Sektenexperten der Polizei gesprochen hatte. Daryl wollte das noch heute erledigen.

Als er bei Mrs. Grammars Haus ankam, begrüßte ihn Tucker schwanzwedelnd und mit freudigem Gebell. Daryl tätschelte seinen Kopf. »Sei wachsam, hörst du? Wenn jemand kommt, bellst du, was das Zeug hält. Ich verlasse mich auf dich, mein Freund.«

Daryl vergewisserte sich, dass Mrs. Grammar nicht zu Hause war, dann ging er durch die Gästeküche ins Haus. Nachdem er über die Treppe in den oberen Stock gelangt war, nahm er den Haken für die Dachbodenluke von der Wand, öffnete die Klappe und zog die Leiter herunter. Er wollte eben nach oben steigen, als ihm ein Gedanke kam. Im Obergeschoss befanden sich ein Badezimmer und drei Schlafzimmer. Eines davon musste Tom gehört haben. Bevor er auf den Dachboden stieg, wollte er es sich ansehen.

Die erste Tür, die er öffnete, war die zu Mrs. Grammars Schlafzimmer. Daryl betrat den Raum und schaute sich um. Alles war sauber und aufgeräumt. Er öffnete den Schrank, warf einen Blick auf die ordentlich zusammengelegten Kleider, unterließ es aber, irgendetwas anzufassen. Anschließend zog er einige Schubladen der großen Kommode heraus, aber auch hier verzichtete er darauf, sie näher zu untersuchen. Es gab Frauen, die ein fast schon übernatürliches Erinnerungsvermögen hatten, was die Ordnung in ihren vier Wänden betraf. Er wollte auf keinen Fall riskieren, dass Mrs. Grammar etwas bemerkte.

Das zweite Zimmer war fast genauso eingerichtet wie das erste. An den Wänden hingen jedoch keine Bilder, Schrank und Kommode waren leer, und auf dem kleinen Schreibtisch am Fenster stand lediglich eine Lampe.

Jetzt betrat Daryl den dritten Raum. Überrascht stellte er fest, dass dieser zu einer Art Lager umfunktioniert worden war. Er enthielt zwei Schränke mit Wäsche für die Gästecottages und ein großes Regal mit Putzmitteln, Toilettenpapier und anderem mehr. Er kehrte zum zweiten Zimmer zurück. Die Tapete wies an einigen Stellen helle Flecken auf, was darauf schließen ließ, dass dort Bilder gehangen hatten. Über dem Bett entdeckte Daryl kleine Löcher. Sie waren vermutlich durch Pinnnadeln entstanden, mit denen Poster an den Wänden befestigt worden waren. Der Schreibtisch war alt und wies viele Kratzer auf, wahrscheinlich von einem scharfen Scheuermittel, mit dem jemand versucht hatte, die

Filzschreiberkritzeleien auf der Holzplatte zu entfernen. Zwei davon waren trotzdem noch schwach zu erkennen. Eins war ein umgekehrtes Kreuz, das andere das merkwürdige Siegel mit der Inschrift »Glasya-Labolas«, das Daryl schon auf dem Sockel der Opferschale in der Höhle gesehen hatte.

In Mrs. Grammars Schlafzimmer stand ein Bild ihres verstorbenen Mannes auf dem Nachttisch, und im Schrank hingen selbst fünf Jahre nach seinem Tod noch immer einige seiner Anzüge. Doch das Zimmer ihres Sohnes hatte sie bis auf die Möbel leer geräumt. Mrs. Grammar musste das Geheimnis ihres Sohnes gekannt haben, so viel stand für Daryl fest. Fragte sich nur, wann sie es entdeckt hatte und wie viel sie tatsächlich wusste.

Daryl stieg auf den Dachboden und suchte nach dem Lichtschalter. Eine nackte Birne, die vom Dachbalken hing, verteilte schummriges Licht. In der von George beschriebenen Ecke suchte er nach dem Umzugskarton, konnte ihn aber nirgends finden. Schleifspuren auf dem staubigen Dachboden verrieten ihm, dass er wohl erst kürzlich zur Treppe gezogen worden war. Er war zu spät gekommen.

Eigentlich waren es weniger die okkulten Bücher, denen sein Interesse galt. Vielmehr hatte er gehofft, auf das in Packpapier eingebundene Buch zu stoßen, das sich ebenfalls in der Kiste befunden hatte und von dem George inzwischen glaubte, es sei ein Tagebuch.

Daryl sah sich noch eine Weile auf dem Dachboden um, öffnete einige Schachteln und Kisten, fand aber nichts, was ihm wichtig erschien. Gerade als er seine erfolglose Suche abbrechen wollte, hörte er, wie die Haustür ins Schloss fiel. Tucker hatte ihn im Stich gelassen. Daryl war sofort klar, dass er keine Chance hatte, ungehört die Leiter herunterzuklettern und die quietschende Falltür zu schließen. Er saß in der Falle. Das Einzige, was er tun konnte, war abzuwarten. Normalerweise blieb Mrs. Grammar auch während der Mittagspause in ihrem Laden, weshalb sich Daryl sicher gefühlt hatte. Vielleicht hatte sie etwas vergessen und ging gleich wieder. Doch er hatte Pech.

Mrs. Grammar war die Treppe zur Hälfte hochgestiegen, als sie die geöffnete Dachluke sah. Sie blieb stehen, sah Daryl, der auf der obersten Stufe saß, feindselig an und kam dann langsam weiter die Treppe hoch. Vor der Leiter blieb sie erneut stehen.

»Was haben Sie hier zu suchen?«, fragte sie in eisigem Ton.

Daryl versuchte zu lächeln. »Eine passende Ausrede fällt mir auf die Schnelle nicht ein, also will ich ehrlich sein. Ich habe nach einem Bücherkarton gesucht.«

Mrs. Grammar schwieg.

»Genauer gesagt, nach Büchern über Satanismus.«

»Wie kommen Sie darauf, dass ich solchen Schund lese?«

»Nicht Sie – Ihr Sohn.«

»Machen Sie, dass Sie hier rauskommen, sonst rufe ich die Polizei!«

»Vermutlich werden Sie es sowieso erfahren, also kann ich es Ihnen auch gleich selbst sagen: Ich bin von der Polizei.«

Mrs. Grammar schien nicht im Geringsten überrascht. Sie stand nur da und ließ Daryl keine Sekunde aus den Augen.

»Ursprünglich bin ich nach Moonlight Bay gekommen, um den Tod Ihres Sohnes aufzuklären. Inzwischen habe ich einen Geist gesehen, habe eine Höhle entdeckt und eine Kinderleiche gefunden. Ich habe das Gefühl, dass zwischen dem Tod Ihres Sohnes und all diesen Ereignissen ein Zusammenhang besteht. Ich werde ihn finden, mit oder ohne Ihre Hilfe. Natürlich wäre es mir lieber, ich könnte auf Ihre Unterstützung zählen.«

»Warum sollte ich Ihnen bei irgendetwas helfen? Sie haben sich unter einem Vorwand bei mir eingeschlichen, Sie durchsuchen ohne meine Einwilligung mein Haus …«

Der Detective stand auf und stieg langsam die Leiter hinunter. »Es könnte Ihnen Gewissheit verschaffen, wie ihr Sohn umkam und warum.«

»Tom ist tot. Ihre Untersuchungen bringen ihn auch nicht zurück.«

»Verstehe. Das alles interessiert Sie also nicht. – Oder ist es vielleicht so, dass Sie das meiste davon bereits wissen?«

»Ich gebe Ihnen zehn Minuten, um mein Grundstück zu verlassen. Und sollten Sie es wagen, ohne Durchsuchungsbefehl noch einmal einen Fuß auf mein Land zu setzen, werden Sie mich kennen lernen.«

Tucker begann wie wild zu bellen. Draußen vor dem Eingang war eine wütende Männerstimme zu hören, die den Hund anschrie und drohte, ihm den Schädel einzuschlagen. Dann flog die Haustür auf und knallte polternd gegen die Wand. Rückwärts ging George langsam ins Haus. Bewaffnet mit zwei dicken Knüppeln hielt er Tucker auf Distanz. Als er außer Reichweite des angeketteten Hundes war, drehte er sich um.

Daryl war die Treppe inzwischen zur Hälfte hinuntergegangen, während Mrs. Grammar noch immer oben auf dem Treppenabsatz stand.

»Sie, das hätte ich mir ja denken können!«, schnauzte George den Detective an. Dann schaute er hinauf zur Falltür. »Wo ist der Bücherkarton?«
Mrs. Grammar sagte keinen Ton.
Georges Blick wanderte zu Daryl. »Wo ist die verfluchte Kiste?«
»Verschwunden«, antwortete Daryl.
»Verschwunden? Was soll das heißen! Was haben Sie damit gemacht?«, schrie er die Frau an.
Mrs. Grammar schwieg noch immer.
»Ich will wissen, wo die Bücher sind. Ich will wissen, wo *das* Buch ist!«
Als er noch immer keine Antwort erhielt, trat er an die Treppe.
»Ich will Sie nicht verletzen, Mrs. Grammar, aber wenn Sie mir nicht sagen, wo die Bücher sind, werde ich Sie dazu zwingen.«
»Es reicht, George«, rief Daryl ernst. »Wenn Sie Mrs. Grammar etwas antun, schaden Sie sich nur selbst.«
»Da scheiß ich drauf! Ich will wissen, was meiner Tochter angetan wurde, ich will verstehen, warum es geschah. Ich habe ein Recht darauf!«
»Ich verspreche Ihnen, das werden Sie auch. Aber nicht so. Vertrauen Sie mir.«
»Ihnen vertrauen? Sie hatten Ihre Chance.«
George stürzte wie ein wütender Stier die Stufen hinauf. Daryls einzige Chance bestand darin, seinen Gegner außer Gefecht zu setzen, ehe ihn dieser zu fassen bekam. Andernfalls würde ihn Markham wie eine Strohpuppe von der Treppe fegen.

Unbeweglich wartete er, bis George in Reichweite war, dann versetzte er ihm blitzschnell einen Fußtritt in den Magen. George kippte vornüber, stolperte, ließ seine Waffen fallen und fiel der Länge nach auf die Treppe. Noch ehe er sich wieder aufrappeln konnte, war Daryl über ihm, packte seine Arme und presste sie auf den Rücken.
Sein Gegner fluchte und versuchte, sich zu befreien. Doch je mehr er sich wehrte, umso fester drückte der Detective seine Arme in Richtung Schulterblätter. George schrie vor Schmerz, und schließlich wurde seine Gegenwehr schwächer. Daryl lockerte den Griff ein wenig, doch darauf hatte George nur gewartet. Ruckartig drehte er sich auf die Seite, so dass Daryl das Gleichgewicht verlor und gegen das Geländer prallte. Noch immer hielt er die Hände seines Gegners umklammert, aber seine Kraft reichte nicht mehr aus, um sie auf den Rücken zu pressen. Eine weitere Drehung, diesmal auf die andere Seite, und George Markham konnte eine Hand aus der Umklammerung befreien.
Verzweifelt versuchte Daryl, wenigstens einen Arm festzuhalten, aber George schlug mit der freien Faust wild um sich und traf ihn an der Schläfe. Ein Schmerz wie von einem Stromschlag zuckte durch Daryls Gehirn, dann verlor er das Gleichgewicht und stürzte rückwärts die Treppe hinunter, direkt vor die Füße von Sergeant Walker.

»Hände hoch!«, rief der Sergeant und wartete, bis George Markham gehorchte. »Gut so. Und jetzt mit dem Gesicht zur Wand aufstellen und keine Dummheiten, verstanden?« Ohne George Markham aus den Augen zu lassen, bückte er sich zu Daryl hinunter, der benommen am Fuß der Treppe

lag und nach Luft rang. »Alles okay, Detective?«, fragte der Sergeant und tätschelte Daryl ein paar Mal das Gesicht.
»Hören Sie ... auf damit«, presste Daryl hervor. »Ich habe schon genug Prügel eingesteckt, Sie brauchen also nicht da weiterzumachen, wo George aufgehört hat.« Er richtete sich mühsam auf, fasste sich an den Kopf und verzog vor Schmerzen das Gesicht. »Was machen Sie eigentlich hier?«
Der Sergeant half ihm aufzustehen, wobei er George weiterhin im Auge behielt. »Nachdem Pullman George erfolglos verhört hatte, ließ er ihn laufen und kehrte zur Höhle zurück. Mir befahl er, in der Polizeistation zu bleiben, um auf mögliche Anrufe zu warten. Natürlich war das nur ein Vorwand, um mich von den Untersuchungen fern zu halten. Also folgte ich George. Als dieser das Revier verließ, war er nämlich ziemlich geladen. Ich hatte Angst, dass er was anstellt, und wie es aussieht, habe ich mich nicht geirrt. Zum Glück hat mich Tucker erst bemerkt, als ich schon an ihm vorbei war. – Können Sie mir sagen, was hier eigentlich los ist?«
»Später«, antwortete der Detective knapp. Sperren Sie George ein. Er soll sich erst mal beruhigen. Ich komme heute Abend bei Ihnen vorbei und erzähle Ihnen alles.«
Sergeant Walker stieg die Treppe hoch und legte George Handschellen an. Dann warf er einen kurzen Blick hinauf zu Mrs. Grammar, die immer noch regungslos auf dem Treppenabsatz stand. »Was ist mit Mrs. Grammar?«, fragte er Daryl.
»Was soll mit ihr sein? Sie hat gegen kein Gesetz verstoßen. Wenn man's genau nimmt, könnte sie mich sogar einsperren lassen.«
Sergeant Walker führte seinen Gefangenen die Treppe hinunter.

»Also dann, wir sehen uns, Sergeant«, sagte Daryl, als Walker mit grimmigem Gesicht an ihm vorbeiging. Er wartete, bis er wieder mit Mrs. Grammar alleine war, dann trat er an die Treppe und schaute zu ihr hinauf. »Walker wird George Markham so lange einsperren, bis er sich beruhigt hat.«

»Ich habe keine Angst vor George.«

»Das sollten Sie aber. Er ist sicher, dass Ihr Sohn seine Tochter umgebracht hat. Und er will Antworten.«

»Ich kann ihm keine geben.«

»Und was ist mit den Büchern – und dem Tagebuch?«, versuchte Daryl Mrs. Grammar aus der Reserve zu locken.

»Die Bücher gehörten Tom, das ist richtig. Und ich habe sie gestern verbrannt. Das ist kein Verbrechen, und es ist alles, was ich dazu zu sagen habe. Jetzt verlassen Sie endlich mein Haus.«

Daryl ging wortlos bis zur Tür, blieb dort stehen und wandte sich um. »Was versuchen Sie eigentlich zu verbergen, Mrs. Grammar? Sie wissen, was Tom getan hat und dass die wissenschaftlichen Untersuchungen alles an den Tag bringen werden. Ich bin sicher: Sie verabscheuen, was er getan hat. Deshalb haben Sie auch sein Zimmer leer geräumt und alle seine Sachen weggeworfen. Alle, bis auf diese Bücher. Warum haben Sie sie aufbewahrt?«

»Weil ich verstehen wollte«, flüsterte sie nach einer langen Pause. »Und jetzt gehen Sie, *bitte!*«

13

Nachdem Daryl seine Sachen gepackt hatte, ging er zu seinem Wagen. Er wollte nach Moonlight Bay und sich bei Phil Mullay ein Zimmer nehmen. Tucker, den Mrs. Grammar zuvor beim Werkzeugschuppen angebunden hatte, damit der Sergeant George aus dem Haus führen konnte, winselte traurig, als Daryl sich von ihm verabschiedete.

Der Barbesitzer hatte die Neuigkeit von Georges Festnahme bereits erfahren. Nun rieb er sich die Hände, weil Daryl so plötzlich bei Mrs. Grammar ausgezogen war und das Ganze nach einer weiteren interessanten Geschichte roch.

»Was ist denn los, hatten Sie Ärger mit der Lady?«

»Das kann ich Ihnen nicht sagen.«

»Nicht können oder nicht wollen?«, konterte Mullay spitz.

»Beides. Wie sieht's aus, krieg ich jetzt ein Zimmer?«

Phil Mullay griff nach dem Handtuch, das über seiner Schulter hing, und begann, Gläser zu polieren. »Hmm, ich weiß nicht so recht. Drei Zimmer sind inzwischen schon besetzt. Von den Polizisten, die den Höhlen-Fall untersuchen. Gut möglich, dass da noch 'n paar von den Jungs, die nach Spuren suchen, hier übernachten wollen. Müsste Ihnen das Zweierzimmer also zum doppelten Preis vermieten, sonst geht mir womöglich ein Geschäft durch die Lappen, wenn Sie verstehen.«

Daryl hätte dem dicken Kerl hinter dem Tresen seinen Dienst-

ausweis zeigen und ihn somit unter Druck setzen können. Vermutlich wusste ohnehin bald der ganze Ort, dass er Polizist war. Aber da einer der Beamten, die sich hier vorübergehend eingemietet hatten, Detective Inspector Pullman war, verzichtete er darauf.
»Wissen Sie was?«, meinte er stattdessen. »Ich wünsche Ihnen viel Glück beim Warten auf Gäste.« Bevor er sich umwandte und ging, fügte er hinzu: »Zufällig weiß ich, dass die Beamten der Spurensicherung ihren Job sehr genau nehmen und durcharbeiten, bis ihre Arbeit erledigt ist. Ihr Zimmer wird somit unvermietet bleiben. So ein Pech aber auch!«

Nachdem Mrs. Walker das Gästezimmer hergerichtet hatte, setzte sie sich zu Daryl an den Küchentisch.
»Sie sehen gar nicht zufrieden aus«, sagte sie.
»Das bin ich auch nicht. Ich habe das Gefühl, dass mir der Fall langsam entgleitet. Nicht nur, dass durch Pullmans Dummheit meine Tarnung aufgeflogen ist, ich habe auch das Vertrauen von George und von Mrs. Grammar verloren. Bald wird jedermann wissen, wer ich bin, und keiner meiner Schritte wird mehr unbeobachtet bleiben. Es wird sehr schwer werden, den Fall zu lösen. Und dann ist da noch Detective Inspector Pullman. Der Mann ist eine echte Nervensäge.«
Mrs. Walker sah ihn mit ihren großen, dunklen Augen an, dann schüttelte sie langsam den Kopf. »Sie haben in kurzer Zeit viel erreicht. Sie haben die Höhle und aller Wahrscheinlichkeit nach Grace' Leiche entdeckt. Sie haben so gut wie bewiesen, dass es die geheimnisvolle Gestalt gibt, und auch herausgefunden, wie sie jedes Mal verschwunden ist. Ich bin sicher, dass Sie auch noch herausbekommen werden, wer sie

ist und wie dies alles mit dem Tod der Grammars zusammenhängt. Und was Pullman angeht: Der kann Ihnen nicht mal annähernd das Wasser reichen.«
Daryl musste lachen. »Wissen Sie was? Sie haben Recht. Das Ganze ist jetzt zwar wesentlich komplizierter als zuvor, aber nicht unlösbar.«
Der Sergeant betrat die Küche von der Polizeistation her. »Langsam habe ich das Gefühl, Sie und meine Frau halten täglich ein Kaffeekränzchen ab und reden über die neuesten Entwicklungen in Ihren Ermittlungen, während ich völlig im Dunkeln tappe.«
»Ein netter Gedanke, das muss ich zugeben. Aber sosehr ich die moralische Unterstützung Ihrer Ehefrau schätze, so sehr bewundere ich Ihren polizeilichen Spürsinn, Walker.«
Der Sergeant zog sich einen Stuhl heran und setzte sich. »Genug der Schmeicheleien. Was war bei Mrs. Grammar los?«
Nachdem Mrs. Walker sich dezent zurückgezogen hatte, berichtete Daryl ausführlich. Als er geendet hatte, stieß der Sergeant einen leisen Pfiff aus.
»Jede Wette: Mrs. Grammar hat die Bücher nur verbrannt, weil Sie ihr gestern von der Höhle und dem Leichenfund erzählt haben. Sie hat eins und eins zusammengezählt, und ihr wurde klar, dass man ihren Sohn für einen Mörder halten und ihr Haus nach Beweisstücken durchsuchen wird. Nur schade, dass wir dieses Tagebuch, das George erwähnt hat, nicht sicherstellen konnten.«
»Allerdings. Es hätte vermutlich den Tod von Grace geklärt.«
»Und möglicherweise auch den von Mary Reed.«
»Das ist die Frage. Ist Mary wirklich tot, oder lebt sie noch?«

»Sie glauben doch nicht, dass Mary und dieser ›Geist‹ ein und dieselbe Person sind.«

»Wie gesagt, schließen Sie keine Möglichkeit aus, ehe Sie hundertprozentig sicher sind.«

»Was machen wir jetzt mit Mrs. Grammar?«

»Nichts. Wir warten ab, was die medizinischen und kriminalwissenschaftlichen Untersuchungen ergeben. Wir können Mrs. Grammar nicht anklagen, zumindest noch nicht. Ich glaube, sie kam erst später dahinter, was ihr Sohn trieb, und da war's bereits zu spät. Ich hatte Ihnen doch von den tiefen Schuhabdrücken erzählt, die ich in der Nähe ihres Hauses gefunden habe. Sie stammen mit ziemlicher Sicherheit von Tom. Nur jemand, der den Weg gut kannte, kann die steile Abkürzung bei schlechtem Wetter genommen haben. Er war zu Hause bei seiner Mutter, davon bin ich überzeugt. In diesem Punkt hat sie uns angelogen. Wieso? Mehrere Gründe sind denkbar. Aber im Augenblick ist jetzt erst mal wichtig, dass wir die Untersuchungsergebnisse bekommen. Sie werden die Weichen für die weiteren Ermittlungen stellen.«

»Gerade das könnte ein Problem werden«, brummte Walker. »Pullman sagte, er wolle dafür sorgen, dass Sie wieder nach Perth zurückgeschickt werden. Und mich wird er dann noch mehr wie einen Lakaien behandeln.«

»Da wird er sich aber sehr bald ziemlich wundern«, antwortete Daryl mit verschlagenem Lächeln.

Der Sergeant zog fragend die Brauen hoch.

»Ich habe meinem Chef mitgeteilt, dass Tom Grammars Tod unmöglich ein Unfall gewesen sein kann, was bedeutet, dass Pullman bei der ersten Ermittlung ziemlich gepatzt hat. Würde mich also nicht wundern, wenn …«

In diesem Augenblick flog die Verbindungstür zur Polizeistation auf und Detective Inspector Pullman stürzte mit hochrotem Kopf in die Küche.

»Das waren Sie, Simmons, hab ich Recht? Sie haben mich bei Ihrem Vorgesetzten in Perth angepisst, und der hat alles brühwarm an meinen Chef nach Albany weitergeleitet!«

»Ich hätte vermutlich eine etwas andere Wortwahl benutzt, aber ja. Ich habe mit meinem Chef gesprochen und ihm meine Erkenntnisse weitergegeben. Ich nehme an, das tun Sie gelegentlich auch.«

»Labern Sie hier nicht rum! Sie wollten mich raushaben, das ist es. Sie haben dafür gesorgt, dass mir der Fall entzogen wurde. Von Zusammenarbeit haben Sie wohl noch nie was gehört!«

»Moment, wenn ich mich richtig erinnere, waren Sie es, der gesagt hat, Sie bräuchten keine Hilfe«, konterte Daryl.

»Für Sie mag die Sache erledigt sein, Simmons. Aber ich schwöre Ihnen, eines Tages treffen wir uns wieder, und dann werden Sie den Kürzeren ziehen, darauf können Sie Gift nehmen!«

»Manieren hat dieser Mann«, sagte Daryl grinsend, als die Tür hinter Pullman ins Schloss geknallt war.

»Ihr Chef muss sehr gute Beziehungen haben«, erwiderte Sergeant Walker beeindruckt.

»In der Tat. Das ging schneller, als ich gehofft hatte.«

»Nachdem Sie dieses Problem gelöst haben, wie geht's weiter?«

»Ich schlage vor, Sie kümmern sich um die Männer von der Spurensicherung. Bringen Sie ihnen Tee, Kaffee, etwas zu essen. Sehen Sie, ob Sie schon was von ihnen erfahren. Ehe sie nicht alles zusammenhaben, sind die Jungs im Allgemeinen ziemlich zugeknöpft, aber einen Versuch ist es wert. Außerdem muss die Höhle, wenn die Spurensicherung abgeschlossen ist, für Unbefugte unzugänglich gemacht werden. Lassen Sie sich etwas einfallen.«

»Okay. Und was haben Sie vor?«

»Ich habe noch einen Anruf zu erledigen, danach werde ich angeln gehen.«

14

In den folgenden Tagen kamen Daryls Ermittlungen fast ganz zum Erliegen. Ein halbes Dutzend Reporter aus allen Teilen des Landes sowie zahlreiche Schaulustige verwandelten Moonlight Bay in ein Tollhaus. Die Bewohner des kleinen Fischerdorfes fühlten sich bei jedem ihrer Schritte beobachtet und von den Fragen der Zeitungsleute belästigt. Das ruhige Leben, das sie bis dahin geführt hatten, war einem regelrechten Belagerungszustand gewichen. Sie waren zwar froh, dass das Schicksal eines der verschwundenen Mädchen aufgeklärt war, doch sie hätten sich gewünscht, dass es auf weniger spektakuläre Art geschehen wäre.

Sowohl Reverend Reed in seiner Predigt als auch der Gemeinderat fanden, dass etwas gegen die Journalisten und Sensationshungrigen aus Albany, Mt. Barker und Denmark unternommen werden musste. Die Lösung des Problems war letztlich ganz einfach. Die Straße nach Moonlight Bay wurde an einer reparaturbedürftigen Stelle aufgerissen, und bei der Abzweigung am Highway stellte man ein Schild auf, das Unbefugten die Benutzung der Straße verbot.

Daryl hatte sich in dieser Zeit bewusst zurückgehalten. Er wusste, je weniger die Präsenz der Polizei zu spüren war, umso schneller verloren die Reporter das Interesse an der Geschichte. Bei Chief Garratt beklagte er sich jedoch, dass ihn die Journalisten bei den Ermittlungen behinderten, worauf dieser versprach, seine Beziehungen spielen zu lassen. Außerdem gab ihm sein Vorgesetzter nochmals etwas mehr Zeit. Das war genau das, was Daryl wollte – und brauchte. Er wohnte weiterhin bei Sergeant Walker, während Mrs. Walker mit einem großen Möbeltransporter nach Manjimup gefahren war, wo sie mit dem Einrichten ihres neuen Zuhauses beginnen würde. Daryl, der noch immer jeden Tag lange Spaziergänge unternahm und regelmäßig fischen ging, wartete ungeduldig auf den Untersuchungsbericht von Grace' Leiche. Er hatte einige Vermutungen, brauchte aber erst die Ergebnisse der Spurensuche. Täglich erkundigte er sich in Albany nach George, der sich auch nach zwei Tagen in der Zelle der Polizeistation nicht beruhigt hatte und schließlich in eine Klinik überstellt worden war.

Daryl stand gerade in Mrs. Walkers Küche und schuppte zwei Fische, die er fürs Mittagessen gefangen hatte, als der Sergeant hereinkam.

»Gute Nachrichten«, rief er mit seiner dunklen Stimme. »Der letzte Reporter ist vor einer Stunde abgezogen, und der Untersuchungsbericht ist auch eben gekommen.« Er legte ihn auf den Küchentisch und sah Daryl über die Schulter. »Sie sind zu beneiden. Angeln, spazieren gehen und dafür noch ein Staatsgehalt beziehen. Ich sollte zusehen, dass ich schnellstens Detective werde.«

»Erzählen Sie das um Gottes willen nicht meinem Chef, er würde mich sonst auf der Stelle in den Streifendienst versetzen«, witzelte Daryl. »Haben Sie schon einen Blick in die Unterlagen geworfen?«

»Nein. Ich dachte, Sie wollten Sie gleich sehen.«

»Danke.« Daryl trocknete sich die Hände ab und setzte sich.

Eine halbe Stunde las er schweigend, während der Sergeant das Essen zubereitete.
Schließlich legte er den Bericht beiseite und starrte gedankenverloren in eine Ecke. Als Walker es nicht mehr aushielt, räusperte er sich.
»Tut mir Leid, wenn ich Sie beim Nachdenken störe, aber ich platze gleich vor Neugier.«
Daryl lachte. »Ich überlege gerade, wie ich weiter vorgehen soll.«
»Dachte ich mir. Der Bericht bestätigt, was Sie vermuteten?«
»Im Wesentlichen. Die menschlichen Überreste in der Höhle sind tatsächlich die von Grace Markham. Die wenigen Haare, die sich noch am Schädel befanden, wurden einem DNA-Test unterzogen. Gemeinsam mit dem Gebissabdruck besteht nun kein Zweifel mehr. Ihr rechter Unterarm war gebrochen, ebenso ihr linker Kieferknochen. Und an ihren Halswirbeln fanden sich Schnittspuren, die mit hoher Wahrscheinlichkeit von dem Jagdmesser stammen, das ich gefunden habe.«
»Bedeutet das, ihr wurde die Kehle aufgeschlitzt?«, wollte der Sergeant wissen.
»Nicht nur das. Laut dem untersuchenden Pathologen wurde ihr beinahe der Kopf abgetrennt.«
»Mein Gott, das arme Mädchen! Sie wurde erst misshandelt und dann umgebracht.«
»Das ist auch die Ansicht des Rechtsmediziners. Welche Qualen sie tatsächlich erleiden musste, werden wir wohl nie erfahren. Jedenfalls stammt das getrocknete Blut in der Opferschale von ihr.«
»Fingerabdrücke?«

»An der Schale, nicht aber am Messer.«
»Und?« Sergeant Walker war die Anspannung deutlich anzusehen.
»Sie wollen wissen, ob sie von Tom stammen? – Ich muss Sie enttäuschen. Das habe ich allerdings auch nicht erwartet. Nach allem, was wir über Tom Grammar wissen, glaube ich nicht, dass er so dumm war, einen Mord zu begehen und dann die Mordwaffe liegen zu lassen, wenn seine Abdrücke drauf sind.«
»Warum wurde sie überhaupt dort zurückgelassen?«
»Der primitive Altar diente vermutlich vor und auch nach Grace' Tod als Opfertisch. In dem Holz des Altars und an der Schale fand man Spuren tierischen Blutes. Die Höhle war somit ein geweihter Ort. Das Messer und die Schale waren wichtige Kultgegenstände, die für spätere Opferungen an diesem Ort aufbewahrt wurden.«
Sergeant Walker rieb sich nachdenklich das Kinn. »Was hat es eigentlich mit dem verkehrt aufgehängten Kreuz, den schwarzen Kerzen und den Schlangenhäuten auf sich?«
»Sie gehören zu den schwarzen Messen, die in der Höhle stattgefunden haben. Diese werden stets in bewusster Umkehr christlicher Riten abgehalten. Schwarze statt weiße Kerzen, Wasser anstelle von Messwein, ein an Satan gerichtetes Vaterunser und so weiter. Und was die Schlangenhäute angeht, nun, die Geschichte der christlichen Kirche ist voll von Satans- und Schlangenkulten.«
Der Sergeant war beeindruckt. »Woher wissen Sie das alles?«, fragte er.
»Ich habe vor ein paar Tagen mit einem Sektenexperten der Polizei in Perth telefoniert. Er hat mich an einen Spezialisten

für Satanismus in Sydney verwiesen, mit dem ich mich ausführlich am Telefon unterhalten habe. Es würde zu lange dauern, wenn ich Ihnen alles berichte, was er mir erzählt hat, deshalb beschränke ich mich auf das Wesentliche. Beispielsweise das Symbol mit der Inschrift ›Glasya-Labolas‹, das ich sowohl in der Höhle als auch in Toms ehemaligem Zimmer fand. Es ist das Siegel eines Dämons. Glasya-Labolas, ein geflügeltes, zweigehörntes Wesen aus der Hölle mit dem Kopf eines Hundes, den pupillenlosen, von blutigen Adern durchzogenen Augen, schwarzen Fledermausschwingen und giftgrünem Geifer. Angeblich Urheber von Mord und Totschlag, der unter anderem auch Menschen unsichtbar machen kann.«

»Okay, scheint ein netter Typ zu sein. Tom stand also auf diesen Glasya-Dingsbums. Und weiter?«

»Um sich der Kräfte eines Dämons bedienen zu können, muss man ein Bündnis mit ihm eingehen. Der in den Höhlenboden eingeritzte Kreis ist offenbar ein so genannter ›Magischer Kreis‹, in dessen Schutz ein Dämon heraufbeschworen werden kann. Man schließt einen Vertrag mit dem Wesen, das man gerufen hat, und dieses hilft einem bei seinen Vorhaben.«

Walker schüttelte nachdenklich den Kopf. »Tom Grammar interessierte sich also für Satanismus und schwarze Messen. Es bereitete ihm Vergnügen und Befriedigung, Tiere zu töten. Irgendwann reichte ihm das jedoch nicht mehr, und er beschloss, einen Menschen zu töten, weshalb er einen Pakt mit einem Dämon einging. Was, um Himmels willen, bringt einen jungen Mann dazu, so etwas zu tun?«

Daryl zuckte mit den Schultern. »Das konnte mir der Experte in Sydney leider auch nicht sagen.«

»Zu schade, dass Mrs. Grammar das Tagebuch verbrannt hat. Es hätte möglicherweise eine Menge geklärt.«

»Wer weiß«, antwortete Daryl mit einem Lächeln, »vielleicht hat sie es ja auch nicht getan. Als ich sie fragte, was mit den Büchern und dem Tagebuch sei, sagte sie, sie hätte sie verbrannt – aber irgendwie habe ich ihr das nicht abgekauft.«

Sergeant Walker setzte sich kerzengerade auf. »Dann sollten wir zu ihr fahren und sie festnehmen! Sie weiß ohnehin mehr, als sie zugibt.«

»Natürlich tut sie das«, antwortete Daryl mit einem nachsichtigen Lächeln. »Aber sie wird es uns nicht sagen. Sie ist eine starke Frau, andernfalls wäre sie schon längst zusammengebrochen. Wir werden es auch ohne ihre Hilfe herausfinden, da bin ich sicher. Zunächst müssen wir aber feststellen, wem die Fingerabdrücke auf der Schale gehören.«

»Haben Sie eine Vermutung?«

»Ja. Wir werden uns gleich nach dem Mittagessen auf den Weg machen. Doch nun sollten wir essen, ich habe einen Bärenhunger.«

Auf der Fahrt zu den Reeds unterhielten sich die beiden Polizisten über den zweiten Untersuchungsbericht, um den Daryl gebeten hatte. Er enthielt eine Neubeurteilung der Umstände, die zu Tom Grammars Tod geführt hatten, auf dem Hintergrund der Erkenntnisse, die Daryl auf dem Leuchtturm gewonnen hatte. Zwar war Toms Leiche eingeäschert worden, aber anhand der Fotos, die vom Opfer gemacht worden waren, und des gerichtsmedizinischen Abschlussberichts schloss man nun einen Mord nicht mehr aus. Zwei Verletzungen – die eine an der Stirn, die andere an der Schläfe – waren nicht beim Aufprall auf den Betonsockel des Turms entstanden. Sie waren vielmehr von einem länglichen, gerundeten Gegenstand verursacht worden. Im ersten Bericht hieß es, der junge Mann sei vermutlich gestolpert und dadurch gestürzt, wobei er mit dem Jackenärmel am Flaschenzug hängen blieb. Während er fiel, schlug er mit dem Kopf auf den Metallstangen des Leuchtturmgeländers auf. Danach ging er bewusstlos zu Boden und rutschte unglücklich zwischen dem Geländer in die Tiefe. Doch Daryl hatte bewiesen, dass Tom Grammar mit dem Rücken zum Geländer gestanden haben musste. Somit konnten die beiden Kopfverletzungen nicht vom Sturz herrühren. Das letzte Indiz lieferte die nachträgliche Untersuchung des Geländers. Die Stangen waren eindeutig schmaler als die Male, die an Toms Schädel gefunden worden waren. Dies konnte eigentlich nur eins bedeuten: Sie waren durch einen Schlag mit einem dicken Eisenrohr entstanden.

»Eins zu null für Sie. Ich nehme an, Gerichtsmediziner geben solche Irrtümer ungern zu«, meinte der Sergeant.

»Wer gesteht schon gerne Fehler ein? In diesem Fall kamen die Fehlinformationen aber in erster Linie von Pullman und seinen Leuten. Die Gerichtsmediziner taten lediglich ihre Arbeit, basierend auf den Informationen, die sie erhalten hatten.«

»Nun, ich kann nicht sagen, dass mich das überrascht.«

Als sie das Tor zu Reverend Reeds Haus passierten, sagte Walker: »Sie haben mir noch nicht gesagt, was Sie genau hier wollen.«

»Ich möchte die Reeds bitten, uns einige Gegenstände ihrer Tochter Mary zu geben, damit wir ihre Fingerabdrücke mit denen auf der Schale vergleichen können. Leider hat man nach ihrem Verschwinden versäumt, die Abdrücke sicherzustellen und in die Vermisstenkartei aufzunehmen. Außerdem hoffe ich, dass die Reeds in einen DNA-Test einwilligen.«

»Ich nehme an, Marys Fingerabdrücke wären für Sie der Beweis, dass sie mit Tom gemeinsame Sache machte. Ich bin da skeptisch. Okay, sie verbrachte viel Zeit mit ihm, und das, obwohl ihr Vater das strengstens verboten hatte. Aber schwarze Messen und Ritualmord, ist das nicht eine Nummer zu groß für ein junges Mädchen aus religiösem Haus?«

»Ich denke, Ihre Frage sollte eher lauten: Was kann ein Mädchen von fünfzehn Jahren dazu treiben, bei so was mitzumachen?«

»Also gut, was ist es?«

»Ich bin kein Psychologe, aber ich denke, es ist der Reverend und die Art und Weise, wie er Mary erzogen hat. Seine religiösen Ansichten grenzen meines Erachtens an Fanatismus. Mary war in der Pubertät, auf der Suche nach ihrer Identität, doch die Reeds haben ihr keine Möglichkeit dazu gegeben, sich zu entfalten. Der Reverend hat sie mit seinem Glauben, seinen Regeln und Geboten geradezu erstickt. Ich fände es daher nicht so verwunderlich, wenn sich Mary eine Art Gegenreligion gesucht hat, um dem Druck, der auf sie einwirkte, standhalten zu können.«

Sergeant Walker nickte. »Da könnten Sie richtig liegen. – Und wozu der DNA-Test?«

»Das sage ich Ihnen später.«

Das Haus der Reeds lag versteckt in einer Senke zwischen zwei kleinen Eukalyptuswäldchen. Es war ein typisches Farmhaus mit einer breiten Veranda, Fliegengittern an den Türen und

Fenstern. Ein großes Holzkreuz befand sich über dem Eingang. Neben dem Haus stand eine kleine Scheune.
Walker parkte den Wagen direkt vor dem eingezäunten Gemüsegarten. Als die beiden Beamten die Stufen zur Veranda hinaufstiegen, öffnete sich auch schon die Tür.
»Oh, Sie sind es, Sergeant«, sagte Mrs. Reed. »Was führt Sie und Mr. Simmons zu uns?«
»Es geht um Ihre Tochter«, begann Daryl. Einen Augenblick studierte er ihr bleiches, ungeschminktes Gesicht. »Wenn Sie erlauben, würden wir uns gerne einen Augenblick mit Ihnen unterhalten.«
Mrs. Reeds Augen begannen, nervös zwischen den Männern hin und her zu wandern. »Worum geht es?«, fragte sie vorsichtig.
»Das würden wir gerne in Ruhe mit Ihnen besprechen. Ist Ihr Mann zu Hause?«
»Er ist in der Scheune.«
Sergeant Walker nickte. »Ich hole ihn.«
»Das ist nicht nötig«, widersprach die Frau sofort. »Das kann mein Sohn erledigen. Kommen Sie doch erst mal herein.«
Sie führte die beiden Männer ins Wohnzimmer und bat sie, am Esstisch Platz zu nehmen. Daryl sah sich um. Altes Mobiliar, dunkle, vergilbte Tapeten, ein schweres Holzkreuz an der einen und ein großes Ölgemälde, das die Kreuzigung Jesu zeigte, an der gegenüberliegenden Wand verströmten alles andere als eine freundliche, gemütliche Atmosphäre.
Mrs. Reed rief nach ihrem Sohn und schickte ihn in die Scheune, um den Reverend zu holen.
Als sie schließlich alle am Tisch saßen, bedachte der Reverend Daryl mit einem feindseligen Blick. »Ich muss sagen, es

hat mich doch sehr überrascht, als ich hörte, dass Sie nicht der sind, für den Sie sich ausgegeben haben. Ich verstehe nicht, warum Sie nicht von Anfang an aufrichtig waren. Ehrlichkeit ist der Schlüssel zum Herzen der Menschen, Lügen schüren nur Misstrauen und Angst.«

»Nun, ich bin nicht hierher gekommen, um mit Ihnen eine Grundsatzdiskussion über Ermittlungsfragen zu führen, Reverend. Vielmehr möchten ich Sie um einige Gegenstände bitten, die Mary gehört haben und auf denen sich ihre Fingerabdrücke befinden könnten.«

»Wozu brauchen Sie ihre Abdrücke?«

»Wir möchten sie gerne der Vermisstenkartei hinzufügen, die wir vor fünf Jahre erstellt haben«, klinkte sich der Sergeant in das Gespräch ein.

Reverend Reed nickte. »Von mir aus. Meine Frau wird sehen, ob sie etwas finden kann.«

»Wenn Sie gestatten, würde ich sie gerne begleiten«, sagte Daryl. »Auf die Weise kann ich am besten beurteilen, was sich eignet.«

»Ich weiß nicht, ob Sie etwas finden werden, was Ihnen weiterhilft«, meinte Mrs. Reed, als sie den Detective durch das Haus führte. »Die meisten Kleider haben wir weggegeben, sie würden Mary heute ohnehin nicht mehr passen.«

»Was ist mit Spielzeug? Eine Puppe zum Beispiel?«

»Die haben wir für Bedürftige gespendet.«

»Haben Sie denn nichts behalten, was Sie an Ihre Tochter erinnert?«

»Ich habe noch einige Kinderkleider, die ich selbst genäht habe und von denen ich mich nicht trennen konnte. Aber davon lassen sich wohl keine Fingerabdrücke abnehmen, nicht wahr?«

»Leider nicht.«
Mrs. Reed öffnete eine Abstellkammer am Ende des Flurs. Sie knipste das Licht an, stieg auf eine kleine Leiter und holte eine Schachtel vom obersten Regal.
»Da drin sind alle Sachen, die ich behalten habe.«
Daryl untersuchte den Inhalt der Kartonbox, fand aber nur Kleider und eine Wollmütze. »Das hilft mir leider nicht weiter. Wie sieht es mit Marys Zimmer aus?«
»Da schläft jetzt unser Sohn.«
»Was ist mit den Möbeln?«
»Es sind dieselben wie früher, wenn Sie das meinen.«
»Dann würde ich mir mit Ihrer Erlaubnis gerne das Zimmer ansehen.«
Samuel saß an seinem Tisch und zeichnete. Als Daryl und seine Mutter eintraten, drehte er sich um und betrachtete Daryl mit demselben durchdringenden Blick wie in der Kirche.
»Hallo Samuel, wie geht's?«, fragte Daryl.
Der Junge schwieg.
»Samuel ist Fremden gegenüber etwas scheu«, entschuldigte sich seine Mutter und strich ihm über das blonde Haar.
»Das ist schon in Ordnung. Sag mal, hast du etwas dagegen, wenn ich mich ein paar Minuten hier umschaue?«, fragte Daryl.
Der Junge warf erst einen Blick zu seiner Mutter, dann schüttelte er den Kopf.
»Schön, ich werde auch nicht lange brauchen.«
Daryl sah sich Bett, Schrank und Kommode an, die alle aus grobem, unlackiertem Eichenholz gefertigt waren. Auf ihnen nach Abdrücken zu suchen war schwierig. Besser sah es mit dem Tisch und dem Stuhl aus, die beide lackiert waren. Doch

um sie zu untersuchen, hätte er ein Spezialistenteam der Spurensicherung vorbeischicken müssen. So weit wollte er aber nicht gehen.
Daryl warf einen flüchtigen Blick auf Samuels Zeichnungen. Ihm fiel auf, dass auf allen Bildern der Leuchtturm zu sehen war. »Deine Zeichnungen sind sehr gut. Den Leuchtturm finde ich ganz besonders gelungen. Er gefällt dir wohl?«
»Er ist unheimlich«, sagte der Junge, ohne Daryl anzusehen.
»Was findest du an ihm denn so unheimlich?«
»Einfach alles.«
»Seit der Sache mit den Grammars – Sie wissen schon – erzählen die älteren Kinder den jüngeren die verrücktesten Geschichten über den Leuchtturm«, erklärte Mrs. Reed. »Und die Kleinen glauben diese Gruselmärchen natürlich.«
»Verstehe«, antwortete Daryl.
Nachdem er sich von dem Jungen verabschiedet hatte, kehrten er und Mrs. Grammar ins Wohnzimmer zurück.
»Haben Sie gefunden, wonach Sie gesucht haben?«, fragte der Reverend.
»Leider nicht. Und das bringt mich zu einer letzten Bitte. Wären Sie bereit, uns eine Blutprobe zu geben?«
Die Augen des Reverends verengten sich. »Wozu?«
»Nun, nachdem wir Grace' Leiche gefunden haben, müssen wir davon ausgehen, dass Mary möglicherweise das gleiche Schicksal erlitten hat. Natürlich hoffen wir, dass es nicht so ist. Aber falls wir eine unbekannte Leiche finden, könnten wir sie anhand ihrer DNA identifizieren.«
Jack Reed schüttelte den Kopf. »Tut mir Leid. Ich würde Ihnen zwar gerne helfen, aber ich und meine Frau sind dagegen, Blut für wissenschaftliche Untersuchungen herzugeben.

Wir vertrauen auf Gott. Wenn es sein Wille ist, dass unsere Tochter wieder zu uns zurückkehrt, dann wird er auch dafür sorgen. Dazu bedarf es nicht unseres Blutes.«

»Ich kann Sie natürlich nicht zwingen. Aber vielleicht sollten Sie es sich nochmals überlegen. Immerhin könnte es irgendwann genau davon abhängen, ob das Schicksal Ihrer Tochter geklärt werden kann.«

Bevor er und Sergeant Walker das Haus der Reeds verließen, bat Daryl darum, kurz das Badezimmer benutzen zu dürfen. Als er wieder im Wagen saß und sie Richtung Tor fuhren, fragte der Sergeant: »Sie mussten nicht wirklich auf die Toilette, stimmt's?«

»Stimmt.«

»Und?«

»Ein Kamm und zwei Bürsten, alle mit reichlich Haaren.«

»Clever. Wenn nur je ein Haar mit Wurzel dabei ist, dann wird die DNA-Analyse noch genauer sein.«

»Hoffen wir's. Allerdings kann ich damit nur etwas anfangen, wenn sich darunter auch Haare des Jungen befinden.«

Daryl ließ sich von Walker an der Abzweigung zu Dr. Hollands Farm absetzen.

»Und ich soll Sie wirklich nicht begleiten?«, fragte der Sergeant enttäuscht.

»Nicht nötig. Ich werde nach dem Besuch beim Doc zu Fuß nach Moonlight Bay gehen. Das wird mir beim Nachdenken helfen. Sorgen Sie dafür, dass die Haare so schnell wie möglich ins Labor kommen.«

Daryl fand den Arzt in der Scheune, wo dieser gerade dabei war, den Schlauch eines Reifens zu flicken.

»Schau einer an, Detective Simmons. Ich hatte mich schon gefragt, wann Sie wieder bei mir auftauchen.«
»Tatsächlich?«, erwiderte Daryl und setzte sich auf den Rand einer Schubkarre. »Weshalb?«
»Weil Ihnen Sergeant Walker bestimmt erzählt hat, dass er glaubt, mein schwerer Angelunfall vor fünf Jahren sei keiner gewesen.«
»Ich habe mich im Krankenhaus von Albany erkundigt, wo Sie behandelt worden sind. Der zuständige Arzt erzählte mir, dass er Ihnen die Unfallgeschichte auch nicht abgenommen hat. Er hat nur deshalb nicht weitergebohrt, weil Sie selber Arzt sind.«
»Da sehen Sie, auch Mediziner irren sich gelegentlich.«
Dr. Holland stellte die elektrische Reifenpumpe ein und blies den Schlauch auf.
»Wissen Sie, was? Ich glaube, Sie lügen. Jemand hat Sie zusammengeschlagen. Ihre Verletzungen, der Tod von John Grammar, das Verschwinden von Mary Reed – alles geschah zur selben Zeit. Zu viele Zufälle, Doc.«
Der ehemalige Arzt stellte die Pumpe wieder ab und ging mit dem Luftschlauch nach draußen zum Wassertrog. Daryl folgte ihm.
Während Holland den Schlauch langsam durch das Wasser zu drehen begann, meinte er: »Mary verschwand erst Tage später, zu dem Zeitpunkt, als Tom abreiste. Es ist allgemein bekannt, dass die zwei, nun ja, etwas miteinander hatten.«
»Es heißt auch, Mary sei schwanger gewesen und Sie hätten bei ihr eine Abtreibung vorgenommen.«
»Alles nur dummes Geschwätz«, antwortete Holland. Ohne

aufzusehen, drückte er den Fahrzeugschlauch unter Wasser. Als er sicher war, dass aus den geflickten Löchern nirgends Luft entwich, richtete er sich auf und sah Daryl zum ersten Mal in die Augen.

»Mary war minderjährig. Glauben Sie, ich hätte ohne Zustimmung der Eltern etwas unternommen?«

»Schon möglich. Sie wussten, wie der Reverend reagieren würde, das wollten sie dem armen Mädchen ersparen.«

»Reine Spekulation.«

»Aber durchaus möglich«, konterte Daryl.

»Möglich vielleicht, aber ziemlich unwahrscheinlich. Aber nur mal angenommen, Sie hätten Recht. Was würde das schon bedeuten?«

»Für sich allein noch nicht viel. Außer vielleicht, dass Sie damit einen Grund hätten, nicht die Wahrheit zu sagen.«

»Die Wahrheit worüber?«

»Über den Tod von John Grammar, den seines Sohnes, über das Verschwinden von Mary Reed, vielleicht auch den Mord an Grace.«

»Moment mal«, antwortete Holland in scharfem Ton, »Sie beschuldigen mich, mit all diesen Ereignissen etwas zu tun zu haben? Wie kommen Sie dazu?«

»Ich sage nicht, mit allen. Aber Sie verheimlichen etwas. Drei Menschen sind tot, und ein vierter wird vermisst. Vor ein paar Tagen wollte George Markham Mrs. Grammar mit Gewalt zu Antworten zwingen, und jetzt ist er in einer psychiatrischen Klinik. Reicht das nicht? Was muss noch geschehen, ehe Sie sagen, was Sie wissen? Sie waren doch Arzt – verdammt, Sie sind es noch! Was ist mit Ihrem Gewissen? Belastet es Sie nicht, was um Sie herum geschieht?«

Dr. Holland wandte den Blick ab. »Ich wüsste nicht, wie ich daran etwas ändern könnte.«
»O doch, das wissen Sie. Ich will ehrlich zu Ihnen sein. Ich habe einige Vermutungen, aber keine Beweise. Aber ich werde nicht aufgeben, ehe ich den Fall aufgeklärt habe. Egal wie lange es dauert. Weshalb ich Ihnen das sage? Weil ich Sie für einen anständigen Menschen halte, für jemanden mit einem Gewissen.«
Der Arzt presste die Lippen zusammen. Dann wandte er sich um und ging mit gesenktem Kopf zurück in die Scheune. Diesmal folgte ihm Daryl nicht. Er hatte erreicht, was er wollte.

Im Karri-Wald war es dunkel, unheimlich und still. Der Nieselregen wurde durch das dichte Blätterdach aufgefangen, doch darunter war die Luft kaum weniger feucht.
Auf dem Weg zum Leuchtturm lag eine fette Tigerschlange. Daryl blieb stehen und betrachtete sie. Der glatte schwarze Körper mit den quer laufenden gelben Bändern glänzte, als wäre er aus Porzellan. Das Tier lag bewegungslos da, doch das täuschte. Tigerschlangen waren nicht nur äußerst giftig, sie konnten auch sehr angriffslustig sein, wenn man ihnen zu nahe kam.
Daryl musste an Mrs. Markham denken. War das Reptil zufällig in ihren Wagen gelangt, oder hatte es jemand hineingelegt?
Die Schlange. War sie nicht eines der ältesten und gebräuchlichsten Symbole für Verführung, Bösartigkeit und List? Ein Sinnbild des Teufels, schuld am Sturz der Menschheit aus dem Paradies in die Misere der realen Welt?
Schlangenkulte, hatte der Okkultismus-Experte in Sydney

Daryl aufgeklärt, waren älter als der christliche Glaube. So war beispielsweise schon Jahrhunderte vor Christus in Syrien der Kult der Ophiten entstanden, Schlangen- und Satansanbeter, die sich selbst Gnostiker nannten. Aber auch bereits in altägyptischen Kulten verehrte man Satan in Gestalt einer Schlange. Und in Afrika und der Karibik gab es bis heute eine Reihe von Kulten, deren Mitglieder ihre Seele dem Teufel verschrieben, dafür Macht über die Schlangen hatten und sie für ihre Zwecke einsetzen konnten. Über die Jahrhunderte hatte sich bei den Anhängern okkulter Gruppierungen also wenig geändert.
Tom Grammar hatte gemordet, daran bestand für Daryl kein Zweifel. Und wer einmal tötete, tat es oft auch ein zweites oder drittes Mal. Die Schlangenhäute auf dem Altar und auf dem umgedrehten Kreuz waren Zeichen eines Schlangenkultes, der magische Kreis und das Siegel »Glasya-Labolas« in der Höhle sowie auf Tom Grammars Schreibtisch deuteten auf einen Pakt mit dem Teufel hin. Einen Pakt, der Tom die Macht verleihen sollte zu morden, ohne erwischt zu werden. Möglich, dass Daryls Fantasie mit ihm durchging und die Schlange in Mrs. Markhams Wagen wirklich nur zufällig dorthin gelangt war. Aber was war mit der Entführung von Grace Markhams Hund Spooky, dem grässlichen Mord an Grace, dem versuchten Mord an George in dessen Haus – alles nur Zufall? Kaum. Irgendwer hatte es auf die Markhams abgesehen, fragte sich bloß, wer und warum. Tom stand mit all den Ereignissen in Moonlight Bay irgendwie in Verbindung – selbst mit Marys Verschwinden. Aber wenn er für all das verantwortlich war, was war sein Motiv gewesen? Und wer hatte letztendlich Tom getötet?

Daryl machte einen weiten Bogen um die Tigerschlange und ging weiter. Er wollte noch einmal den Leuchtturm untersuchen. Er hatte das unbestimmte Gefühl, etwas übersehen zu haben, wusste aber nicht, was.

Als er den Turm erreichte, hatte das Nieseln aufgehört. Am Horizont bildete sich ein blauer Streifen, der rasch breiter wurde und das Grau des Meeres von dem des Himmels trennte.

Diesmal schloss Daryl die Eingangstür zum Leuchtturm hinter sich ab. Wie das erste Mal, als er den Turm inspiziert hatte, öffnete er als Erstes die Abstellkammer unter der Metalltreppe. Diesmal hatte er daran gedacht, eine Taschenlampe mitzunehmen. Er knipste sie an und leuchtete damit jeden Zentimeter des Raumes ab, konnte aber nichts Auffälliges entdecken. Die alten Ersatzteile und leeren Kisten lagen unverändert an ihrem Platz. Er schloss die Tür und stieg langsam die Treppe hoch. Immer wieder blieb er stehen, ließ den Strahl seiner Lampe über das runde Mauerwerk, die mattsilbernen Stufen und das rote, schmiedeeiserne Geländer gleiten. Als er nach fünfzehn Stufen das erste schmale Fenster erreichte, blieb er erneut stehen. Er war sicher, irgendetwas hatte er bei seinem ersten Besuch übersehen. Indem er immer wieder Halt machte und sich alles genau ansah, hoffte er darauf zu stoßen. Je höher er stieg, umso sicherer war er, dass er unbewusst etwas gesehen haben musste, was sein Verstand damals nicht für wichtig befunden hatte. *»Alles, was du mit deinen Sinnen wahrnimmst«*, hatte Ungjeeburra einmal gesagt, *»ist in dir und bleibt es auch. Du musst nur lernen, es auch mit deinem Verstand zu erfühlen, dann kannst du den Duft der Wüstenblumen noch*

riechen, wenn sie längst verblüht sind.« Und plötzlich wusste er es.
Hastig stieg Daryl die restlichen Stufen hinauf. Außer Atem öffnete er die Tür zur Plattform und trat hinaus. Gleißendes Sonnenlicht brach gerade zwischen zwei vorbeiziehenden Wolken hindurch und verwandelte die Regentropfen auf Geländer und Plattform in silbern schimmernde Perlen. Daryl kniff die Augen zusammen und ging zum Flaschenzug.
Die Winde funktionierte nicht elektrisch, sondern manuell. Mithilfe einer schweren, eisernen Kurbel, die man an der Seite der Winde einsetzen konnte, waren früher Lasten auf den Turm gezogen worden. Die Kurbel war in einer Halterung neben dem Flaschenzug befestigt. Bei seiner ersten Inspektion des Leuchtturms hatte er sie gesehen, jedoch nicht weiter beachtet. Doch jetzt war Daryl sicher, dass sie zu Tom Grammars ungeklärten Kopfverletzungen passte und dass eine Laboruntersuchung dies bestätigen würde.
Dann konnte er endgültig beweisen, dass Tom Grammar ermordet worden war. Blieb die Frage, wie der Mörder den Leuchtturm verlassen konnte, wo doch der Schlüssel von innen gesteckt hatte. Daryl zog seine Jacke aus, wickelte sie vorsichtig um die Kurbel und stieg mit dem Beweisstück die Treppe hinunter.
Als er nach draußen trat und die Tür hinter sich abschließen wollte, fiel ihm der Schlüssel zu Boden. Daryl bückte sich, gleichzeitig hörte er den schrillen, pfeifenden Ton einer von der dicken Eisentür abprallenden Kugel. Nur einen Sekundenbruchteil später folgte ein dumpfer Knall, dessen Echo vom nahen Berg zurückgeworfen wurde.
Daryl ließ die Kurbel samt Jacke fallen, hechtete zur Seite und

rollte über den Betonsockel. Erneut hörte er einen Schuss, diesmal prallte die Kugel vom Betonboden ab. Der Schütze musste sich irgendwo zwischen dem Wald und dem Kamm der Hügelkette befinden. Daryl sprang auf die Beine, rannte im Zickzack weiter, um hinter dem Leuchtturm in Deckung zu gehen. Das nächste Geschoss schwirrte wie ein surrendes Insekt nur Zentimeter an seinem Kopf vorbei. Sofort ließ er sich wieder auf den harten Untergrund fallen. Zwei weitere Geschosse pfiffen nur knapp an ihm vorbei, prallten in steilem Winkel vom Boden ab. Daryl achtete nicht darauf. Stattdessen rollte er den letzten halben Meter über die Plattform und rutschte auf die darunter liegenden Felsen.

Der Sockel war an dieser Stelle kaum dreißig Zentimeter hoch und bot nur wenig Schutz. Daryl war klar, dass er hier nicht bleiben konnte. Sein Gegner war irgendwo auf dem Berg, das zeigten die vom Boden abprallenden Kugeln. Wenn der Schütze einige Meter höher stieg, würde der Betonsockel Daryl keinen Schutz mehr bieten. Die nächste Kugel traf bereits die Kante, ließ kleine Betonbrocken auf ihn hinunterregnen.

Daryl blieb keine Zeit mehr. Sein Herz raste, ein Gemisch aus Angst und Wut breitete sich in ihm aus, und er wusste, dass er handeln musste, ehe er vollends in Panik geriet und einen Fehler machte. Er nahm seinen ganzen Mut zusammen, sprang auf und rannte zur Rückseite des Turms. Wieder fielen Schüsse, doch er ignorierte sie, lief einfach weiter, so schnell er konnte. Als er die Mauer erreicht hatte, presste er sich mit dem Rücken dagegen. Keuchend und mit pochendem Herzen schloss er einen Augenblick die Augen.

Es war nicht das erste Mal, dass auf ihn geschossen wurde –

das machte die Sache aber auch nicht besser. Es gab Dinge, an die man sich einfach nie gewöhnte. Eine Kugel, die mit 800 Metern pro Sekunde auf einen zuraste – für das menschliche Auge unsichtbar – und einen auf einen Schlag töten konnte, stand für ihn ganz oben auf der Liste.
Nachdem Daryl sich etwas erholt hatte, wagte er einen schnellen Blick zur Hügelkette. Er wollte herausfinden, wo sein Gegner steckte. Diesmal schoss niemand auf ihn, was aber nichts zu bedeuten hatte. Sein Widersacher wartete vielleicht nur ab, um ihn in Sicherheit zu wiegen und im richtigen Moment den tödlichen Schuss abzufeuern. Oder er kletterte gerade, für Daryl durch den Leuchtturm verdeckt, zum Kap hinunter. Um das festzustellen, musste Daryl weiter vorrücken. Er seufzte. So oder so, er saß in der Falle. Die dreißig Meter bis zu den drei Felsklippen und dem Fußpfad nach Moonlight Bay führten über offenes Gelände. Das konnte er unmöglich lebend schaffen. Und selbst wenn, auf dem Küstenweg würde er gleich wieder zur Zielscheibe werden. Er hätte in den Leuchtturm flüchten sollen, dort wäre er jetzt in Sicherheit. Aber ihm war keine Zeit geblieben, er hatte einfach instinktiv gehandelt.
Vorsichtig arbeitete sich Daryl an der hügelabgewandten Seite des Leuchtturms entlang. Um möglichst wenig Angriffsfläche zu bieten, presste er sich, so fest er konnte, gegen das Mauerwerk. Daryl versuchte, sich in den Schützen hineinzuversetzen. Das half, so hatte er in der Polizeiausbildung gelernt, die eigenen Ängste unter Kontrolle zu bekommen. Indem man die möglichen Reaktionen seines Gegners durchspielte und so, wenn auch nur in geringem Maße, vorbereitet war auf das, was weiter passieren konnte, fühlte man sich

nicht ganz so hilflos. »Wenn sich die Ausbildungsexperten da mal nicht irren«, dachte Daryl.
Auf dem Berg zu bleiben brachte für den Schützen den Vorteil, eine bessere Übersicht zu haben. Allerdings, wenn Daryl weiterhin hinter den schützenden Mauern blieb, konnte er ihn so nur schwer erledigen. Und mit jeder Minute, die verstrich, stieg die Gefahr, dass jemand vorbeikam oder die Schüsse hörte und die Polizei verständigte. Also, was tun? Der Schütze konnte, wie bereits erwähnt, in diesem Moment gerade außerhalb von Daryls Sichtfeld den Berg hinunterklettern. Es konnte aber auch sein, dass er zum Waldrand hinuntergestiegen war, weil er wusste, dass sein Opfer auf dem schmalen Kap in der Falle saß und sich nicht hinter dem Turm hervortrauen würde.
Daryl suchte den Waldrand mit den Augen nach einer verdächtigen Bewegung ab, konnte aber nichts entdecken. Schließlich entschloss er sich, das Risiko einzugehen, und schob sich Stück für Stück weiter, bis er die Bergflanke sah. Von dieser Seite des Turms aus konnte er den Hügel am besten im Auge behalten. Wenn der unbekannte Schütze allerdings im Wald war und er ihn übersehen hatte, bot er nun ein ideales Ziel. Kalter Schweiß rann ihm über die Stirn, lief ihm in die Augen. Er brannte wie Feuer. Doch Daryl traute sich nicht, die Hand zu heben und die Augen zu reiben. Stattdessen blinzelte er einige Male.
In diesem Augenblick fielen wieder Schüsse. Diesmal streiften sie die Leuchtturmwand dicht vor und über ihm. Sofort zog Daryl sich ein Stück zurück. Der Schütze war offenbar weiter zum Waldrand hinuntergestiegen, denn die Kugeln prallten nun in einem flacheren Winkel vom runden Mauer-

werk ab. Sein Gegner war auf dem Weg zu ihm. Verzweifelt versuchte Daryl, Ruhe zu bewahren und eine Möglichkeit zu finden, um doch noch entkommen zu können – aber da war keine.
Plötzlich drang das Aufheulen eines Motors an seine Ohren, gefolgt vom Klang einer Polizeisirene.

Sergeant Walkers Nissan Patrol holperte in hohem Tempo über die nackten Felsen. Immer wieder schrammte der Wagen mit dem Unterboden über den Untergrund, sprang wie ein bockendes Pferd aus Vertiefungen und wurde so heftig durchgeschüttelt, dass Daryl Angst hatte, er würde jeden Moment umkippen. Der Wagen fuhr direkt auf den Leuchtturm zu, sprang schließlich mit einem letzten Satz aus einem Felseinschnitt und kam schaukelnd knapp vor dem Betonsockel zum Stehen.
Walker riss die Fahrertür auf und sprang aus dem Fahrzeug. In der Hand hielt er eine Winchester Modell 100, einen Automatik-Karabiner mit Zielfernrohr. Obwohl die Gefahr noch längst nicht gebannt war, musste Daryl lächeln, als er sah, wie der Sergeant in Rambo-Manier hinter dem Wagen in Stellung ging. Mit einem Bein kniete er hinter dem Vorderrad, die Ellbogen stützte er auf der Kühlerhaube ab.
Ohne groß zu zielen, gab Walker ein paar Schüsse in die Richtung ab, wo er den Schützen vermutete. Bei den meisten Menschen führte Gegenfeuer automatisch zu einem Schutzreflex, auch wenn die Kugeln weit am Ziel vorbeigingen. Dies gab dem Sergeant die Zeit, mit der Zielvorrichtung das Gelände abzusuchen.
»Sind Sie okay?«, rief Walker.

»Ja«, antwortete Daryl knapp. Vor einer Minute standen seine Chancen noch so gut wie die einer Maus in den Fängen einer Katze. Doch nun machte sich Erleichterung in ihm breit, flutete prickelnd wie die Bläschen eines kohlensäurehaltigen Getränks durch seine Adern.
Wieder jagten zwei Projektile durch die Luft, die diesmal mit dumpfem Knall in den Wagen einschlugen. Walker zuckte kaum zusammen. Auch als eine dritte Kugel den Vorderreifen auf der gegenüberliegenden Seite des Fahrzeugs zerfetzte und der Nissan leicht zur Seite kippte, blieb er ganz ruhig. Daryl fand das bewundernswert, denn die Karosserie eines Autos bot keinen ausreichenden Schutz vor Kugeln.
»Hab ich dich!« Der Sergeant feuerte in rascher Folge auf einen Felsvorsprung am Fuß der Hügelkette. Daryl konnte die Stelle sehen, wo die Projektile auf die Felsen prallten und kleine Steinsplitter wegsprengten.
»Unser Heckenschütze macht sich aus dem Staub«, rief Walker.
»Können Sie ihn erkennen?«
»Leider nein.« Der Sergeant warf einen missbilligenden Blick zum Himmel. »Fast den ganzen Tag hat es geregnet, aber ausgerechnet jetzt kommt die Sonne durch, und wir haben Gegenlicht.« Er drehte sich um und sank auf den Boden. Sein Gesicht war feucht vor Schweiß.
»Das war Rettung in letzter Minute, vielen Dank«, sagte Daryl.
»Keine Ursache. Sind Sie auch wirklich unverletzt?«
»Alles okay – von den weichen Knien mal abgesehen. Ich bin jedenfalls verdammt froh, Sie zu sehen. Ich habe mir schon überlegt, ob ich als letzte Rettung über die Klippen springen sollte.«

»Da hätten Sie sich auch gleich erschießen lassen können. Die Strömung ist hier so stark, dass Sie aufs offene Meer hinausgetrieben worden wären.«
»Was machen Sie eigentlich hier?«
»Nachdem ich Sie abgesetzt hatte, fuhr ich nach Moonlight Bay zurück. Ich kam gerade in die Polizeistation, als das Telefon klingelte. Es war die Klinik in Albany. George ist letzte Nacht ausgebüxt.«
»Und das bemerken die erst jetzt?«, meinte Daryl verärgert.
»Er hat einen Pfleger niedergeschlagen, die Kleider mit ihm gewechselt und ihn in sein Bett gelegt. Da man ihm für die Nacht ein starkes Schlafmittel verordnet hatte, schöpfte man keinen Verdacht, als er um acht immer noch schlief. Als der Pfleger dann endlich aufwachte, hat er sofort Alarm geschlagen.«
»Ich nehme an, man hat das Gebäude und die Umgebung der Klinik abgesucht?«
»Zwei Mal sogar. Erst als das nichts brachte, haben sie die Polizei angerufen. Seine behandelnde Ärztin meinte, nach den Gesprächen, die sie in den letzten Tagen mit ihm geführt habe, sei sie sicher, dass er hierher unterwegs sei. Also fuhr ich zu Georges Hütte. Ich stellte fest, dass er bereits dort gewesen sein musste. Sein Gewehr, mit dem er sich gelegentlich ein Känguru schießt und das er normalerweise unter der Matratze versteckt, wie er mir einmal erzählt hat, war weg.«
Der Sergeant berichtete weiter, wie er als Erstes zu Mrs. Grammars Store gefahren war, um sie zu warnen. Doch der Laden war verschlossen, weshalb er zu ihrem Haus weiterfuhr. Doch da fand er sie ebenfalls nicht.
»Ich hinterließ ihr für alle Fälle eine Nachricht und beeilte

mich, zum Doc zu kommen«, fuhr er fort. »Als ich auf den Feldweg zu seinem Haus einbiegen wollte, da hörte ich Schüsse.«

Daryl nickte ernst. »Wir sollten sehen, dass wir George Markham erwischen, bevor er jemanden umbringt.«

»Fragt sich nur, wie wir ihn finden sollen.«

»Keine Sorge, das werden wir schon. Als Erstes sollten wir aber alle warnen, die er bedrohen könnte.«

Daryl ging um den Dienstwagen herum. Er sah sich den zerschossenen Vorderreifen an, dann meinte er: »Nachdem Sie mir das Leben gerettet haben, werde ich das Wechseln des Reserverads übernehmen.«

15

Als Erstes hielten sie bei Dr. Holland. Es gab keinen Hinweis, dass George auch ihn im Visier hatte, doch Daryl wollte kein unnötiges Risiko eingehen. Der Arzt schien auf den ersten Blick nicht sonderlich beunruhigt, doch Daryl entging nicht, dass sich Dr. Hollands Hände immer mehr verkrampften, als ihm Sergeant Walker erzählte, was am Leuchtturm vorgefallen war.

Danach fuhren die beiden Polizisten zu den Reeds. Der Reverend war unterwegs, angeblich zu einem Krankenbesuch, während Mrs. Reed gerade im Begriff war, mit ihrem Sohn nach Moonlight Bay zum Einkaufen zu fahren. Als sie von der Schießerei hörte, weiteten sich ihre Augen, und sie wurde bleich wie ein Laken.

»Sie glauben doch nicht, dass Mr. Markham uns etwas antun will? Ich meine, was sollte er denn für einen Grund haben?«, fragte Mrs. Reed besorgt.

»Auf den ersten Blick keinen«, gab der Sergeant zu. »Trotzdem wäre es besser, wenn Sie im Haus bleiben und Türen und Fenster schließen würden, bis ihr Mann nach Hause kommt. Gibt es eine Möglichkeit, ihn zu erreichen?«

Mrs. Reed warf einen Blick auf die Uhr und schüttelte dann den Kopf. »Er muss inzwischen bereits wieder auf dem Heimweg sein.«

»Also gut«, bemerkte Walker ernst. »Sollten Sie in der Zwischenzeit etwas Verdächtiges bemerken, informieren Sie mich umgehend.«

Daryl, der die ganze Zeit, ohne ein Wort zu sagen, neben dem Sergeant gestanden hatte, fragte sich, was in Samuel vorgehen mochte. Der Junge hatte während des ganzen Gesprächs nur neben der Mutter gestanden und teilnahmslos vor sich hin gestarrt.

»Ist mit dir alles in Ordnung?«, fragte Daryl den Jungen.

Mrs. Reed drückte Samuel an sich. »Ihm geht es gut«, antwortete sie rasch. »Es war heute bloß etwas viel Aufregung für ihn. Wir sind es nicht gewohnt, dass uns die Polizei gleich zweimal an einem Tag aufsucht.«

Die letzte Person auf ihrer Liste war Mrs. Grammar. Sie trafen sie in ihrem Geschäft an. Angeblich hatte sie den Laden für eine Stunde zugemacht, um unten am Hafen die Vertäuung ihrer Boote zu überprüfen. Daryl sagte ihr, dass sie auf Georges Liste vermutlich ganz oben stand und es klug wäre, wenn sie bei Freunden oder im Pub übernachten würde.

»Kommt nicht in Frage. Ich habe Ihnen schon einmal gesagt, dass ich keine Angst vor George habe«, sagte sie bestimmt. »Ich kann mich sehr gut selbst verteidigen. Zudem wird Tucker mich rechtzeitig warnen. Dann kann ich Sie immer noch anrufen.«

»Das halte ich für keine besonders gute Idee«, widersprach ihr der Sergeant. »Sie gehen ein unnötiges Risiko ein, das ist Ihnen doch klar?«

»Das ist meine Entscheidung. Und nun entschuldigen Sie mich, ich habe zu tun.«

»Hätte ich doch damals nur auf meine Frau gehört und George

einweisen lassen, dann wäre uns dieser Ärger erspart geblieben«, brummte Walker auf dem Weg zur Polizeistation.

»Entschuldigen Sie, Walker, aber jetzt klingen Sie schon fast wie dieser Pullman.«

Der Sergeant warf ihm einen verdutzten Blick zu. »Wie bitte?«

»Können wir wirklich sicher sein, dass George Markham auf uns geschossen hat? Nein. Jeder hätte das Gewehr aus seiner Hütte stehlen können, sie ist ja nicht verschlossen. Sicher, er ist wütend auf mich; er konnte aber unmöglich wissen, wo er mich finden würde. Außerdem ist George nur ausgerastet, weil ihm Mrs. Grammar nicht sagen wollte, was sie weiß. Genau das treibt ihn aber an. Er will endlich Klarheit, wie und warum seine Tochter sterben musste.«

Der Sergeant kratzte sich am Hinterkopf. »Na schön. Logisch überlegt, sind Sie nicht sein Hauptziel. Aber ist Markham überhaupt noch in der Lage, vernünftig zu handeln?«

»Er denkt klarer und schärfer als je zuvor. Glauben Sie mir, ich weiß, wovon ich rede.«

»Selbst wenn Sie Recht haben. Wer käme sonst als Schütze in Frage? Dr. Holland?«

»Er wusste, welchen Weg ich gegangen bin. Aber er wäre wohl nicht erst den Berg hinaufgestiegen, um von dort aus auf mich zu schießen.«

In diesem Moment erreichten sie den Polizeiposten. Walker trat so fest auf die Bremse, dass Daryl fast gegen die Windschutzscheibe prallte.

»Reverend Reed und Mrs. Grammar! Na klar, die beiden kommen ebenfalls in Frage.«

»Deshalb brauchen Sie nicht gleich eine Vollbremsung zu

machen, Sergeant. Dieser Fall hat mir schon genug Schrammen und Beulen eingebracht.«
»Tut mir Leid, Sir. Ich bin immer noch etwas nervös. Eine Schießerei wie die eben habe ich in all den Jahren hier nicht erlebt. Und in drei Tagen muss ich meinen Dienst in Manjimup antreten. Ich weiß, Sie werden den Fall lösen. Ich wäre nur gerne dabei.«
»Ach, das habe ich ja ganz vergessen zu erwähnen. Sie sind bis auf weiteres mir unterstellt.«
Walkers breites Gesicht verzog sich zu einem zufriedenen Grinsen. »Sie sind ein Pfundskerl, Simmons, ehrlich!«

Durch die Ereignisse der vergangenen Stunden hatte Walker noch keine Gelegenheit gehabt, die Haarproben aus dem Haus der Reeds ins Labor zu schicken. Da die Post in Moonlight Bay aber nur einmal täglich abgeholt wurde und er diesen Zeitpunkt verpasst hatte, brachte Walker die Proben zusammen mit dem Beweisstück, das Detective Simmons im Leuchtturm sichergestellt und nach dem Radwechsel in Walkers Wagen verstaut hatte, persönlich nach Albany, von wo aus alles sofort nach Perth weitergeleitet wurde. Daryl erwartete den Sergeant deshalb erst spätabends zurück.
Er setzte sich in Walkers Büro, nahm Bleistift und ein Blatt Papier zur Hand und begann, alle bekannten Fakten in der richtigen zeitlichen Reihenfolge untereinander auf den linken Blattrand zu schreiben. Seine Vermutungen notierte er auf der rechten Seite. Dann fügte er überall die Namen der betroffenen Person dazu. Zum Schluss schrieb er alle noch offenen Fragen in der Mitte auf. Nun begann er, die Fragen mit den passenden Fakten und Vermutungen zu verbinden.

Nach zwei Stunden überzog ein Geflecht aus Linien das Blatt. Außer Daryl selbst würde wohl niemand aus diesem »Stammbaum eines Verbrechens«, wie er es nannte, schlau werden. Doch für ihn war dies eine erprobte Methode, die Fakten eines komplizierten Falles zu sortieren und sicherzugehen, dass er nichts übersehen hatte. Im Fall Grammar, so das Ergebnis seiner Aufzeichnungen, gab es noch immer eine Reihe offener Fragen, aber die Laboruntersuchungen würden ihm hoffentlich die nötigen Antworten liefern.

Das Klingeln des Telefons riss ihn aus seinen Gedanken. Er nahm ab und meldete sich. Am anderen Ende blieb es still.

»Hallo?«, rief Daryl. Nichts. Er wartete gespannt. »Wenn Sie nichts sagen wollen, leg ich jetzt auf.« Wieder erhielt er keine Antwort. Schließlich unterbrach er die Verbindung.

Fünf Minuten später klingelte der Apparat erneut. Daryl wartete kurz, dann nahm er ab und nannte seinen Namen. Wie schon zuvor blieb der Anrufer stumm. »Vielleicht überlegen Sie sich erst einmal in aller Ruhe, ob Sie wirklich mit jemandem sprechen wollen.«

Daryl wollte erneut auflegen, da vernahm er ein schwaches Räuspern am anderen Ende der Leitung. »Legen Sie bitte nicht auf, Detective.«

»Okay. Wer spricht da?«

»Mel Holland.«

»Schön, dass Sie den Mut gefunden haben, sich zu melden, Doc. Ich hatte schon Angst, ich hätte mich in Ihnen getäuscht.«

Erneut entstand eine lange Pause. Diesmal wartete Daryl geduldig, bis Dr. Holland bereit war weiterzureden.

»Wenn ich nur halb so viel Rückgrat hätte, wie Sie glauben, dann hätte ich schon längst den Mund aufgemacht.«

»Manchmal ist es schwer, über seinen eigenen Schatten zu springen«, versuchte Daryl, ihm Mut zu machen. »Man versucht, das Richtige zu tun, doch dann kommt alles anders, als man sich das vorgestellt hat.«

»Sie hatten Recht«, begann der Doktor schließlich, »Mary Reed hat mich aufgesucht. Aber nicht weil sie schwanger war, sondern weil sie eine schwere Unterleibsverletzung hatte.«

»Daher hielt sie sich den Bauch, als sie auf dem Weg zu Ihnen war und von den Duncan-Brüdern gesehen wurde«, warf Daryl ein.

»Genau. Natürlich wusste ich zu diesem Zeitpunkt nicht, dass die beiden Mary gesehen hatten. Mary selbst hatte es auch nicht bemerkt.« Er seufzte. »Sie müssen wissen, ein paar Monate zuvor war Mary schon mal bei mir. Sie und Tom ...« Doc Holland zögerte. Offensichtlich fiel es ihm immer noch schwer, sein Schweigen zu brechen.

Daryl war aufgeregt. Vermutlich würde ihn Hollands Beichte einen entscheidenden Schritt weiterbringen. Doch er durfte den alten Mann nicht drängen. »Lassen Sie sich Zeit, Doc«, sagte er geduldig. »Wenn Sie wollen, komme ich zu Ihnen rüber, und Sie erzählen mir Ihre Geschichte dann weiter.«

»Ehrlich gesagt ist es mir am Telefon lieber. Ich ... nun ja, ich bin nicht gerade stolz auf das, was ich gemacht habe. Es fällt mir daher leichter, wenn ich Ihnen dabei nicht ins Gesicht schauen muss.«

»Wie Sie wollen«, lenkte Daryl ein.

»Wo war ich stehen geblieben – ach ja, Tom und Mary ... Die

zwei waren damals bereits eine ganze Weile zusammen. Sie hatten auch schon miteinander geschlafen, allerdings ohne sich ausreichend zu schützen. Mary hatte Angst, schwanger zu werden, deshalb kam sie zu mir und bat mich, ihr die Pille zu geben. Ich fand es nicht gut, dass sie sich ausgerechnet mit Tom eingelassen hatte, was ich ihr auch sagte. Aber sie tat mir auch Leid. An ihre Eltern konnte sie sich ja unmöglich wenden, und Freundinnen, bei denen sie sich hätte Rat holen können, hatte sie auch nicht. Was also sollte ich tun? Sie wegschicken und zusehen, wie sie schwanger würde?«

Erneut entstand eine Pause. Daryl konnte deutlich hören, wie schwer der Arzt atmete. »Natürlich nicht«, entgegnete er sanft und versuchte, dem Doc so Mut zu machen. »Sie mussten eine Entscheidung treffen.«

»Ja, das musste ich. Sicher, Mary kam zu mir, weil es sonst niemanden gab, zu dem sie hätte gehen können. Aber sie hat mir auch vertraut, sonst hätte sie es nicht getan. Ich half ihr, unter der Bedingung, dass sie absolutes Stillschweigen darüber bewahren musste. Eine Zeit lang ging alles gut, doch dann kam dieser verhängnisvolle Tag. Es war vor über fünf Jahren ... Mary stand völlig aufgelöst vor meiner Haustür. Sie weinte, hielt sich den Unterleib und flehte mich an, ihr zu helfen. Ihr Rock und auch ihre Beine waren blutverschmiert. Sie stand unter Schock, war totenbleich. Sie hatte viel Blut verloren, war kurz davor, ohnmächtig zu werden. Ich brachte sie ins Untersuchungszimmer ... Das arme Ding hatte eine schlimme Risswunde im Schambereich, die ich nähen musste.«

»Hat sie gesagt, wie sie sich die Verletzung zugezogen hatte?«, wollte Daryl wissen.

»Nein, sie weigerte sich.«

»Was glauben Sie?«

»Es war Tom, da bin ich sicher. Ich weiß nicht, was er mit dem armen Mädchen angestellt hat, aber ein Unfall war das nicht.«

»Was macht Sie so sicher, dass es Tom war?«, hakte Daryl nach.

»Die Art, wie Mary mich ansah, als ich sie fragte, ob Tom ihr das angetan habe. Sie sagte, Tom träfe keine Schuld, auch sonst niemand, doch der Ausdruck in ihren Augen sagte mir, dass ich Recht hatte.«

»Haben Sie Marys Eltern informiert?«

»Das wollte ich, aber Mary flehte mich an, es nicht zu tun. Sie hatte schreckliche Angst vor ihrem Vater … Ich bin wirklich nicht stolz, alles geheim gehalten zu haben, aber Mary hatte Recht: Reverend Reed hätte weiß Gott was mit dem armen Mädchen angestellt. Mary musste mir versprechen, unter keinen Umständen jemandem davon zu erzählen, weil ich sonst in Teufels Küche käme. Ich wusch ihre blutverschmierten Kleider, gab ihr Schmerztabletten und vereinbarte mit ihr, dass sie, bis ich die Fäden ziehen konnte, zweimal pro Woche zur Kontrolle zu mir kommen sollte. Darüber hinaus versuchte ich, ihr klar zu machen, dass Tom nicht der richtige Umgang für sie sei, dass es besser wäre, wenn sie sich in Zukunft von ihm fern hielte, was sie schließlich auch versprach. Erst später wurde mir klar, dass sie allem zugestimmt hätte, wenn ich ihr nur half.«

»Hat Reverend Reed jemals herausbekommen, was an diesem Tag geschehen war?«

»Allerdings.«

»Durch wen?«

»Ich vermute durch Mary selbst. Wie Sie schon sagten, es gingen Gerüchte um. Gut möglich, dass Reed davon hörte und seine Tochter so lange unter Druck gesetzt hat, bis sie ihm die Wahrheit sagte.«

»Wie hat Reed reagiert?«

»Wie schon, er war wütend. Er drohte, mich anzuzeigen, weil ich seiner minderjährigen Tochter ohne seine Erlaubnis Verhütungsmittel gegeben hatte und weil ich es zugelassen hatte, dass Tom mit Mary schlief, anstatt ihn anzuzeigen. Er machte mich für alles verantwortlich, was mit seiner Tochter passiert war. Tags darauf kam er zurück und sagte plötzlich, er gäbe mir noch eine Chance. Wenn ich bereit sei zu schweigen und aufhören würde, weiter als Arzt zu praktizieren, würde er von einer Anzeige absehen.«

»Und ein paar Wochen später hatten Sie dann diesen Angelunfall, der keiner war«, wechselte Daryl unerwartet das Thema.

Doc Holland war so überrascht, dass er ins Stottern geriet. »Das ... das ist richtig ...«

»Was ist damals wirklich passiert? Wer hatte Sie so schlimm zugerichtet?«

»Es war Tom.« Einige Sekunden war nur das Rauschen in der Leitung zu hören. Als Dr. Holland schließlich weitersprach, klang seine Stimme kraftlos und matt. »Alles geschah an dem Tag, als John Grammar starb. Ich habe geschworen, nichts zu verraten. Aber da kannte ich die Wahrheit noch nicht. Jetzt kann ich nicht mehr anders. Ich muss ...«

Schweigen.

Daryl wartete einen Augenblick, dann rief er: »Doc? – Sind Sie noch dran?«

»Ja. Einen Moment, ich glaube, es ist jemand an der Tür.«
Daryl hörte, wie sich der Arzt entfernte.
»Was wollen Sie denn hier?« Hollands Stimme war nur noch schwach zu hören. »Sind Sie verrückt? Nehmen Sie das Gewehr runter. Mein Gott, *nein* ...« Daryl hörte lauter werdende Geräusche, dann fielen kurz nacheinander zwei Schüsse.
»Was ist los, Doc, sind Sie okay?«, schrie Daryl in den Hörer.
Nichts. Daryl rutschte nervös auf seinem Stuhl herum.
»Verdammt, Doc?«
Die Leitung war tot. Daryl sprang auf und rannte hinaus zu seinem Wagen. Er zog seine Dienstpistole aus dem Versteck unter dem Fahrersitz hervor, überprüfte sie und steckte sie in den Gürtel. Dann startete er den Motor und raste los.

Hundertfünfzig Meter vor Dr. Hollands Haus stellte Daryl den Landcruiser am Wegrand ab. Er schlich durch den Wald, bis er das Farmgebäude zwischen den Bäumen sehen konnte. Einige Minuten beobachtete er die Umgebung, dann schlug er einen Bogen nach Osten und näherte sich dem Wohnhaus von der Rückseite. Als ihn nur noch zwanzig Meter von der Hintertür trennten, rannte er los.
Neben der Fliegengittertür ließ er sich in die Hocke fallen. Den Rücken fest gegen die Wand gepresst, wartete er einen Moment und lauschte. Nichts. Vorsichtig legte er die Hand auf den Türknauf. Der Eingang war unverschlossen. Daryl zog die Tür langsam auf. Im Innern des Hauses war es absolut still. Er warf einen raschen Blick in die dahinter liegende Küche. Alles schien in Ordnung. Mit vorgehaltener Waffe betrat er den Raum. Sein Herz schlug wie wild. Seit der Schießerei beim Leuchtturm waren erst ein paar Stunden

vergangen, und schon wieder war er in einer Situation, die mehr Adrenalin als Blut durch seinen Körper pumpte. Wenigstens hatte er diesmal eine Waffe. Doch eigentlich machte er sich in diesem Augenblick weniger Sorgen um sich als um Doc Holland. Als er sicher war, dass in der Küche keine Gefahr drohte, ging er zur nächsten Tür. Diese stand halb offen. Er stieß sie vorsichtig mit dem Fuß an, worauf sie ein knarrendes Geräusch von sich gab. Daryl fluchte innerlich.
Vor ihm lag ein kurzer Korridor, danach kam ein weiterer Raum, dessen Tür weit offen stand. Um auf dem Holzfußboden Geräusche zu vermeiden, schlich er am Rand entlang. Er war schon fast am Ende des Ganges angelangt, als er plötzlich ein leises Scharren hörte. Daryl blieb augenblicklich stehen. Seine Nerven waren zum Zerreißen gespannt. Er hielt den Atem an, lauschte, doch das Geräusch war verschwunden. Angestrengt überlegte er, was er als Nächstes tun sollte.
Von seiner Position aus konnte er einen Teil des Wohnzimmers einsehen. Er erkannte das Sofa, auf dem er bei seinem ersten Besuch gesessen hatte. Daryl versuchte, sich das restliche Mobiliar in Erinnerung zu rufen. Wenn er sich recht erinnerte, war das Sofa das einzige Möbelstück, das frei im Raum stand. Es konnte ihm notfalls Deckung bieten. Er musste sich entscheiden. Entweder sprang er mit vorgehaltener Waffe in den Raum, oder er warf erst einen schnellen Blick um die Ecke.
In diesem Augenblick hörte er wieder das Geräusch. Jetzt überlegte Daryl nicht mehr lange. Mit schussbereiter Waffe sprang er hinter dem Türrahmen hervor, bereit, sich sofort hinter das Sofa fallen zu lassen.
Dr. Hollands blutüberströmter Körper lag mit dem Gesicht

nach unten vor dem Kamin. Seine rechte Hand umklammerte einen Schürhaken. Daryl sah sich hastig um. Wenn sich der Angreifer noch im Haus befand, dann in einem der anderen Räume. Auf Zehenspitzen eilte er zu dem reglosen Körper, kniete sich neben ihn und fühlte nach dem Puls des Arztes. Plötzlich bewegte sich Hollands Hand, und das Eisen kratzte über den Boden. Der Arzt lebte noch!

Auf einen Schlag verlor Daryl alle Vorsicht, er sprang auf und begann, nach dem Telefon zu suchen. Er war sicher, dass der Eindringling das Haus längst verlassen hatte. Wäre er noch hier, hätte er bemerkt, dass sein Opfer noch lebte, und es endgültig getötet. Schließlich fand Daryl den Apparat. Das Kabel war aus der Wand gerissen worden. »Verdammt!«, fluchte er laut.

Er kehrte zu dem schwer verletzten Mann zurück und drehte ihn vorsichtig auf den Rücken.

»Doc, ich bin's, Simmons. Können Sie mich verstehen?«

Die Augenlider des Mannes begannen zu flackern.

»Nicht aufgeben, hören Sie? Ich bringe Sie in ein Krankenhaus.«

Der Arzt versuchte, die Augen zu öffnen, schaffte es aber nicht. »Zu ... spät ...«, röchelte er. Plötzlich fing er an zu husten. Sein Körper krümmte sich nach vorn, ein dunkler Blutstrom schoss aus seinem Mund, dann hörte Dr. Holland auf zu atmen.

16

Die Sterne im Westen verblassten und machten Platz für einen neuen Tag. In den umliegenden Bäumen begrüßten Kookaburras mit unbekümmertem Gelächter den Morgen, und die Kakadus stimmten alsbald mit lautem Gekrächze in das Spektakel ein.

Daryl saß auf dem Trittbrett seines alten Landcruisers und blickte niedergeschlagen zu den Männern der Spurensicherung hinüber. Nachdem sie die halbe Nacht das Innere des Hauses nach Hinweisen auf den Mörder durchsucht hatten, begannen sie jetzt mit den ersten Sonnenstrahlen, auch draußen zu suchen.

Sergeant Walker, der noch in Albany gewesen war, als Detective Simmons den Mord bei der dortigen Polizeistation meldete, fuhr dem Spurenteam gleich voraus zu Dr. Hollands Farm. Jetzt kam er gemeinsam mit dem Leichenbeschauer aus dem Haus.

Zwei Männer trugen die Bahre, auf der die in eine schwarze Plastikhülle gepackte Leiche lag. Walker begleitete die Männer zu ihrem Wagen und verabschiedete sich von ihnen. Dann ging er hinüber zu Daryl.

»Wie geht's?«, fragte er.

»Wie schon. Ich wünschte, ich wäre rechtzeitig hier gewesen.«

»Der Coroner meint, Sie hätten nichts für Dr. Holland tun können, egal wie schnell Sie hier gewesen wären. Er hatte einen Bauch- und einen Lungenschuss. Es war ein Wunder, dass er überhaupt so lange durchgehalten hat. Was ist mit der Fahndung nach George Markham? Ich finde, wir sollten damit nicht mehr länger warten.«

Daryl stand auf und schüttelte langsam den Kopf. »Ich bin nach wie vor nicht begeistert von der Idee. George könnte die Kontrolle über sich verlieren, wenn er von einem ganzen Trupp Polizisten in die Enge getrieben wird.«

»Wenn Sie mich fragen, hat er das schon. Der Tötungsversuch an Ihnen und der Mord an Dr. Holland, das zeigt es doch deutlich.«

Das Funkgerät in Sergeant Walkers Nissan begann zu knistern, kurz darauf meldete sich eine undeutliche Stimme. Walker ging zum Wagen und griff durch das offene Fenster nach dem Mikrofon.

»Sergeant Walker, was gibt's?«

Daryl konnte die undeutliche Stimme am anderen Ende der Verbindung nicht verstehen, doch der besorgte Ausdruck in Walkers Gesicht reichte ihm völlig.

»Wir müssen sofort los«, erklärte der Sergeant. »Das war die Notrufzentrale. Sie haben einen Anruf von den Adeys erhalten. Offenbar haben diese George gesehen, wie er Richtung General Store lief.«

»Dann nichts wie hin«, rief der Detective und sprang in den Polizeiwagen.

Sie hielten außer Sichtweite von Mrs. Grammars Geschäft. Daryl wies den Sergeant an, sich so unauffällig wie möglich zum Vordereingang des Stores vorzuarbeiten, während er sich den Hintereingang vornehmen würde. Er ging davon aus, dass

George von der Rückseite des Gebäudes in das Lager eingebrochen und von dort durch den Laden zum Vordereingang gegangen war, wo er jetzt auf Mrs. Grammar wartete. Wenn Daryl Recht hatte, konnte er in das Gebäude gelangen, ohne dass George Markham es bemerken würde. Er schaute auf die Uhr. Mrs. Grammar konnte jeden Augenblick eintreffen.
Daryl schlich sich bis zur Hintertür. Wie vermutet, war sie mit einem Stemmeisen aufgebrochen worden. Sie stand einen Spaltbreit offen, und er spähte vorsichtig durch die Öffnung. Außer einem Lagerregal und der Tür zum Laden konnte er aber nichts erkennen.
Geräuschlos schob sich Daryl in den Lagerraum. Zwei Reihen Regale versperrten ihm die Sicht in den hinteren Teil des Raumes. Sein Herz schlug ihm bis zum Hals. Als er die Stirnseite des ersten Gestells erreicht hatte, hielt er den Atem an, dann sprang er, beide Hände an der Waffe, in den dazwischen liegenden Gang. Er war leer. Daryl atmete erleichtert aus. Im zweiten Durchgang befand sich ebenfalls niemand. Er warf einen raschen Blick zur Tür des begehbaren Kühlraums. Dort versteckte sich George bestimmt nicht. Der einzige Ort, wo er jetzt noch sein konnte, war der Laden.
Daryl trat an die Tür zum Geschäft, stieß sie mit einem kräftigen Fußtritt auf und sprang im selben Moment zurück, wieder in Deckung.
»George? Ich bin's, Simmons! Hören Sie mich?«
»Verdammt, Sie schon wieder!«, rief George wütend. »Ich hätte Sie erledigen sollen, als ich Gelegenheit dazu hatte!«
Daryl versuchte herauszubekommen, wo Markham steckte. Der kurze Blick in den unbeleuchteten Laden hatte nicht ausgereicht, um dessen Position zu bestimmen.

»Ich muss schon sagen, wie Sie aus der Klinik getürmt sind, das war wirklich eine reife Leistung.«

»Walker hätte Doc Holland eben nicht erlauben sollen, mich einzuweisen. Ich bin nämlich nicht verrückt, o nein!«

Georges Stimme kam irgendwo von rechts. Möglich, dass er sich hinter dem Kassentresen verschanzt hatte. Von dort konnte er jedenfalls sowohl die Eingangstür als auch die Fenster und die Tür zum Lager im Auge behalten.

»Ich weiß«, antwortete Daryl ruhig. »Das habe ich im Übrigen auch nie behauptet.«

»Das spielt keine Rolle, Sie sind ein Bulle, genau wie Walker. Sie sind hier, um mich wieder einzufangen und in die Klapsmühle zu bringen. Aber da haben Sie sich geschnitten! Nur über meine Leiche, haben Sie gehört?«

Daryl brauchte kein Kriminalpsychologe zu sein, um die Wut und Verzweiflung, die ganze emotionale Anspannung in George Markhams Stimme wahrzunehmen. Aus diesem Grund war es auch nicht ratsam, diesen noch mehr in die Enge zu treiben. Schon ein rascher Blick um die Ecke mit vorgehaltener Waffe konnte bei George zu einer Kurzschlussreaktion führen. Daryl war alles andere als scharf auf eine Schießerei, zumal George ihm mit seinem Gewehr ohnehin überlegen war. Er musste es anders versuchen.

»Was mich angeht, so bin ich weder daran interessiert, Sie wieder in die Klinik zurückzubringen, noch daran, Sie in einen Leichensack zu packen, um Sie hier rauszubringen. Ich will einfach nur mit Ihnen reden – und verhindern, dass Sie noch mehr Dummheiten begehen.«

Schweigen. Daryl biss sich auf die Unterlippe. Die letzte Bemerkung war vielleicht doch nicht so clever gewesen. Er

überlegte noch, was er als Nächstes versuchen sollte, da sagte George: »Tut mir Leid, das mit dem Pfleger mein ich. Wie geht's ihm?«
Die Frage überraschte Daryl, und er schöpfte neue Hoffnung. »In ein paar Tagen ist er wieder auf dem Damm.«
»Gut. Ich wollte ihn nicht verletzen, ehrlich nicht. Aber ich hatte keine Wahl.« George Markhams Stimme klang etwas ruhiger.
»Das glaube ich Ihnen sogar. Aber warum haben Sie Dr. Holland getötet?«
Als George nach einer langen Pause antwortete, klang seine Stimme heiser: »Der Doc ist tot?«
»Erschossen. Eine Kugel war ein glatter Durchschuss und ist in der Couch stecken geblieben. Sie könnte von einem 300er-Magnum-Jagdgewehr abgefeuert worden sein.«
»Sie glauben, ich war das?«, rief George überrascht.
»Immerhin besitzen Sie eine solche Waffe. Und die ist nicht mehr in Ihrer Hütte.«
»Aber ich bin doch erst seit gut einer halben Stunde in Moonlight Bay«, verteidigte sich Markham. »Es war schließlich nicht leicht, ungesehen bis hierher zu kommen. Ich hatte also gar keine Zeit, um zu meiner Hütte zu gehen und die Waffe zu holen. Und selbst wenn: Glauben Sie wirklich, ich wäre das Risiko eingegangen, dort gleich wieder von den Bullen geschnappt zu werden? Außerdem wollte ich im Geschäft sein, ehe Mrs. Grammar eintrifft.«
Daryl war nicht sicher, ob er George glauben konnte. Seine Überraschung schien allerdings echt gewesen zu sein. »Wer hat dann Ihr Gewehr?«
»Wie soll ich das wissen?«, rief George verzweifelt. »Eine

Menge Leute wissen, dass ich ein Gewehr habe, außerdem ist die Hütte nicht verschlossen.«
»Demnach sind Sie unbewaffnet?«, fragte Daryl.
»Scheiße, jetzt, wo Sie damit rausgerückt sind, dass Sie mich für einen Mörder halten, werde ich Ihnen das erst recht nicht auf die Nase binden! Ich hab's bereits gesagt: Ich lass mich nicht wieder einbuchten!«
»Tun Sie mir einen Gefallen und ergeben Sie sich, George. Vor dem Vordereingang wartet Sergeant Walker, und hier hinten kommen Sie auch nicht raus.«
»Sie begreifen das nicht, Simmons! Mrs. Grammar weiß, was Grace zugestoßen ist. Ich will, dass sie es mir erzählt!«
»Gewalt ist keine Lösung, George. Gerade Ihnen sollte das klar sein. Ich habe Ihnen versprochen, diesen Fall zu lösen, und das schließt das Schicksal Ihrer Tochter mit ein. Wenn Sie wirklich unschuldig sind, dann haben Sie nichts zu befürchten.«
»Schöne Worte, aber warum sollte ich Ihnen glauben?«
»Erinnern Sie sich an unseren Angelausflug? Oder daran, wie ich Sie bat, mich zu sichern, als ich mich zur Höhle abgeseilt habe? Ich habe Ihnen vertraut. Jetzt sind Sie dran.«
Erneut entstand eine lange Pause. »Okay, Simmons. Wenn Sie versprechen, dass ich nicht wieder in die Klapsmühle komme, ergebe ich mich.«

George Markham bestritt, irgendetwas mit dem Mord an Dr. Holland und mit den Schüssen auf den Detective zu tun zu haben. Schließlich verlangte er einen Anwalt, worauf ihn Sergeant Walker erst mal in die Arrestzelle steckte. Da George seit seiner Flucht aus Albany nicht mehr

geschlafen hatte, dauerte es keine fünf Minuten, und er schnarchte laut.
»Glauben Sie seine Geschichte?«, wollte Walker von Daryl wissen.
»Die 300er-Magnum hatte er jedenfalls nicht dabei. Sicher, er könnte das Gewehr nach der Tat weggeworfen oder versteckt haben. Aber das glaube ich nicht.«
Der Sergeant setzte sich hinter seinen Schreibtisch. »Was macht Sie so sicher?«
»Wie schon einmal gesagt, George Markham sucht nach Antworten. Wäre er der Mörder von Tom Grammar, so würde das bedeuten, dass er sie bereits kennt. Er würde kaum mit dieser Verbissenheit weiterbohren.«
»Das entlastet ihn nicht automatisch vom Anschlag auf Sie und dem Mord an Holland.«
Vor der Polizeistation hielt ein Wagen. Daryl schaute auf die Uhr. »Das müssten die Männer von der Spurensicherung sein. Ich habe sie angerufen, damit sie Georges Hände nach Pulverrückständen untersuchen und seine Kleider mit ins Labor nehmen. Wenn er wirklich auf Doc Hollands Farm war, werden die Jungs das feststellen.«
»Aber Sie halten das für reine Zeitverschwendung, hab ich Recht?«, fragte der Sergeant.
»Das würde ich so nicht sagen. Wenn es hilft, George Markhams Unschuld zu beweisen, ist es das allemal wert.«
Als es klopfte, ging Daryl zur Tür und öffnete. Vor ihm stand Mrs. Grammar.

17

George Markham ist unschuldig«, begann sie.
»Wie meinen Sie das?«, fragte Daryl. Er bot Mrs. Grammar einen Stuhl an, und sie setzte sich.
»Er hat nichts mit alldem zu tun, was Sie ihm vorwerfen.«
Daryl und der Sergeant tauschten einen fragenden Blick.
»Erklären Sie uns das bitte näher«, forderte Daryl Mrs. Grammar auf.
»Der Mord an Dr. Holland. Das war nicht George – ich war's.«
»Sie?«, rief Walker überrascht.
»Ja. Ich habe Georges Gewehr aus seiner Hütte geholt, bin zu Dr. Holland gefahren und habe ihn erschossen.«
»Woher wussten Sie, dass George Markham ein Gewehr besitzt und wo er es aufbewahrt?«, wollte Daryl wissen.
»Er erwähnte es einmal.«
»Weshalb haben Sie es getan?«
»Dr. Holland wusste zu viel.«
Sergeant Walker zog eine Schublade auf, entnahm ihr ein Diktiergerät und stellte es auf den Tisch. »Haben Sie etwas dagegen, wenn ich das Gespräch aufzeichne?«
Mrs. Grammar schüttelte den Kopf.
»Bevor Sie ein Geständnis ablegen, möchte ich Ihnen raten, einen Anwalt hinzuzuziehen«, empfahl ihr Daryl.
Walker warf ihm einen halb verständnislosen, halb verärgerten

Blick zu. »Sie sagten, Dr. Holland wusste zu viel«, drängte er Mrs. Grammar, noch bevor diese auf Daryls Vorschlag eingehen konnte. »Was wusste er?«

Mrs. Grammar überlegte kurz. »Er wusste, was mein Sohn getan hat.«

»Sie sprechen von dem Mord an Grace Markham«, stellte Daryl fest.

»Genau. Tom war schon seit seiner Teenagerzeit fasziniert vom Satanismus. Zunächst hielt ich das einfach nur für eine vorübergehende Phase. Sie wissen ja, wie pubertierende Jugendliche sind. Dann kam Tom nach Kalgoorlie aufs College. Irgendwie fand er da Zugang zu einem Satanskult.«

»Tom flog vom College, weil er einen Jungen zusammengeschlagen hat – was genau war da vorgefallen?«, wollte Daryl wissen.

»Mit absoluter Sicherheit weiß ich das auch nicht. Was ich sagen will, ist, es gibt zwei Geschichten. Die, die uns Tom erzählt hat, und die der Schulleitung. Fest steht, dieser andere Junge war der Anführer dieses Satanskultes. Diesem gehörten noch zwei andere Jungen und ein Mädchen an. Tom sollte das fünfte Mitglied werden. Doch er geriet mit dem Anführer in Streit. Tom sagte, man habe von ihm als Aufnahmeprüfung Dinge verlangt, die er nicht tun wollte, weil sie ihm zu weit gingen.«

»Was für Dinge?«, fragte Sergeant Walker.

Mrs. Grammar zögerte. Dann verzog sie das Gesicht und antwortete: »Er sollte eine Katze aufschlitzen und ihr Blut trinken.«

Daryl und der Sergeant tauschten einen viel sagenden Blick.

»Sie sagten vorhin, es gäbe zwei Versionen davon, was damals vorgefallen ist«, sagte Daryl.
Mrs. Grammar nickte. »Die anderen Kultmitglieder behaupteten, dass es Tom war, der die Idee mit der Katze hatte, und die Schulleitung glaubte ihnen. Als die anderen Jugendlichen Tom sagten, sie seien dagegen, Tiere zu quälen oder zu töten, soll Tom sie als Feiglinge und Waschlappen bezeichnet haben, die keine Ahnung von wirklichem Satanismus hätten. Mit ihren Kindergartenritualen könnten sie nicht mal ein Baby erschrecken, hat er sie angeblich verspottet. So kam es zum Streit zwischen Tom und dem Anführer der Gruppe.«
Sergeant Walker schnaubte verärgert. »Diese sauberen Herren vom College-Vorstand! Als ich sie über Tom befragt habe, haben die so getan, als hätten sie keinen blassen Schimmer, was genau vorgefallen war. Dabei wollten sie nur den guten Ruf ihrer Schule retten. Man sollte sie wegen Behinderung der Ermittlungen anzeigen!«
»Beruhigen Sie sich, Walker«, meinte Daryl. »Natürlich wäre es ein Vorteil gewesen, wenn wir von Anfang an über Toms Interesse für Satanismus Bescheid gewusst hätten. Aber das lässt sich jetzt auch nicht mehr ändern.« Er wandte sich wieder an Mrs. Grammar. »Was ich nicht verstehe: Bevor Tom aufs College ging, war er ein ruhiger, unauffälliger Junge. Was hat ihn nur so verändert?«
Mrs. Grammar starrte auf ihre gefalteten Hände. »Das weiß ich nicht. Wirklich nicht. Ich wünschte, ich hätte eine Erklärung, aber ich habe keine.«
»Tom kehrte also zurück nach Moonlight Bay«, setzte Daryl seine Befragung fort. »Wie ging es danach weiter?«

»Ich überredete meinen Mann, unserem Sohn etwas Zeit zu geben, damit er zu sich selbst finden könne. Leider verstärkte sich Toms Interesse für Satanskulte in dieser Zeit nur noch mehr, bis es zu einer regelrechten Besessenheit wurde. Als ich eines Nachts an seinem Zimmer vorbeiging, hörte ich, wie er zum Teufel betete. Am nächsten Morgen stellte ich ihn zur Rede. Er wurde wütend, schrie, das ginge mich gar nichts an. Ich sagte ihm, ich würde es nicht dulden, dass in unserem Haus der Teufel angebetet würde. Und wenn er sich nicht daran hielte, würde ich alle seine Bücher verbrennen. ›Wenn du das wagst, bring ich dich um!‹, hat er geantwortet.«

»Haben Sie mit Ihrem Mann darüber gesprochen?«, wollte Daryl wissen.

»Nein. Er und Tom hatten seit dem Rauswurf vom College sowieso schon ein stark angespanntes Verhältnis. John hätte unseren Sohn vermutlich gleich vor die Tür gesetzt, wenn er gewusst hätte, dass sich Toms Obsession kein bisschen gelegt hatte. Das wollte ich verhindern.«

»Wann war das?«, fragte der Sergeant.

»Etwa zu der Zeit, als George Markhams Frau starb. Tom war damals neunzehn. Er war sehr unruhig, hatte keine Freunde und verlor jede Arbeit, die John ihm besorgte. Ein halbes Jahr später begann er, sich mit Mary Reed anzufreunden. Heute weiß ich, dass ich etwas dagegen hätte unternehmen sollen. Mary war ja damals erst vierzehneinhalb. Tom hat sie mit seinem satanistischen Wahn angesteckt. Doch das realisierte ich damals nicht, weil er ruhiger und ausgeglichener wurde. Er las zwar immer noch Bücher über Satanismus und Dämonen, doch sie schienen ihm nicht mehr so wichtig zu sein. Trotzdem machte ich mir Sorgen. Wie gesagt, Mary war noch sehr jung. Ich versuchte, mit Tom darüber zu reden, doch er lachte nur. Sie wüssten schon, was sie täten, meinte er. Da Mary allem Anschein nach einen guten Einfluss auf Tom hatte, ließ ich ihn schließlich in Ruhe.«

»Und dann verschwand Grace«, warf Daryl ein.

Mrs. Grammar senkte erneut den Blick. »Sie verschwand, und ich ahnte noch immer nichts.«

»Wie hätten Sie auch?«, entgegnete Daryl sanft. »Ihr Sohn hat sich bemüht, seine dunkle Seite vor Ihnen zu verbergen. Und nachdem er die Höhle gefunden hatte, wo er seinen Obsessionen unbeobachtet nachgehen konnte, gelang es ihm besser, sich nach außen hin unauffällig zu verhalten.«

Sie hob den Kopf und sah dem Detective fest in die Augen. »George hatte Recht. Tom führte ein Tagebuch. Ich fand es aber erst, als ich sein Zimmer ausräumte. Das war so ungefähr ein Jahr, nachdem er Moonlight Bay verlassen hatte. Er hatte es in seinem Schreibtisch versteckt. Was ich darin las, war so schrecklich, so unbegreiflich, dass ich es auch nach zweimaligem Lesen nicht glauben konnte. Deshalb konnte ich seine Aufzeichnungen und all die Bücher auch nicht wegwerfen. Ich wollte sie irgendwann, wenn ich die Kraft dazu finden würde, noch einmal hervorholen.«

»Haben Sie das Tagebuch tatsächlich verbrannt?«, fragte Daryl.

Sie nickte. »Nachdem Sie mir von der Höhle erzählt hatten, war mir klar, dass man früher oder später auf Tom kommen würde.«

»Eins versteh ich nicht«, warf Walker ein. »Wenn Sie das Tagebuch gelesen haben, dann wussten Sie doch von der Höhle.

Warum sind Sie nicht hingegangen und haben alle Beweise beseitigt?«

»Weil ich nicht genau wusste, wo sie war. Tom schrieb immer nur von der ›Kammer Satans‹ und dass ihr Eingang versteckt unter dem Wurzelwerk eines umgestürzten Baumes läge. Ich habe danach gesucht. Doch der Wald ist groß, es gibt eine Menge umgestürzter Bäume. Schließlich gab ich die Suche auf. Ich nahm an, wenn ich die Höhle nicht fände, würde das auch sonst niemand – aber ich hatte mich getäuscht.«

»Und in dem Buch stand, was sich alles in dieser ›Kammer‹ abgespielt hat?«

»In allen blutigen Details.« Mrs. Grammar erschauderte. »Zunächst begnügte sich Tom damit, nach vorgeschriebenen Ritualen Tiere zu opfern, um Satan seine Ergebenheit zu beweisen. Dann aber befahl ihm der Teufel angeblich, einen Menschen zu töten.«

»Grace«, bemerkte der Sergeant.

»Nein, Mrs. Markham.«

Nun war auch Daryl überrascht.

»Es ist wahr.« Ihre Stimme war nur noch ein Flüstern. »Mrs. Markham war sein erstes Opfer. Tom glaubte, Satan habe ihn auserwählt. Doch um seine Treue unter Beweis zu stellen, musste er eine Prüfung bestehen. Er sollte eine Familie zerstören. Aber nicht auf einen Schlag, sondern langsam und grausam. Er suchte sich die Markhams aus.«

»Weshalb gerade die Markhams?«, wollte Daryl wissen.

»Ich bin nicht sicher. Wie gesagt, Tom opferte zunächst lediglich Tiere, darunter waren auch einige Haustiere, die er gestohlen hatte. Zum Beispiel die Katze der Adeys oder der

Ziegenbock von Doc Holland. Als er den Hund der Markhams stahl, beobachtete ihn Grace, worauf George ihn zur Rede stellte. Tom bestritt alles, doch Markham glaubte ihm nicht und drohte, er werde ihn windelweich prügeln, sollte er herausfinden, dass Tom dem Hund etwas angetan habe. Seither hasste ihn Tom. Vielleicht war das der Grund – wenn er überhaupt einen brauchte. Jedenfalls, zuerst tötete er Anna Markham, indem er eine Tigerschlange in ihrem Wagen versteckte. Und als sich George und seine Tochter langsam von dem Verlust erholt hatten, entführte Tom Grace und opferte sie dem Teufel. Schließlich sollte auch George sterben. Doch der überlebte das Feuer, das Tom gelegt hatte. Danach lauerte George Tom auf und beschuldigte ihn, sowohl mit dem Verschwinden seiner Tochter als auch mit dem Brand seines Hauses etwas zu tun zu haben. Doch Tom leugnete es. Von da an machte er aber einen großen Bogen um George.«

»Und ich habe George das nie geglaubt«, sagte Walker zähneknirschend.

»Dann wissen Sie's ja jetzt«, sagte Mrs. Grammar, nachdem sie sich ein wenig gefasst hatte. »Georges einzige Rolle in dieser Geschichte war die eines bemitleidenswerten Opfers.«

Daryl sah sie mit einem skeptischen Blick an. »Bis jetzt decken sich die meisten Ihrer Äußerungen mit meinen Vermutungen. Doch warum haben Sie Dr. Holland getötet? Sie behaupten, er habe gewusst, dass Ihr Sohn Grace ermordet hat. Woher wusste er das? Und warum brachten Sie ihn erst jetzt um, wo er doch die ganze Zeit geschwiegen hat?«

»Gewusst hat er es von Mary«, antwortete Mrs. Grammar.

»Mary war wegen einer Unterleibsverletzung, die ihr Tom während einem ihrer Rituale zugefügt hatte, bei Dr. Holland. Sie war außer sich und erzählte ihm unter anderem von Toms satanischen Neigungen und dem ein Jahr zurückliegenden Mord an Grace. Kurz darauf verschwand sie ebenfalls, und Holland war sicher, dass Tom auch dahinter steckte. Statt zur Polizei zu gehen, kam er aber zu mir. Er erpresste mich. Das sehen Sie, wenn Sie unser Bankkonto aus dieser Zeit überprüfen. Fast alles, was drauf war, habe ich damals abgehoben. Warum ich ihn jetzt erst umgebracht habe? Weil Sie alles wieder aufgerollt haben. Ich hatte Angst, dass er nun doch noch zur Polizei gehen würde.«

»Das hatte er auch vor«, brummte Sergeant Walker.

Ein weiteres Fahrzeug hielt vor dem Polizeiposten.

»Das werden sie jetzt wohl sein«, bemerkte Daryl.

»Soll ich sie wegschicken, oder wollen Sie Mrs. Grammar gleich von den Kollegen von der Spurensicherung nach Albany in die Untersuchungshaft überführen lassen?«

»Weder noch. Wir machen es wie besprochen. Mrs. Grammar bleibt heute Nacht hier.«

Der Sergeant führte die zwei Männer der Spurensicherung zu Georges Zelle. Als er zurückkam, hatte Daryl die Befragung von Mrs. Grammar bereits wieder aufgenommen.

»Was ist mit der Waffe?«

»Die habe ich ins Meer geworfen.«

»Wo?«

»Das weiß ich nicht mehr so genau. Es war noch am selben Abend. Ich ging von meinem Haus hinunter zum Leuchtturmpfad, es war schon dunkel.«

»Wie sind Sie zu Dr. Hollands Farm gekommen?«

»Mit dem Auto«, sagte Mrs. Grammar vorsichtig. »Wieso fragen Sie?«
Daryl gab ihr keine Antwort. »Und danach?«
»Fuhr ich zurück nach Moonlight Bay.«
Ungläubig schüttelte Daryl den Kopf. »Ich glaube Ihnen nicht.«
»Was wollen Sie eigentlich? Ich habe den Mord am Doktor gestanden. Glauben Sie, ich würde das tun, wenn ich unschuldig wäre?«, erwiderte Mrs. Grammar in scharfem Ton.
Daryl lächelte. »Wie auch immer, das ändert nichts daran, dass wir George Markham wegen Mordes anklagen werden.«
»Weshalb?«
»Das kann ich Ihnen sagen. Wir wissen inzwischen, dass Ihr Sohn ermordet wurde. Wer hätte ein besseres Motiv als George?«
Mrs. Grammar brauchte einen Augenblick, bis sie sich wieder gefasst hatte. »Also gut«, sagte sie und seufzte. »Ich werde Ihnen alles erzählen, auch wie es zum Tod meines Mannes gekommen ist. Tom hatte heimlich einen Nachschlüssel zum Leuchtturm machen lassen, damit er und Mary auch im Winter, wenn es in der Höhle sehr kalt war, einen Ort hatten, wo sie sich ungestört treffen konnten. Das ging lange Zeit gut. Eines Tages jedoch, als mein Mann für drei Tage nach Denmark zu einer Sitzung der Fischereibehörde musste, fuhr er noch kurz zum Leuchtturm. Er wusste, dass in den kommenden Tagen, während er nicht in Moonlight Bay sein würde, der Ingenieur des Schifffahrtsamtes zur Inspektion vorbeikommen wollte. Mein Mann und Averill Chase kannten sich schon seit vielen Jahren, deshalb schrieb ihm John immer ein paar Zeilen und hinterlegte sie im Leuchtturm, wenn sie sich

aus irgendeinem Grund nicht treffen konnten. Als John den Turm betrat, hörte er von oben laute Musik. Er fand Tom und Mary – sie lagen auf dem Boden, nackt, und liebten sich. Es kam zum Streit, worauf Mary sich in aller Eile anzog und nach unten rannte. Tom hingegen flüchtete auf die Plattform.« Sie schloss die Augen und machte eine lange Pause. Als sie weitersprach, standen Tränen in ihren Augen. »Es war ein Unfall. John versuchte, Tom in den Turm zurückzuzerren, dabei stolperte er und stürzte über das Geländer.«

»Woher wissen Sie das?«, hakte Daryl nach.

»Tom hat es mir erzählt. Allerdings erst an dem Tag, an dem er nach Moonlight Bay zurückkehrte.«

»Warum ist er überhaupt zurückgekommen?«

»Er hatte Geldschwierigkeiten und hoffte, dass ich ihm helfen würde. Zu dem Zeitpunkt hatte ich aber schon sein Tagebuch gelesen. Ich erklärte ihm, dass ich nichts mehr mit ihm zu tun haben wolle und dass ich ihn anzeigen würde, wenn er nicht für immer verschwände. Doch er lachte nur und meinte, dann würde ich wohl als Mitwisserin mit ihm ins Gefängnis gehen. Er gab mir vierundzwanzig Stunden Zeit, um das Bankkonto leer zu räumen und ihm das Geld zum Leuchtturm zu bringen. Ich versuchte, ihm klar zu machen, dass ich das nicht konnte, weil ich ja fünf Jahre zuvor schon alles Dr. Holland gegeben hatte. Aber er glaubte mir nicht. Tom war mein Sohn, doch er hat so viel Böses getan, und ich war einfach nicht bereit, wegen ihm ins Gefängnis zu gehen. Ich hasste ihn. Also ging ich zum Leuchtturm und brachte ihn um.«

Daryl ließ nicht locker. »Wie brachten Sie ihn um?«

Mrs. Grammar schlug die Hände vors Gesicht und begann zu

weinen. »Spielt das noch eine Rolle? Ich habe mein eigenes Kind getötet! Ich kann nicht mehr. Hören Sie auf! Bitte, quälen Sie mich nicht länger!«

»Eine letzte Frage: Was ist mit Mary passiert?«

»Ich weiß es nicht«, schluchzte sie. »Vielleicht ist sie mit ihm weggegangen, vielleicht brachte er auch sie um.«

Die Tür ging auf, und die Beamten der Spurensicherung kamen aus Georges Zelle zurück. Einer der Männer hielt den Plastikbeutel mit Georges Kleidern in die Höhe.

»Wir sind fertig. Sonst noch was?«

»Das wär's, vielen Dank«, antwortete Daryl.

»Na dann, bis zum nächsten Mal«, gab der Mann gleichmütig zurück.

Als Sergeant Walker aufstehen wollte, winkte der Beamte ab. »Nicht nötig, wir finden schon raus, ist ja nicht Schloss Windsor. Ach ja, vielleicht sollten Sie dem Mann nachher noch was zum Anziehen besorgen, mehr als seine Unterwäsche haben wir ihm nämlich nicht gelassen.«

Mrs. Grammar hatte aufgehört zu weinen. Sie saß zusammengesunken auf ihrem Stuhl und starrte auf den Boden.

»Also gut«, meinte Daryl und atmete tief durch. Gibt es sonst noch irgendetwas, was Sie uns sagen wollen?«

Mrs. Grammar schüttelte den Kopf. »Ich bin müde. Ich möchte jetzt schlafen. Und morgen möchte ich mit einem Anwalt sprechen.«

»Wie Sie wollen. Wir müssen Sie aber erst nach Albany überführen.«

»Muss das sein? Kann ich nicht hier bleiben?«

»Das geht nicht«, entgegnete der Sergeant. »Das Gesetz schreibt vor, dass wir Sie in ein Untersuchungsgefängnis oder

zumindest in eine Polizeistation mit vorschriftsmäßigen Zellen bringen. Das ist hier nicht der Fall.«
Mrs. Grammar sah Daryl bittend an. »Würde es Ihnen etwas ausmachen, sich für ein paar Tage um Tucker zu kümmern? Nur so lange, bis sich jemand findet, der ihn übernehmen will.«
»Natürlich. Machen Sie sich keine Gedanken.«

18

Detective Simmons und Sergeant Walker saßen in der Küche und tranken Tee.

»Ich weiß nicht: War das klug, Mrs. Grammar in die Zelle neben George zu stecken?«, fragte der Sergeant.

Daryl pustete in seinen Tee, um ihn abzukühlen. »Das hoffe ich doch sehr. Morgen kommen Georges Ärztin und ein Polizeipsychologe aus Albany. Ich habe George versprochen, einen neutralen Arzt hinzuzuziehen, um feststellen zu lassen, ob er zurück in die Klinik muss. Bis dahin kann es nicht schaden, wenn er und Mrs. Grammar sich ein wenig unterhalten.«

»Unterhalten nennen Sie das? Gut, dass sie in zwei verschiedenen Zellen sitzen und durch eine Mauer getrennt sind.«

»George wird sich schon beruhigen.« Daryl schlürfte genüsslich seinen Tee. »Vielleicht gibt sich Mrs. Grammar ja einen Ruck und erzählt ihm, was sie ausgesagt hat. Dann hätten wir eine Sorge weniger.«

»Sie meinen, weil George dann endlich Antworten auf seine Fragen bekommen würde?«

»Unter anderem.«

Walker kniff die Augen zusammen. »Mit Mrs. Grammars Geständnis ist der Fall doch so gut wie gelöst.«

»Sie vergessen Mary Reeds ›Geist‹«, widersprach Daryl.

»Was soll damit sein?«

»Er ist der Schlüssel zu allem, davon bin ich nach wie vor fest

überzeugt.« Daryl schaute auf die Uhr und stand auf. »Das Schreiben des Berichts überlasse ich gerne Ihnen.«
»Na großartig«, stöhnte Walker. »Und was haben Sie vor? Sagen Sie jetzt nur nicht ›angeln‹, sonst fang ich an zu heulen.«
»Die Versuchung ist groß«, entgegnete der Detective grinsend, »aber ich kann Sie beruhigen. Ich werde nur etwas mit Tucker spazieren gehen.«

Tucker freute sich überschwänglich, als er Daryl bemerkte. Trotzdem musste dieser den Hund an die Leine nehmen, um ihn vom Haus wegzubringen. Als sie den steilen Weg zum Leuchtturmpfad hinabgingen, verwandelte Tucker sich aber rasch vom aufmerksamen Wachhund in einen unbekümmerten Streuner. Neugierig schnüffelnd zog er an der Leine, so dass Daryl alle Mühe hatte, nicht auf dem steilen Weg auszurutschen. Schließlich erreichten sie den Küstenpfad, wo Daryl Tucker von der Leine ließ. Er schlug den Weg zum Leuchtturm ein, denn er wollte zur Farm von Dr. Holland, um seinen Landcruiser zu holen. Er hatte ihn dort zurückgelassen, als er am Morgen mit Sergeant Walker in dessen Dienstwagen zurück nach Moonlight Bay gefahren war.
Während der Hund, zufrieden mit dem Schwanz wedelnd, voraustrottete, ließ Daryl Mrs. Grammars Geständnis Revue passieren.
Eigentlich hatte sie sich alles ziemlich klug zurechtgelegt. Sie hatte Wahrheiten, Halbwahrheiten und Lügen zu einer – zumindest auf den ersten Blick – einleuchtenden Geschichte verwoben. Doch einige Punkte hatte sie übersehen. Das Geld zum Beispiel, welches sie Dr. Holland gegeben haben wollte,

konnte ebenso gut von Tom abgehoben worden sein. Und den Mordversuch an Daryl hatte Mrs. Grammar gar nicht erwähnt, was bedeutete, dass sie nichts davon wusste. Es konnte auch nicht stimmen, dass sie mit dem Wagen zu Dr. Hollands Haus gefahren war, um ihn zu ermorden. Daryl wäre ihr in diesem Fall unterwegs begegnet, wenn sie nach der Tat mit dem Wagen geflüchtet wäre.

Sollten die Ballistiker feststellen, dass die Kugeln, die auf ihn abgefeuert worden waren, aus derselben Waffe stammten, mit der auch Dr. Holland getötet worden war, kam Mrs. Grammar als Mörderin des Arztes nicht mehr in Frage. Dann stellte sich allerdings die Frage, wer tatsächlich auf Daryl geschossen und den Arzt ermordet hatte – und warum Mrs. Grammar log. Daryl war davon überzeugt, dass Mrs. Grammar die ganze Schuld auf sich nahm, weil sie jemanden schützen wollte.

Wen? Das war für ihn sonnenklar.

Daryl und Tucker hatten die Felsen am Ende des Weges erreicht, als der Hund plötzlich stehen blieb. Mit gespitzten Ohren stand er da und lauschte, den Kopf leicht gesenkt, eine Pfote in der Luft.

»Was ist los, alter Freund?«, fragte Daryl besorgt.

Der Hund begann, leise zu knurren.

Daryl öffnete seine Regenjacke und zog seine Waffe. »Okay, mein Junge, seien wir vorsichtig. Wenn es ein Kaninchen ist, gehört es dir. Wenn es ein Mensch ist, hältst du dich zurück, klar?«

Als hätte Tucker ihn verstanden, sah er kurz zu ihm auf. Dann folgte er seiner Nase.

Daryl konnte dem Hund nur mit Mühe folgen. Geschickt rannte das Tier zwischen Büschen und Felsen hindurch, kletterte den unwegsamen Berghang hinauf und verschwand immer wieder hinter großen Steinquadern. Wenn Tucker ein Kaninchen aufgespürt hatte, wäre es wohl schon längst in einer Spalte verschwunden, dachte Daryl.

Plötzlich bewegte sich etwas hinter einem Felsblock. Ehe er erkennen konnte, was es war, war es schon wieder verschwunden. Kurz darauf tauchte es weiter unten auf. Diesmal glaubte Daryl, einen Arm und ein Stück Kleidung gesehen zu haben, aber sicher war er nicht. Wen oder was der Hund auch immer verfolgte, es bewegte sich jedenfalls wesentlich schneller und geschickter durch das Felsengewirr als er selbst.

Daryl kletterte gerade auf allen vieren unter einem überhängenden Gesteinsblock hindurch, da begann Tucker aufgeregt zu bellen. Der Hund stand am Waldrand und sah zu ihm herüber. Er bellte ein letztes Mal, dann rannte er in das Gehölz.

Daryl erreichte den Karri-Wald, doch von dem Vierbeiner war nichts mehr zu sehen. Als er nach ihm rief, schlug Tucker sofort an. Daryl folgte dem Bellen, das jetzt immer von derselben Stelle kam.

Der Hund stand mit gespreizten Beinen und gesenktem Kopf vor dem zweiten Eingang zur Opferhöhle, den Daryl entdeckt hatte.

»Gut gemacht, mein Alter!«, lobte ihn Daryl und tätschelte seine Flanke. »Jetzt lass mich mal vorbei. Wenn mich nicht alles täuscht, ist das kein Kaninchen.«

Daryl hatte nicht vor, in das Loch hinabzusteigen. Es war auch nicht nötig. Nachdem die Höhle von den Beamten der

Spurensuche freigegeben worden war, hatte Sergeant Walker einen Schlosser aus Mt. Barker beauftragt, an einer engen Stelle, keine zwei Meter unterhalb des steilen Einstiegs, ein Gitter anzubringen, um den Zutritt zur Höhle zu sichern.

»Sie sitzen in der Falle, also kommen Sie heraus!«, rief Daryl laut.

Nichts rührte sich.

»Schön, ich kann warten. Vielleicht sollte ich aber auch einfach den Hund nach unten schicken.«

Eine Bewegung im Dunkel unter ihm ließ ihn ein Stück zurückweichen. Er wusste, dass er am Höhleneingang ein gut sichtbares Ziel abgab, während er die Person weiter unten noch immer nicht erkennen konnte.

»Bitte nicht den bösen Hund schicken«, drang eine bekannte Stimme an seine Ohren. Kopfschüttelnd sicherte Daryl seine Waffe, steckte sie zurück in das Halfter und nahm Tucker an die Leine.

»Was machst du hier?«, fragte Daryl und streckte Samuel Reed die Hand entgegen, um ihm aus dem Loch zu helfen.

»Ich wollte … ich … ich weiß auch nicht«, stammelte der Junge. Er machte einen Schritt vom Höhleneingang weg und schrie auf.

»Was hast du?«, fragte Daryl.

»Mein Fuß tut weh.«

Daryl bückte sich und untersuchte den Knöchel. »Es scheint nichts gebrochen, wahrscheinlich hast du dir den Fuß verstaucht.«

Die weit aufgerissenen Augen des Jungen klebten an dem Hund.

»Du brauchst keine Angst zu haben, Tucker tut dir nichts.«
»Aber er wollte mich beißen.«
»Nur, weil du vor ihm davongerannt bist. Er hat dich für eine Jagdbeute gehalten. Doch jetzt weiß er, dass du ein Mensch bist, und ist wieder ganz zahm.«
»Sicher?«
»Sicher. Streichle ihn, dann wirst du's sehen.«
»Lieber nicht.«
»Sag mal, woher kennst du eigentlich diese Höhle?«, fragte Daryl.
Der Junge senkte den Blick. »Weiß nicht«, sagte er knapp.
»Hat sie dir jemand gezeigt?«
Schweigen.
»Du hast versprochen, es niemandem zu sagen, stimmt's?«
Ein schwaches Nicken war die Antwort.
»Okay, das versteh ich. Geheimnisse darf man nicht verraten. Kommst du oft hierher?«
»Nein, nicht oft.«
»Und warum warst du heute hier?«
Samuel zuckte mit den Schultern.
»Kommst du denn immer allein hierher?«
Der Junge schob trotzig die Unterlippe vor, doch er schwieg.
»Weshalb willst du es mir nicht sagen? Hast du Angst vor mir?«
Kopfschütteln.
Daryl bohrte weiter. »Warum dann?«
»Dad sagt, Sie sind kein guter Mensch.«
»Hat er auch gesagt, warum ich kein guter Mensch bin?«
»Er sagt, Sie seien ein Lügner, und es wäre eine Sünde, wenn man mit solchen Leuten redet.«

»Und was denkst du?«
Samuel zuckte erneut mit den Achseln.
»Okay, ich bring dich jetzt nach Hause.«

Daryl trug den Jungen huckepack bis zu Dr. Hollands Haus. Er setzte ihn auf den Beifahrersitz, dann half er Tucker auf die Ladefläche des Landcruisers und band ihn an.
Auf dem Weg zur Farm versuchte Daryl weiter vergeblich, den Jungen in ein Gespräch zu verwickeln. Samuel antwortete ihm zwar hin und wieder, doch mehr als ein Ja oder Nein war ihm nicht zu entlocken. Als sie schließlich zum Haus seiner Eltern abbogen, sagte er keinen Ton mehr.
Daryl hielt an. Kaum war er ausgestiegen, da öffnete sich auch schon die Tür, und Reverend Reed kam heraus.
»Was wollen Sie schon wieder hier?«, sagte er barsch.
»Ich bringe Ihnen Samuel. Er hat sich den Fuß verstaucht.«
Mrs. Reed tauchte hinter ihrem Mann auf und sah besorgt über seine Schulter.
»Wo haben Sie ihn aufgelesen?«, wollte der Reverend wissen.
»In der Nähe des Leuchtturms.« Daryl öffnete die Beifahrertür und half dem Jungen auszusteigen.
»Du warst beim Leuchtturm?«, fuhr Reverend Reed das Kind an. »Habe ich dir nicht verboten, dich dort herumzutreiben?«
Samuel zuckte zusammen.
»Du weißt, was das bedeutet. Mach, dass du in die Scheune kommst, wir sprechen uns gleich!«
Der Junge warf Daryl einen flehenden Blick zu.
»Hast du nicht gehört, was ich gesagt habe?«, wiederholte der Reverend scharf.

»Seien Sie nicht zu streng mit ihm«, versuchte Daryl zu schlichten. »Er hat sich schon den Fuß verletzt.«
»Gott wird schon wissen, warum.« Reverend Reed sah zu, wie sein Sohn zur Scheune humpelte, dann wandte er sich wieder Daryl zu. »Danke, dass Sie ihn vorbeigebracht haben. Und jetzt entschuldigen Sie mich.«
Der Detective sah fragend zu Mrs. Reed.
»Bitte, gehen Sie jetzt«, bat sie mit eindringlicher Stimme.
Daryl ging um den Wagen herum und setzte sich hinters Steuer. Einen Augenblick saß er unschlüssig da, dann drehte er den Zündschlüssel.
Plötzlich begann Tucker, wie wild zu bellen. Daryl drehte sich auf seinem Sitz um und sah durch das Rückfenster. Der Hund stemmte sich mit den Vorderpfoten auf die Seitenwand der Ladefläche, den Kopf Richtung Scheune gedreht.
Daryl stellte den Motor wieder ab und öffnete die Tür.
Als er ausstieg, hörte er den Jungen schreien. Er wollte zur Scheune hinüber, doch Mrs. Reed stellte sich ihm in den Weg.
»Nicht, Sie machen alles nur schlimmer!«, flehte sie ihn an.
Wieder schrie Samuel.
Daryl drängte sich an ihr vorbei und rannte zum Scheuneneingang. Der Junge kniete vornübergebeugt und mit heruntergelassener Hose über einem Strohballen. Dicht hinter ihm stand sein Vater. Jack Reed züchtigte den Jungen mit seinem Gürtel. Samuel weinte und schrie bei jedem Schlag laut auf, doch der Reverend hörte nicht auf.
»Genug jetzt!«, rief Daryl und packte sein Handgelenk.
»Was fällt Ihnen ein? Lassen Sie mich augenblicklich los!«
»Erst wenn Sie aufhören, den Jungen zu schlagen!«
Der Reverend schnaubte wütend.

»Vielleicht ist es wirklich genug, Jack«, sagte Mrs. Reed, die Daryl in die Scheune gefolgt war.
Der Reverend warf seiner Frau einen verächtlichen Blick zu, gab aber nach. »Geh in dein Zimmer, Samuel.«
Der Junge stand weinend auf und zog sich die Hose hoch. Dann hinkte er zu seiner Mutter, die ihn zum Haus führte.
»Ich werde morgen nochmals herkommen, um nach Samuel zu sehen«, meinte Daryl ruhig. »Sollte ich dann feststellen, dass Sie ihn weiter misshandelt haben, werde ich die zuständigen Behörden einschalten. Ich hoffe, wir haben uns verstanden.«
Er wandte sich ab und ging, ohne eine Antwort abzuwarten, zum Scheunentor. Dort blieb er nochmals stehen. Er drehte sich langsam um und sagte: »Wie Sie sicher wissen, hat jemand Dr. Holland ermordet und versucht, auch mich zu töten. Sie wissen nicht zufällig etwas darüber?«
Reed starrte ihn schweigend an.
»Nein? Na schön.« Daryl tippte sich lässig an die Stirn. »Wir sehen uns, Reverend.«

19

Es war kurz nach fünf Uhr morgens. Daryl hatte unruhig geschlafen. Immer wieder hatte er sich von einer Seite auf die andere gewälzt, bis er es nicht mehr aushielt und aufstand.

In der Küche machte er sich Tee, dann setzte er sich mit seinem »Stammbaum des Verbrechens« an den Tisch. Er hatte das unbestimmte Gefühl, doch etwas übersehen zu haben, aber er kam einfach nicht drauf, was es sein könnte.

Kurz vor sechs klingelte das Telefon in Sergeant Walkers Büro. Daryl sprang auf und eilte in den Nebenraum.

»Moonlight Bay Police Station«, meldete er sich.

»Simmons, sind Sie das?«, dröhnte Chief Inspector Garratts unverwechselbare Stimme durch den Hörer.

»Ja, Sir.«

»Es geschehen noch Zeichen und Wunder – Sie wollte ich sprechen. Was ist eigentlich bei Ihnen da unten los? Sammeln Sie neuerdings Leichen?«

»Nein, Sir.«

»Sieht aber ganz danach aus! Verdammt, Simmons, ich habe Ihnen die Presse und diesen Wichtigtuer Pullman vom Hals geschafft, und ich habe mich in Geduld geübt, weil ich weiß, dass Sie an der Sache dran sind. Aber jetzt sitzt mir der Polizeichef von Westaustralien im Nacken. Also, was läuft in diesem Fischernest eigentlich ab?«

»Ich muss zugeben, der Mord an Dr. Holland war auch für mich überraschend. Dennoch bin ich kurz davor, den Fall – oder vielleicht sollte ich besser sagen: die Fälle – zu lösen. Mir fehlen nur noch die Ergebnisse der Laboruntersuchungen und ein, zwei Puzzleteile.«

»Papperlapapp, Simmons! Das hier ist kein Spiel, es ist blutiger Ernst! Die Geschichte kann mich den Kopf kosten und Ihren obendrein! Ich habe Sie nach Moonlight Bay geschickt, weil Sie einen Riecher für Fälle wie diesen haben. Aber langsam brauchen wir Resultate.«

»Dazu muss ich die Untersuchungsberichte haben, Sir«, antwortete Daryl bestimmt.«

»Keine Bange, die kriegen Sie – und zwar innerhalb der nächsten vierundzwanzig Stunden. Danach will ich aber Ergebnisse sehen. Und eins noch, Simmons: keine weiteren Leichen mehr, klar?«

Daryl wollte etwas erwidern, doch der Chief Inspector hatte schon aufgelegt. Er stand auf und ging zurück in die Küche. Sergeant Walker saß am Tisch. Er gähnte verschlafen, dann kratzte er sich das unrasierte Kinn. Als er aufsah, fragte er heiser: »Ihr Chef?«

Daryl nickte.

Walker schenkte sich eine Tasse Tee ein. »Sie sind wohl schon eine ganze Weile auf, hab ich Recht?«

»Ich hab kaum ein Auge zugemacht.« Daryl setzte sich.

»Gibt es Neuigkeiten vom Labor?«, wollte der Sergeant wissen.

»Nicht vor morgen.«

»Worüber zerbrechen Sie sich dann den Kopf?«

»Ich weiß nicht«, antwortete Daryl nachdenklich und tippte

mit dem Finger auf seine Notizen, »ein Gefühl sagt mir, ich habe irgendetwas übersehen.«
Walker warf einen Blick auf das Blatt. »Ich würde Ihnen ja gern helfen, aber dafür müsste ich erst einmal verstehen, was das hier sein soll.«
Daryl lächelte. »Lassen Sie es gut sein, Walker. Außer mir versteht das sowieso keiner.«
»Was machen wir mit Mrs. Grammar? Nach ihrem Geständnis müssten wir sie eigentlich heute nach Albany überführen.«
»Ich weiß. Haben Sie ihre Aussage bereits getippt?«
Der Sergeant nickte. »Gestern Abend.«
»Tun Sie mir einen Gefallen: Schreiben Sie alles noch einmal neu – oder tun Sie wenigstens so.«
»Ich soll was?!« Auf einen Schlag war der Sergeant hellwach.
»Ich möchte, dass Mrs. Grammar erst nach Albany gebracht wird, wenn sie ihre Aussage gelesen und unterschrieben hat. Morgen Nachmittag wäre dafür ein schöner Zeitpunkt.«
»Das wird aber eine Menge Ärger geben«, gab Walker zu bedenken.
»Die Verantwortung übernehme ich.«
Der Sergeant zuckte die Schultern. »Okay, Sie sind der Boss.«

Bevor die Ärzte aus Albany eintrafen, um über George Markhams psychische Verfassung zu urteilen, wollte Daryl noch mit den Adeys sprechen.
Sie mussten ihn bereits kommen gesehen haben, denn kaum hatte er angeklopft, öffnete ihm Mrs. Adey auch schon die Tür.
»Sie müssen Detective Simmons sein, richtig?«, begrüßte sie

ihn mit einem freundlichen Lächeln. »Bitte, kommen Sie doch herein!«

Mrs. Adey war eine kleine, zierliche Person mit einem überraschend festen Händedruck.

»Bitte entschuldigen Sie, dass ich Sie zu so früher Stunde aufsuche«, begann Daryl. »Aber es gibt da ein paar Fragen, die ich unbedingt klären möchte.«

»Junger Mann, es ist acht Uhr, von früh kann also keine Rede sein. Alte Leute wie wir sind zu dieser Zeit schon lange auf.«

Sie führte Daryl durch den Flur in das mit alten Möbeln und unzähligem Nippes voll gestellte Wohnzimmer. Mr. Adey, ein beinahe kahlköpfiger, schlanker Mann, saß in einem Schaukelstuhl am Fenster und beobachtete durch ein Fernglas den Hafen.

»Wir haben Besuch«, rief Mrs. Adey laut und wandte sich gleich wieder an Daryl. »Mein Mann ist ein wenig schwerhörig, müssen Sie wissen.«

Da Mr. Adey keine Anstalten machte aufzustehen, ging Daryl zu ihm und gab ihm die Hand.

»Entschuldigen Sie, wenn ich sitzen bleibe. Aber eben ist die ›Seapearl‹ in den Hafen eingelaufen. Sie war zwei Tage und« – Mr. Adey warf einen Blick auf seine Uhr – »acht Stunden draußen auf See. Bin gespannt, ob sie einen guten Fang mitbringt.«

Mrs. Adey trat neben den Detective und legte ihre Hand auf seinen Arm. »Manchmal ist er unmöglich. Er will immer über alles in Moonlight Bay Bescheid wissen. Ich habe ihm schon oft gesagt: Wenn dir langweilig ist, such dir ein Hobby. Aber er findet, er habe schon eins: Leute beobachten.«

»Es ist weder verboten, noch hat sich bisher jemand beklagt«, verteidigte sich der alte Mann. »Außerdem interessierst du dich genauso für das, was rundum geschieht, wie ich.«

Mrs. Adey errötete.

»Ich bin wirklich nicht hier, um mich darüber zu beschweren«, versuchte Daryl, den sich anbahnenden Streit zu schlichten. »Im Gegenteil. Ich hoffe sogar, dass Ihre Beobachtungen mir weiterhelfen können.«

Daryls Bemerkung wirkte auf die Adeys wie ein Adrenalinstoß.

»Was wollen Sie denn wissen?«, fragte Mr. Adey neugierig. »Ach, und setzen Sie sich doch! Lilly, bring doch einen Stuhl für den Detective.«

»Nicht nötig«, wandte sich Daryl rasch an die alte Frau. »Ich stehe lieber. Also: Als Sie George Markham an Ihrem Haus vorbeischleichen sahen, hatte er da eine Waffe dabei?«

»Sie meinen, sein 300er-Magnum-Jagdgewehr? Es war zwar noch ziemlich dunkel, aber nein, das hätte ich wohl bemerkt. Was meinst du, Lilly?«

Mrs. Adey schüttelte bedächtig den Kopf. »Das wäre uns aufgefallen.«

»Was taten Sie, nachdem Sie die Notrufzentrale angerufen haben? Haben Sie mit jemandem gesprochen?«

»Nein, wir wollten ja schließlich Ihren Einsatz nicht stören«, antwortete Mr. Adey fast ein wenig beleidigt.

»Und später?«

»Nun, nachdem Sie George verhaftet hatten, ging ich rüber zu Mrs. Grammar in den Laden«, meinte Mrs. Adey.

»Worüber haben Sie gesprochen?«

»Über den Mord an Dr. Holland und dass George aus der Klinik in Albany ausgerissen ist. Ach ja, und dass es ihr

vielleicht genauso ergangen wäre, wenn wir ihn nicht zufällig gesehen und die Polizei benachrichtigt hätten.«
»Verstehe«, antwortete Daryl gedehnt. »Woher wussten Sie eigentlich von Markhams Magnum, seiner Flucht aus der Klinik und dem Mord an Dr. Holland?«
Mrs. Adey warf ihrem Mann einen bösen Blick zu. »Irgendwann musste es ja mal jemand erfahren. Los, Colin, sag es dem Detective!«
Mr. Adey begann unruhig auf seinem Schaukelstuhl herumzurutschen. »Na ja, ich habe früher für den Royal Flying Doctor Service gearbeitet, müssen Sie wissen. Ich habe die Funkzentrale in Kalgoorlie geleitet.«
»Komm zur Sache, Colin, der Detective hat sicher nicht den ganzen Tag Zeit«, unterbrach ihn seine Frau.
»Ich will ja nur erklären, dass ich kein Krimineller bin, es ist reines Interesse. Also: Nach meiner Pensionierung wollte meine Frau unbedingt ans Meer ziehen, irgendwo im Süden, wo es das ganze Jahr über grün ist. Ich wäre lieber im Outback geblieben, aber egal. Jedenfalls habe ich mir im Nebenzimmer meine eigene Funkzentrale eingerichtet, mit der ich gelegentlich auch den Funkverkehr der Polizei abhöre. Aber wirklich nur hin und wieder.«
Daryl konnte nur schwer ein Grinsen unterdrücken.
»Hat das denn jetzt irgendwelche Konsequenzen?«, fragte Mrs. Adey besorgt.
»Warum sollte es? Sie haben die Ermittlungen in keiner Weise behindert, im Gegenteil. Hätten Sie nicht schon über Doc Hollands Tod Bescheid gewusst, hätten wir George Markham vermutlich noch nicht erwischt.«
Mrs. Adey sah besorgt aus. »Was geschieht jetzt mit Mr.

Markham? Wird man ihn in eine psychiatrische Klinik einsperren oder wegen Mordes anklagen? Ich meine, der Mann hat so viel durchgemacht, da müsste das Gericht doch Milde walten lassen, nicht wahr?«

»Nun, vielleicht ziehen Sie ja ohnehin die falschen Schlüsse«, erwiderte Daryl mit einem Funkeln in den Augen. »Aber um auf Ihre Beobachtungen zurückzukommen: Zu der Zeit, als Tom Grammar nach Moonlight Bay zurückgekehrt ist, haben Sie da etwas Verdächtiges gesehen oder gehört?«

Mr. und Mrs. Adey überlegten. Schließlich schüttelten sie die Köpfe.

»Leider nicht«, sagte Mr. Adey.

»Schön, das wär's fürs Erste. Wenn Ihnen noch etwas einfällt, wissen Sie ja, wo Sie mich erreichen können.«

Mrs. Adey begleitete ihn zur Tür. Als Daryl sich von ihr verabschiedete, legte sie erneut ihre Hand auf seinen Arm.

»Sie halten uns jetzt sicher für furchtbar neugierige, schrullige alte Leute«, sagte sie beschämt.

Daryl nahm ihre Hand und drückte sie zum Abschied. »Ich verrate Ihnen ein Geheimnis, Mrs. Adey: Ich mag neugierige Menschen, ich bin nämlich selber einer.«

20

Daryl kehrte zur Polizeistation zurück. Die Ärztin und der Polizeipsychologe aus Albany waren bereits eingetroffen und saßen zusammen mit George Markham und Sergeant Walker in dessen Büro.

Daryl hörte durch die geschlossene Tür, dass die Ärztin George Fragen stellte, die dieser in ruhigem Ton beantwortete. Er entschloss sich, das Gespräch nicht zu unterbrechen, und ging stattdessen zu Mrs. Grammars Zelle.

»Guten Morgen«, sagte er freundlich. »Wie haben Sie die Nacht überstanden?«

Mrs. Grammar setzte sich auf und sah ihn an. »Ganz gut. Wie geht es Tucker?«

»Ich war gestern mit ihm spazieren. Wir waren drüben beim Leuchtturm, wo er seine tolle Spürnase unter Beweis gestellt hat.«

Sie blickte ihm fest in die Augen. »Er hat Sie ins Herz geschlossen. Es gibt niemanden in Moonlight Bay, den er mehr mag. Ich weiß, nach allem, was geschehen ist, ist es vermutlich etwas viel verlangt, aber würden Sie ihn nehmen? Ich meine, für immer?«

Daryl sah Mrs. Grammar lange und eindringlich an. Dann lächelte er. »Folgender Vorschlag: Wenn Sie wegen Mordes verurteilt werden, verspreche ich, dass ich mich um Tucker kümmern werde.«

»Sie glauben mir noch immer nicht, stimmt's?«
»Mrs. Grammar, ich habe großen Respekt vor Ihnen. Ich glaube einiges von dem, was Sie ausgesagt haben, aber nicht alles. Sie haben nicht die ganze Wahrheit gesagt, und ich weiß auch, warum. Sie sind bereit, die Schuld auf sich zu nehmen und für jemand anderes ins Gefängnis zu gehen. Das ist einerseits bewundernswert, andererseits ein großer Fehler. Ihre Beweggründe sind falsch, glauben Sie mir.«
»Aus Ihrer Sicht vielleicht.«
»Geben Sie mir eine Chance, es zu beweisen.«
»Was erwarten Sie von mir?«
»Sergeant Walker wird heute Ihr Geständnis protokollieren und Ihnen vorlegen. Unterschreiben Sie es nicht, ehe Sie mit einem Anwalt gesprochen haben.«
»Wozu soll das gut sein? Ich werde es sowieso unterzeichnen, warum also nicht gleich?«
»Ganz einfach. Ich möchte nicht, dass Sie eine Falschaussage unterzeichnen. Und mir verschafft es etwas mehr Zeit, um Sie zu überzeugen, dass Sie einen Fehler begehen.«
»Ich werde darüber nachdenken.«

Daryl wartete in der Küche, bis das Gespräch in Sergeant Walkers Büro beendet war. Dann trat er ans Fenster und beobachtete, wie die Besucher aus Albany zu ihrem Wagen gingen. Als der Sergeant die Küche betrat, drehte sich Daryl zu ihm um.
»Wollten Sie nicht bei der Unterhaltung dabei sein?«, fragte Walker.
»Sie hatten schon begonnen, da wollte ich nicht mittendrin hereinplatzen. Wie ist's gelaufen?«

»Besser, als ich dachte. George war ruhig und besonnen. Der Polizeipsychologe war ziemlich schnell der Meinung, dass George zwar psychologische Hilfe benötigt, aber ganz bestimmt kein Fall für eine geschlossene Anstalt ist.«

»Und die Ärztin?«

»Die hat nach anfänglichem Widerstand nachgegeben. Was machen wir jetzt mit George?«

»Wir lassen ihn gehen, was sonst?«

Daryl ging hinüber in Walkers Büro. George saß noch immer auf seinem Stuhl. Als Daryl neben ihn trat, sah er auf.

»Kann ich jetzt gehen?«, fragte er ruhig.

»Wohin Sie wollen.«

»Meine Hütte reicht mir fürs Erste.« George stand auf und ging langsam zur Tür, wo er stehen blieb. »Was geschieht mit Mrs. Grammar?«

»Sie hat zwei Morde gestanden. Viel Spielraum bleibt da nicht«, antwortete Daryl.

»Sie hat mir letzte Nacht alles erzählt. Über Tom. Was er mit meiner Frau und Grace getan hat. Und wie entsetzlich Leid ihr das alles tut. Sie sagte mir, dass sie den Mord an ihrem Sohn und dem Doc gestanden hat.«

»Dann müssten Sie jetzt doch so etwas wie Erleichterung oder Genugtuung empfinden.« Daryl schaute George herausfordernd an. »Schließlich haben Sie endlich Gewissheit, und unter Mordverdacht stehen Sie auch nicht länger.«

George Markham sah ihm lange in die Augen. »Ja, das sollte ich wohl.« Dann wandte er sich um und ging.

Mrs. Reed war gerade damit beschäftigt, ein Beet in ihrem Garten umzustechen, als sie Daryl auf das Grundstück fahren sah. Sie lehnte den Spaten an den Zaun, ging hinüber ins Haus und rief nach ihrem Sohn.

»Samuel kommt gleich«, sagte sie an Stelle einer Begrüßung zu Daryl.

»Schön. Ist der Reverend da?«, wollte Daryl wissen.

»Nein.«

»Bestraft Ihr Mann den Jungen eigentlich oft so wie gestern?«

»Es geht Sie zwar nichts an«, entgegnete Mrs. Reed mit emotionsloser Stimme, »aber ich werde es Ihnen trotzdem sagen. Nein, das tut er nicht oft. Jack ist ein strenger Vater, aber er liebt seinen Sohn und will nur das Beste für ihn.«

»Galt das auch für seine Tochter?«

»Ganz besonders. Schon als kleines Mädchen sah Mary wie ein Engel aus. Sie hatte ein schmales Gesicht mit strahlend blauen Augen, blonde Locken und ein wunderbares Lächeln – Jack liebte sie über alles.«

»Was war, als sie älter wurde und sich mit Tom Grammar einließ?«

Mrs. Reed zog fragend die Brauen hoch. »Woher wissen Sie …«

»Das spielt keine Rolle«, unterbrach sie Daryl. »Wie reagierte Ihr Mann?«

»Nun ja«, erwiderte Mrs. Reed nach kurzem Zögern, »zunächst hielt er das für ein dummes Gerücht. Dann, als Mr. Mullay behauptete, Tom und Mary seien in seinen Vorratskeller eingebrochen, wollte mein Mann Mary zur Rede stellen. Aber sie war zu betrunken. Von diesem Moment an machte er sich Vorwürfe. Er glaubte, als Vater versagt zu haben, weil er nicht streng genug mit ihr gewesen war.« Mrs. Reed machte eine kurze Pause. Als sie weitersprach, klang ihre Stimme fest und bestimmt. »Ich weiß, dass Sie meinen Mann verdächtigen, etwas mit dem Mord an Dr. Holland zu tun zu haben. Aber Sie irren sich. Er ist kein Mörder, dazu ist er nicht imstande.«

Samuel öffnete die Tür. Er humpelte immer noch, aber längst nicht mehr so stark wie am Vortag.

»Guten Tag, junger Mann. Wie geht es dir heute?«, fragte Daryl.

»Besser. Vater hat mir gestern Abend noch Eisbeutel gemacht, jetzt ist der Fuß schon fast wieder in Ordnung.«

Mrs. Reed warf Daryl einen »Ich hab's Ihnen ja gesagt«-Blick zu. Dann sagte sie zu Samuel: »Trotzdem solltest du noch nicht zu viel herumlaufen, okay?«

Der Junge nickte. Er sah Daryl mit seinen großen, blauen Augen an, als wolle er ihm noch etwas sagen.

Daryl erwiderte den Blick. Als Samuel jedoch nichts sagte, meinte er: »Ich wollte mich noch bei dir entschuldigen. Ich wusste nicht, dass du Ärger bekommst, wenn du zum Leuchtturm gehst. Wenn du es mir gesagt hättest, hätte ich es nicht erwähnt. Ich hoffe, du bist mir deswegen nicht böse.«

Samuel senkte die Augen und schüttelte den Kopf.

»Es ist kühl, Samuel. Besser, du gehst wieder ins Haus«, sagte Mrs. Reed zu ihrem Sohn. An Daryl gewandt, fuhr sie fort: »Nachdem Sie sich nun davon überzeugen konnten, dass es Samuel gut geht und sein Vater kein Unmensch ist, gehen Sie bitte.«

»Eine letzte Frage noch: Was wissen Sie über das Schicksal Ihrer Tochter, Mrs. Reed?«

»Wieso glauben Sie, ich wüsste etwas darüber?«, erwiderte sie eisig.

»Erinnern Sie sich, als ich mit Sergeant Walker hier war? Sie fragten mich nach dem Grund unseres Besuchs, und ich antwortete, es ginge um Ihre Tochter Mary. Ihre Reaktion, Mrs. Reed, war alles andere als normal. Sie waren weder aufgeregt noch betroffen. Sie haben nicht einmal gefragt, ob wir eine Spur von ihr gefunden hätten oder ein Indiz dafür, dass sie womöglich noch lebt. Solche Reaktionen wären eigentlich zu erwarten gewesen von einer Mutter, deren Kind spurlos verschwunden ist und die jahrelang zwischen Ungewissheit, Angst und Hoffnung weiterleben muss, das können Sie mir glauben. Ich frage mich, warum Sie sich so ganz anders verhalten haben.«

Mrs. Reed schwieg.

Daryl beobachtete sie geduldig, wartete auf eine Antwort oder irgendeine Gefühlsregung, doch da war nichts. Mit leerem Blick starrte sie ihn an.

»Mrs. Reed, was ist mit Mary passiert? Sie wissen es doch, nicht wahr?«

Wortlos wandte sie sich um und ging ins Haus.

Daryl wusste nicht, was er von Mrs. Reeds Schweigen halten sollte. Er hatte sie herausgefordert, doch sie hatte ihm keine Sekunde gezeigt, was sie dachte oder empfand. Lebte Mary, oder war sie tot? Er glaubte, die Antwort zu kennen. Beweise hatte er aber keine. Und auf die übliche Art und Weise würde er sie auch nicht bekommen. Jemand wie Detective Inspector Pullman hätte jetzt wahrscheinlich weitergebohrt, hätte Mrs. Reeds Befragung fortgesetzt und auf einer Antwort bestanden. Aber Daryl hielt sich lieber an eine von Ungjeeburras kleinen Weisheiten. *»Mit Geduld besiegst du auch den schlausten Feind.«*

Er setzte sich in seinen Wagen und fuhr zu Mrs. Grammars Haus. Tucker fühlte sich bestimmt einsam und freute sich auf etwas Abwechslung und einen Spaziergang hinunter zur Küste. Das Wetter weckte zwar höchstens den Wunsch, es sich vor dem Kamin gemütlich zu machen, aber das würde Tucker bestimmt egal sein.

Der Hund lag auf seinem Verandaplatz neben der Haustür. Als Daryl ausstieg und auf ihn zuging, hob er nicht einmal den Kopf.

»Du bist mir vielleicht ein Wachhund«, rief dieser dem Tier zu.

Tucker bewegte sich keinen Millimeter. Nicht einmal seine Ohren reagierten auf Daryls Stimme.

Etwas stimmte nicht. Daryl ging langsam weiter. Seine Augen beobachteten die Fenster, wanderten weiter zum Anbau und hinüber zum Schuppen. Als er die Verandastufen hinaufging, sah er, dass die Haustür einen Spaltbreit offen stand. Holzsplitter am Türrahmen zeigten, dass sich jemand gewaltsam Zutritt zu Mrs. Grammars Haus verschafft hatte. Er schaute zu Tucker hinüber. Neben ihm lag eine Spitzhacke. Daryl atmete tief durch. »Armer Junge«, sagte er leise und ging zu dem in einer Blutlache liegenden Hund. Dann bückte er sich und streichelte dem toten Tier sanft den Kopf.

Im Aufstehen zog Daryl seine Waffe. Er ging zur Tür und schob sie vorsichtig weiter auf. In der breiten Diele und auf der Treppe war niemand. Auf Zehenspitzen schlich er durch den Gang zum Wohnzimmer. In dem Raum herrschte das reinste Chaos. Sämtliche Bücher waren aus dem Regal gerissen und auf den Fußboden geworfen worden, ebenso die

Schubladen der Kommode. Ihr Inhalt war über das halbe Zimmer verstreut. Die Sitzpolster des Sofas und der Sessel lagen ebenfalls auf dem Boden. Selbst der Esstisch und die Stühle waren umgekippt worden.

Daryl ging weiter in das angrenzende Büro. Hier sah es nicht besser aus. Die verschlossene Schublade des schweren Eichenschreibtisches war aufgebrochen worden, ihr Inhalt lag verteilt auf dem Tisch. Daryl schob sich leise Richtung Flur. Plötzlich hörte er ein Geräusch. Es schien aus einem der Zimmer im Obergeschoss zu kommen. Lautlos schlich er die Treppe hinauf. Die Geräusche waren nun deutlicher zu hören. Sie kamen aus dem Zimmer ganz am Ende des Flurs, das als Lager diente.

Daryl postierte sich neben der offenen Tür. Mit schussbereiter Waffe schnellte er herum und rief: »Hände hoch und keine falsche Bewegung!«

George kniete in einer Ecke des Zimmers. Neben ihm lag ein Dielenbrett, das offensichtlich bisher einen Hohlraum im Fußboden verdeckt hatte, der als Versteck gedient haben musste. Markham warf Daryl einen überraschten Blick zu, dann stand er langsam auf. In seinen Händen hielt er Toms Tagebuch.

»Jemand ist hier eingebrochen«, sagte er ruhig.

»Jemand?«, erwiderte Daryl ungläubig.

George sah ihn mit einem verstörten Ausdruck im Gesicht an. »Sie glauben, ich hätte dieses Durcheinander angerichtet?«

»Was haben Sie da?«, fragte Daryl, ohne auf die Frage einzugehen.

»Es ist das Buch, von dem ich Ihnen erzählt habe.«

»Sie haben ein beträchtliches Chaos angerichtet, um es zu finden, doch es hat sich offensichtlich gelohnt.«

»Ich sage Ihnen doch, das war ich nicht! Als ich ankam, lag Tucker tot auf der Veranda. Die Tür stand offen, ich ging vorsichtig rein und fand dieses Durcheinander.«

»Und das soll ich Ihnen glauben?«

»Warum sollte ich lügen?«

»Da fallen mir auf Anhieb gleich ein Dutzend Gründe ein«, entgegnete Daryl trocken.

»Schon klar, aber ich versichere Ihnen, Mrs. Grammar selbst hat mich gebeten, herzukommen und das Tagebuch zu holen. Glauben Sie etwa, ich hätte dieses Versteck sonst jemals gefunden?«

Daryl war erstaunt. »*Sie* sagte Ihnen, wo Sie das Buch finden? Wann – und weshalb?«

»Ich erzählte Ihnen doch, dass mir Mrs. Grammar letzte Nacht alles gebeichtet hat. Zum Schluss meinte sie, ich hätte ein Recht, das Tagebuch zu lesen, das sei ihr jetzt klar geworden. Sie sagte, Sie würden ihr nicht glauben und früher oder später das Haus auf den Kopf stellen, um es zu finden. Deshalb bat sie mich, es zu holen. Ich sollte es lesen und dann vernichten.«

Daryl senkte die Pistole. »Weshalb vernichten?«

George zögerte. »Weil es mich belastet.«

21

Sie begruben Tucker zwischen Farnen am Fuß einer jungen Akazie.

Daryl hätte George Markham festnehmen können, tat es aber nicht. Stattdessen bat er ihn, mit zur Polizeistation zu kommen, um seine Geschichte vor Mrs. Grammar und Sergeant Walker zu Protokoll zu geben.

Den Tod ihres Hundes nahm Mrs. Grammar mit Tränen in den Augen zur Kenntnis, bestätigte aber dann Markhams Geschichte, worauf Daryl George gehen ließ. Toms Tagebuch behielt er als Beweisstück.

Danach fuhr Sergeant Walker hinauf zu Mrs. Grammars Haus, um nach Spuren zu suchen und die Tür zu verriegeln.

Als er zurückkehrte, war es schon dunkel. Daryl saß am Küchentisch und las in Toms Tagebuch, während Walker ein kaltes Abendbrot zubereitete. Daryl war so sehr in seine Lektüre vertieft, dass er das Essen nicht anrührte. Walker saß ihm eine Weile schweigend gegenüber. Dann wurde ihm klar, dass Simmons an diesem Abend nicht über das Tagebuch sprechen wollte. Also stellte er Daryls Teller in den Kühlschrank, wusch ab, stellte dem Detective eine frische Kanne Tee auf den Tisch, wünschte ihm eine gute Nacht und ging zu Bett.

Der neue Tag begann so grau und trüb, wie der alte geendet hatte. Die Currawongs auf den Bäumen und Hausdächern gaben ihre lang gezogenen Klagelaute von sich, die wie das Jammern kleiner Kinder klangen.
Daryl hatte Toms Tagebuch gerade zum zweiten Mal durchgelesen, als Sergeant Walker in die Küche trat.
»Muss ja eine ungemein spannende Lektüre sein«, meinte er.
»Ich weiß nicht, ob ›spannend‹ die richtige Bezeichnung ist.« Daryl sah den Sergeant aus müden Augen an. »Ich würde es eher als bizarr und auf seltsame Weise fesselnd bezeichnen.« Er stand auf, streckte erst seine steifen Glieder und rieb sich dann den schmerzenden Nacken.
Walker schenkte sich Tee ein. Er war kalt und stammte vom Vorabend. »Haben Sie wenigstens etwas gegessen?«
»Nein, aber das hole ich jetzt nach.« Daryl stand auf und ging zum Kühlschrank, um sich den Teller vom Vorabend zu holen. »Ich habe Toms Aufzeichnungen zwei Mal gelesen und verstehe jetzt, warum Mrs. Grammar nach dieser Lektüre so schockiert war. Wenn ich es nicht besser wüsste, würde ich sagen, Tom war tatsächlich vom Teufel besessen.« Er kehrte zu Walker an den Tisch zurück und setzte sich.
Der Sergeant sah ihn erwartungsvoll an und platzte schließlich heraus: »Und was genau steht drin? Steht im Tagebuch, was aus Mary Reed wurde?«
»Leider nicht. Die Eintragungen enden einen Tag, bevor John Grammar starb.«
»Enthält es wenigstens irgendeinen Hinweis, wer Tom und den Doc ermordet haben könnte?«
Daryl schob den Teller, von dem er noch keinen Bissen gegessen hatte, beiseite und warf dem Sergeant einen aner-

kennenden Blick zu. »Ich sehe, Sie haben sich meinen Rat zu Herzen genommen und sich nochmals Gedanken über Mrs. Grammars Geständnis gemacht.«

»Ja«, gestand Walker mit einem Brummen, »und ich muss zugeben, es ärgert mich, dass ich nicht selbst drauf gekommen bin. Mrs. Grammar kann ihren Sohn nicht ermordet haben. Die Tür zum Leuchtturm war von innen verschlossen, und der Schlüssel steckte. Der Mörder muss sich nach der Tat von der Plattform des Turms abgeseilt haben, eine andere Möglichkeit gibt es nicht. Doch dazu ist Mrs. Grammar körperlich wohl kaum in der Lage. Warum aber hat sie gelogen?«

»Sie hat in vielen Punkten gelogen. Nachdem sie den Mord am Doc gestanden hatte, sagte ich ihr, George würde trotzdem wegen Mordes angeklagt werden, nämlich wegen dem an ihrem Sohn. Da sie George unbedingt schützen wollte, versuchte sie zu improvisieren, was allerdings misslang. Die plötzliche Weigerung weiterzuerzählen, der Weinkrampf, das waren klare Hinweise darauf, dass sie irgendwie nicht mehr weiterwusste. Aus Toms Tagebuch weiß ich jetzt, weshalb Mrs. Grammar George mit allen Mitteln zu schützen versucht. Tom war anscheinend klar, dass George ihn verdächtigte, seine Frau und seine Tochter umgebracht zu haben. Er wollte auch ihn töten, um sich vor Entdeckung zu schützen, zögerte aber, denn er fürchtete sich vor George. Dieser hat ihm offensichtlich aufgelauert und ihn bedroht. George hat Tom direkt beschuldigt, etwas mit Grace' Verschwinden zu tun zu haben, und gedroht, früher oder später würde er das auch beweisen können.«

»Das erklärt nicht, warum Mrs. Grammar ihn schützt«, warf der Sergeant ein.

»Doch, das tut es. Sehen Sie, nachdem Mrs. Grammar das Tagebuch gelesen hatte, empfand sie noch größeres Mitleid mit Markham. Und sie schämte sich für das, was ihr Sohn Georges Familie angetan hat. Obwohl sie überzeugt ist, dass George ihren Sohn getötet hat, will sie ihn anscheinend mit ihrem Geständnis schützen, denn das Leid, das ihr Sohn ihm – und letztendlich auch ihr – zugefügt hatte, rechtfertigt das in ihren Augen. Sie erachtet es wohl als ausgleichende Gerechtigkeit.«

Daryl nahm das Tagebuch vom Tisch und klappte es auf. »Es gibt hier eine Stelle, ziemlich am Anfang, die einen Hinweis darauf gibt, wie alles begonnen hat. Offenbar wurde Tom schon als kleiner Junge oft von Albträumen geplagt, was allerdings nicht unbedingt etwas Ungewöhnliches ist. Viele Kinder haben Albträume. Die von Tom aber waren sehr erschreckend: Er träumte stets von blonden Engeln in weiten, weißen Gewändern. Sobald er schlief, schickte Gott sie hinunter an sein Bett und befahl ihnen, Tom zu quälen. Manchmal rissen sie ihm die Fingernägel aus, ein andermal steckten sie ihm glühende Nadeln unter die Nägel. In einer anderen Version hielten ihn zwei Engel auf dem Bett fest, während ein dritter vor seinen Augen grinsend sein Messer wetzte. Dann zogen sie ihm bei lebendigem Leibe die Haut vom Körper und zwangen ihn, sie zu essen. In seinem Tagebuch beschreibt Tom eine ganze Reihe solcher Folterorgien, die er im Traum durchlitten hat – und immer sah er seine Eltern im Türrahmen stehen und lachen. Wahrscheinlich hat er ihnen darum nie etwas von diesen Träumen erzählt. Eine Zeit lang betete er offensichtlich erfolglos zu Gott, keine Engel mehr zu schicken, die ihn quälten. Dann, er war vierzehn, erschien ihm – ebenfalls im Traum – der Teufel. Dieser versprach ihm Schutz vor den gefürchteten Todesengeln, verlangte allerdings als Gegenleistung, Tom müsse ihm dienen. Tom war einverstanden. Er wollte einfach nur frei sein von diesen Albträumen. Von diesem Tag an schickte der Teufel in Toms Träumen Furcht einflößende Dämonen, die die Engel in Stücke rissen und auffraßen, bis keine mehr übrig waren.«

Sergeant Walker starrte Daryl mit weit aufgerissenen Augen und halb geöffnetem Mund an. Er schluckte und stieß hervor: »Das ist ja die reinste Horrorgeschichte. Offenbar war Tom schon als Kind psychisch krank.«

»Das ist sehr gut möglich. Vielleicht haben wir Klarheit, wenn das Tagebuch von einem forensischen Psychiater analysiert wurde. Wie auch immer, Tom begann, sich für Satan und alles, was mit Satanskulten zu tun hat, zu interessieren. Ich glaube, je mehr er las, umso mehr kam er zu der Überzeugung, dass nur der Teufel – und nicht Gott – ihm den Schutz und die Geborgenheit geben konnte, die er suchte. Dies war die Religion, die mächtig genug war, ihn zu beschützen. Er begann, heimlich den Teufel anzubeten, und mit der Zeit verselbstständigte sich dieser Glaube, ähnlich einer Sucht, die Tom nicht mehr kontrollieren konnte. So steigerte er sich in die Idee hinein, Satan, seinem Gott, Opfer bringen zu müssen, wie das ja auf die eine oder andere Art in beinahe jeder Religion der Fall ist.«

»Nur dass Toms Opfer zunächst Tiere und dann Menschen waren«, warf Walker ein.

»Richtig. Hören Sie sich das mal an, Tom beschreibt es wie folgt: *›Ein starker, mächtiger Gott verlangt auch nach großen, ungewöhnlichen Opfern.‹* Zunächst begnügte sich Tom damit, mindestens einmal pro Woche mit Tucker im Wald wilde Tiere aufzuspüren, einzufangen und dem Bösen zu opfern. Meist tötete er sie, indem er ihnen die Kehle durchschnitt. Irgendwann begann er, ihr Blut zu trinken. Schließlich kam Tom ins College. Und da er sich auch dort weiter mit Satanismus beschäftigte, kam er schon bald in Kontakt mit dem Satanskult, den einige Jugendliche gegründet hatten. Während es für diese Gruppe wohl in erster Linie um die Faszination des Verbotenen gegangen ist, um das Experimentieren mit dem Unbekannten und um den Nervenkitzel, nahm Tom die Sache sehr ernst. Was dabei rausgekommen ist, wissen wir. Tom wurde der Schule verwiesen und kehrte nach Moonlight Bay zurück. Sein Stolz war tief verletzt, und er war wütend, aber auch verunsichert, weil er, trotz seines starken Glaubens an den Teufel, nicht als Sieger aus der ganzen Angelegenheit hervorgegangen war. Dann geschah etwas Entscheidendes. Es war in der ersten Woche nach seiner Rückkehr. Tom streifte mit Tucker durch den Wald beim Leuchtturm, und der Hund hatte einen verletzten Fuchs aufgespürt. Dieser versuchte, sich unter dem Wurzelwerk eines Karri-Baumes zu verstecken, der offensichtlich während des schweren Sturms in der vergangenen Nacht umgestürzt war. Tom wollte den Fuchs einfangen – und entdeckte den Höhleneingang.«

Daryl unterbrach seine Schilderungen für einen Moment und ließ seine Augen durch den Raum wandern, als müsse er sich neu konzentrieren. Dann wendete er seinen Blick wieder Sergeant Walker zu und fuhr fort: »Tom hatte früher schon vergeblich nach einem geeigneten Ort gesucht, wo er einen Altar einrichten konnte, um seinem ›Gott‹ huldigen und ihm in angemessener Weise Opfer darbringen zu können. Er erkannte sofort, welche Chance sich ihm hier bot. Und er sah in seinem Fund ein Zeichen für die Macht des Teufels und dafür, dass dieser ihn doch nicht im Stich ließ. Tom erforschte die Höhle und machte die letzte Grotte zu seiner ›Kammer des Satans‹. Er richtete dort den Altar ein und stellte Kerzen auf. Als er damit fertig war, wollte er dem Teufel ein besonderes Opfer bringen – zum Dank und als Weihe für diesen Ort. Dem Beispiel eines dreizehnjährigen Jungen namens Hershel Smith folgend, von dem er gelesen hatte, stahl er den Hund der Markhams. Tom beschreibt in seinem Tagebuch, wie er Spooky mit zur Höhle nahm, ihn betäubte, fesselte und ihm die Schnauze zuklebte. Als das Tier wieder erwachte, begann er, es wie Hershel Smith bei lebendigem Leib zu häuten. Zum Schluss trennte er ihm den Kopf ab und trank sein Blut.«

»Sie sagten vorher, das Ganze habe irgendwann eine suchtgleiche Eigendynamik entwickelt«, warf Sergeant Walker in diesem Moment ein und schüttelte dann entschieden den Kopf. »Tut mir Leid, aber das allein reicht mir noch nicht. Ich meine, was war mit Toms Gewissen? Was mit den Werten, die er von seinen Eltern vermittelt bekommen hat? Er war doch in der Lage zu erkennen, dass das, was er tat, Unrecht ist? Hatte er nie Zweifel, nie das Gefühl, etwas Falsches zu tun?«

Daryl überlegte einen Moment. Dann antwortete er: »Es gibt zumindest keinerlei Hinweis darauf in seinem Tagebuch. Von seinen Eltern spricht Tom darin kaum, und wenn überhaupt, dann nur mit großer Verachtung. In den Textstellen, die sich auf die Zeit beziehen, bevor Tom den Eingang zur

Höhle fand, thematisiert er gelegentlich noch seine Angst vor Entdeckung. Doch da, wo er erzählt, wie er dem Satan Opfer bringt, ist der Text erschreckend sachlich. Nie ist die Rede von Ekel oder gar von Mitleid mit den Tieren, die er dem Teufel geopfert hat.«

Sergeant Walker strich sich nachdenklich über das unrasierte Kinn. »Ich verstehe einfach nicht, wie ein Mensch so etwas tun kann. Was hat Tom bloß dazu gemacht, zu so einem … einem Monster?«

»Ich denke, das ist sehr schwer zu beantworten. Die menschliche Psyche ist kompliziert, und wir können sie nicht nur aufgrund dessen, was eine Person tut, begreifen. Hypothesen wie die des italienischen Arztes Lombroso, der Ende des 19. Jahrhunderts behauptete, es gäbe den geborenen Verbrecher und man könne ihn anhand seiner Schädelform identifizieren, sind Unfug – genauso wie ähnliche Thesen anderer Wissenschaftler und Ärzte in den vergangenen hundert Jahren. Die Psyche des Menschen ist einfach zu komplex. Ich wage zu behaupten, dass jeder Mensch – auch Sie und ich – unter bestimmten Umständen zu einem Mord fähig wären. So gesehen, können Albträume, wie sie Tom hatte, für den einen Menschen die Weichen hin zum Mörder stellen, während sie für einen anderen ohne Bedeutung sind.«

Sergeant Walker wollte gerade etwas erwidern, da hielt draußen vor der Polizeistation ein Wagen. Daryl sprang auf und ging ans Fenster. Ein Beamter in Uniform stieg aus einem zivilen Polizeiwagen und kam mit schnellen Schritten zur Tür. Unter dem Arm trug er eine dicke Aktenmappe.

Daryl wusste, dass Sergeant Walker darauf brannte, noch mehr über den Inhalt des Tagebuchs zu erfahren. Doch die Untersuchungsberichte des Coroners, der Spurensicherung sowie des medizinischen Labors, auf die er so sehnsüchtig gewartet hatte, hatten Vorrang.

Für Daryl brachten sie dann auch in jeder Hinsicht eine Bestätigung dessen, was er längst vermutet hatte. Ein ungelöstes Rätsel gab es allerdings immer noch: das Schicksal von Mary Reed.

Als Sergeant Walker gegen Mittag von einer Untersuchung zurückkehrte, zu der ihn Daryl losgeschickt hatte, saß Detective Simmons mit ernster Miene in Walkers Büro.

»Etwas nicht in Ordnung?«, fragte der Sergeant.

»Leider. Ich sprach vor zehn Minuten nochmals mit Mrs. Grammar. Ich sagte ihr, dass es sinnlos sei, ihr Geständnis aufrechtzuerhalten. Die Untersuchungsergebnisse hätten gezeigt, dass sie nicht die Mörderin sein könne. Doch sie hält an ihrer Aussage fest und verlangt, dass wir sie unverzüglich nach Albany bringen, wo sie ihr Geständnis vor dem Staatsanwalt wiederholen will.«

Walker nickte nachdenklich. »Verstehe. Soll ich sie hinbringen?«

»Tun Sie das. Was hat Ihre Überprüfung ergeben?«

»Reverend Reed war an dem Tag, als Tom Grammar starb, in Mt. Barker, um einen Krankenbesuch zu machen.«

Daryl lächelte triumphierend.

»Ist das wichtig?«, fragte Walker neugierig.

»Zusammen mit den Untersuchungsberichten – ja. Leider ist heute Samstag, so dass wir wohl kaum einen Richter auftreiben können, der uns einen Durchsuchungsbefehl für die Farm der Reeds ausstellt. Aber ich werde meinen Chef in Perth anrufen, dann haben wir ihn bestimmt am Montag.«

Der Sergeant starrte ihn mit offenem Mund an. »Eine Hausdurchsuchung bei den Reeds? Wozu? Was glauben Sie dort zu finden?«

»Spuren, die helfen werden, den Verbleib und das Schicksal von Mary Reed aufzuklären.«

Sergeant Walker kniff die Augen zusammen. »Wann weihen Sie mich ein, und wann erfahre ich, was weiter in Toms Tagebuch steht?«

»Sobald Sie zurück sind.«

»Was ist mit George?«

»Er hat niemanden umgebracht. Ich erkläre es Ihnen später. Dann besprechen wir auch unser weiteres Vorgehen. Bringen Sie erst einmal Mrs. Grammar nach Albany.«

Daryl hielt es in der Polizeistation nicht länger aus. Doch er musste auf den Durchsuchungsbefehl und Sergeant Walkers Unterstützung warten. Um sich abzulenken, wanderte er auf dem Küstenpfad bis zum Leuchtturm. Aus den dunklen Wolken fiel eisiger Regen. Draußen auf dem Meer peitschte der Wind die Wellen auf, trieb sie auf die Küste zu, wo sie krachend an den Klippen zerschmetterten.

Als Daryl vor dem Turm stand, untersuchte er erneut den Eingang. Langsam wanderte sein Blick hinauf zu den schmalen Fenstern und weiter hinauf bis zur Turmspitze. Plötzlich fiel es ihm wie Schuppen von den Augen. Endlich wusste er, was er übersehen hatte!

Er drehte sich um und ging quer durch den Wald zum Haus

der Reeds. Obwohl er wusste, dass er ohne Durchsuchungsbefehl nichts unternehmen konnte, trieb es ihn dorthin.
Am Rand des kleinen Eukalyptuswäldchens oberhalb des Farmhauses ließ Daryl sich hinter einem dichten Bluebell-Busch nieder.
Im Haus brannte Licht, und der Ford Falkon des Reverends stand vor dem Gebäude. Gerade als Daryl sich auf seinem Beobachtungsposten eingerichtet hatte, öffnete sich die Tür des Farmhauses.
Reverend Reed trug ein Tablett, das mit einem Tuch zugedeckt war. Mit raschen Schritten ging er durch den strömenden Regen zur Scheune. Um das Tor öffnen zu können, stellte er das Tablett kurz auf den Boden, dann schlüpfte er hinein und schob die Schiebetür wieder zu. Daryl war versucht, seinen Aussichtspunkt zu verlassen und nach unten zu schleichen, um nachzusehen, was der Reverend in der Scheune tat. Da ihn aber Mrs. Reed oder Samuel vom Fenster aus hätten sehen können, blieb er, wo er war.
Zehn Minuten später öffnete sich das Tor erneut, und Jack Reed ging ohne Tablett zurück zum Haus. Nun hielt es Daryl nicht mehr länger aus. Er zog sich in den Wald zurück, bis er sicher war, dass man ihn vom Haus aus nicht mehr sehen konnte. Dann schlug er einen weiten Bogen nach Süden und näherte sich der Scheune von hinten. Auf ihrer Rückseite suchte er nach losen Wandbrettern, fand aber keine. Geduckt schlich er an der Seitenwand entlang. Auch hier rüttelte er an den Brettern, aber alle waren fest vernagelt. Schließlich spähte er hinter der Scheunenecke hervor.
Bis zum Tor waren es gut vier Meter. Das Haus lag etwas über fünfzehn Meter entfernt. Wenn sich die Reeds in der

Küche aufhielten und in seine Richtung schauten, könnten sie ihn sehen, bevor es ihm gelang, in die Scheune zu kommen. Er beobachtete die Küche, konnte aber keine Bewegung feststellen.

Schließlich siegte die Neugier. Daryl schlich geduckt bis zum Tor und zog es gerade so weit auf, dass er hineinschlüpfen konnte. Dann lehnte er sich an die Tür und atmete erleichtert aus.

Als sich seine Augen allmählich an das Dunkel gewöhnt hatten, sah Daryl sich um. An der Bretterwand links von ihm hingen Werkzeuge wie Sensen, Schaufeln, Spitzhacken, Ketten, Rechen und anderes mehr. Davor stand ein alter Traktor mit beinahe platten Reifen. Im hinteren Teil, neben drei leeren Pferdeboxen, entdeckte er die ausgeschlachteten Überreste eines Pick-ups sowie einen verrosteten Pflug. Während Daryl langsam durch die Scheune ging, wanderten seine Augen nach rechts. Hier türmten sich Strohballen drei, vier Meter hoch, davor stand ein Benzinfass mit Handpumpe. Das hintere Drittel der Scheune verfügte über einen Zwischenboden, der von dicken Balken gestützt wurde und an dem eine Leiter lehnte.

Als er den Fuß auf die erste Sprosse setzte, hörte er hinter sich ein metallisches Klicken. Daryl lief es eiskalt über den Rücken. Er wollte sich umdrehen, da spürte er auch schon den Lauf einer Waffe in seinem Rücken.

Daryl war wütend. Wütend, weil seine Neugier über seine Vernunft gesiegt hatte. Wütend, weil er nicht daran gedacht hatte, dass jemand in die Scheune gegangen sein konnte, während er sich von deren Rückseite aus angeschlichen hatte.

»Sind Sie das, Reverend?«, fragte er ruhig.

Er erhielt keine Antwort.
Daryl seufzte. »Und was jetzt? Wollen Sie mich erschießen? Es ist Ihnen doch klar, dass Sergeant Walker weiß, wo ich bin«, bluffte er.
Der Druck auf seine Wirbelsäule ließ nach.
»Ich gebe es zu, ich bin unbefugt hier eingedrungen. Aber ich kann das erklären. Zunächst werde ich mich aber umdrehen, damit wir uns normal unterhalten können, einverstanden?«
Die Waffe berührte nicht länger seinen Rücken. Daryl wollte sich umdrehen, da traf ihn ein heftiger Schlag im Nacken. Augenblicklich ging er zu Boden. Ein Dröhnen wie von einem Düsenjet breitete sich in seinem Kopf aus. Verzweifelt versuchte er, wieder auf die Beine zu kommen, da traf ihn ein weiterer Hieb, und er verlor das Bewusstsein.

22

Langsam kam Daryl wieder zu sich. Tief in seinem Unterbewusstsein meldete sich eine Stimme, mahnte ihn zu Ruhe und Aufmerksamkeit. Er konzentrierte sich einige Minuten darauf, was sie sagte, dann öffnete er vorsichtig die Augen. Da war nichts, nur tiefe, konturlose Schwärze. Sein Herz begann heftig zu schlagen, kalter Schweiß brach ihm aus. Er versuchte, sich zu bewegen, doch in seinem Kopf schlug irgendetwas wilde Purzelbäume und hämmerte dabei ständig gegen seine Schädelwand. Daryl stöhnte leise. Nicht nur wegen seiner Kopfschmerzen, sondern auch, weil er an Händen und Füßen gefesselt war. Er glaubte zunächst, auch seine Augen seien vielleicht verbunden worden. Doch als er sein Gesicht vorsichtig auf dem harten, kalten Untergrund rieb, konnte er spüren, wie seine Lider den Boden berührten. Wo war er? Warum war es hier so dunkel wie in einem Grab? Er war nicht geknebelt, folglich befand er sich an einem Ort, wo ihm Schreien nichts genützt hätte. Erneut begann sich Panik in ihm auszubreiten. Wenn da wenigstens irgendwo ein schwaches Licht gewesen wäre, dann hätte er die auflodernde Klaustrophobie vielleicht unter Kontrolle gebracht.

Die Stimme in seinem Innern wurde wieder lauter. Es war die seines Ziehvaters Ungjeeburra: *»Solange du atmest, lebst du. Und solange du lebst, hast du immer eine Wahl.«* Obschon es um ihn herum so dunkel wie in einem Grab war, schloss

Daryl wieder die Augen. Er dachte an Ungjeeburra, an ihren letzten gemeinsamen Walkabout, an die Nächte unter freiem Himmel, an das Glühen des Lagerfeuers und an die unbeschreibliche Stille, die nachts über der Wüste lag. Viel zu lange war das schon her, und in diesem Augenblick sehnte sich Daryl so sehr dahin zurück wie noch nie zuvor. Langsam wurde er ruhiger. Sein Herz raste nicht länger wie das eines gehetzten Kängurus. Ungjeeburra hatte Recht. Er war am Leben, und er konnte daliegen und sich in sein Schicksal fügen oder aber den Versuch starten, sich zu befreien.
Mit den Fingerspitzen befühlte er die Fesseln. Seine Hände waren mit einem dicken Seil umwickelt und mit mehreren Knoten zusammengebunden worden. Das ließ ihn hoffen. Der Knoten einer dicken Schnur ließ sich einfacher lösen als der einer dünnen. Zwar waren seine Hände auf den Rücken gebunden, doch Daryl war gelenkig und brachte es fertig, die Hände hinter dem Po durchzuziehen und über Beine und Füße zu heben. Als er dieses Kunststück vollbracht hatte, begann er, den ersten Knoten mit seinen Zähnen zu bearbeiten. Gleichzeitig befeuchtete er die Schnur mit Speichel, um sie weicher zu machen. Nach wenigen Minuten war der erste Knoten gelöst. Jetzt war Daryl wieder voller Zuversicht.
Ein lautes Scharren ließ ihn zusammenfahren. Er war nicht allein. Irgendwo in der Dunkelheit war etwas. Daryl lauschte angestrengt, konnte aber nicht genau sagen, von wo das Geräusch kam.

Sergeant Walker ging nervös in seinem Büro auf und ab. Als er kurz stehen blieb, um auf die Uhr zu sehen, stellte er fest, dass es kurz nach halb zehn Uhr abends war. Wo war Sim-

mons? Erst hatte ihn der Detective zur Eile angehalten, und nun war er verschwunden. Er hatte ihn weder angerufen noch eine Nachricht hinterlassen.
Walker ging in die Küche, setzte Teewasser auf und kehrte wieder an seinen Schreibtisch zurück. Um sich abzulenken, las er die Untersuchungsberichte, die Simmons auf seinen Schreibtisch gelegt hatte. Von Zeit zu Zeit blickte er auf die Uhr. Danach brauchte er immer einige Minuten, um sich erneut auf die Unterlagen konzentrieren zu können. Gegen dreiundzwanzig Uhr legte er die Akten in die Schublade, nahm seine Jacke vom Haken und ging nach draußen.
Die Nacht war sternenklar, und die kalte Luft roch stark nach Algen und Meer. Einen Augenblick stand Walker unschlüssig da, dann atmete er tief ein und ging zu seinem Wagen. Als er einen Blick zum Haus der Adeys warf, sah er, dass im Wohnzimmer noch Licht brannte. Er ging hinüber und klopfte.
Mr. Adey öffnete ihm und sah ihn mit einer Mischung aus Verwunderung und Neugierde an.
»Verzeihen Sie die späte Störung«, entschuldigte sich Walker, »aber haben Sie zufällig gesehen, wann Detective Simmons heute Nachmittag die Polizeistation verlassen hat?«
»Gegen Viertel nach zwei«, antwortete Mr. Adey, ohne zu zögern. »Ich sagte noch zu meiner Frau, eins muss man dem Mann lassen: Schlechtes Wetter hält ihn nicht von einem Spaziergang ab.«
»Haben Sie gesehen, wohin er ging?«
»Er ging runter zum Hafen und nahm dann den Leuchtturmpfad. Was ist denn los? Stimmt etwas nicht?«
»Nein, alles in Ordnung. Vermutlich hat er nur vergessen,

mir eine Nachricht zu hinterlassen, wann er zurück sein wird. Dann will ich Sie mal nicht mehr länger stören.«

Nachdem Sergeant Walker sich verabschiedet hatte, fuhr er in den Pub. Weder Mullay noch einer der Gäste hatte Daryl an diesem Tag gesehen. Walker stieg wieder in den Nissan und kehrte zur Polizeistation zurück, wo er den Leuchtturmschlüssel holte. Dann fuhr er zum Turm.

Mit einer starken Stablampe bewaffnet, ging Walker die letzten Meter über die Felsen zum Turm. Ein paar Mal rief er Simmons' Namen, bekam aber keine Antwort. Er schloss den Leuchtturm auf, stieg die Stufen bis zur Kuppel hinauf und trat auf die Plattform. Der Mond bildete eine dünne Sichel, und sein schummriges Licht war so schwach, dass man kaum etwas erkennen konnte. Aber eins war klar: Hier war Simmons auch nicht.

Es hatte keinen Sinn, weiter nach dem Detective zu suchen. Am besten fuhr er zurück nach Moonlight Bay und legte sich ein paar Stunden hin, beschloss Sergeant Walker. Wenn Simmons bis zum Morgengrauen noch nicht aufgetaucht war, konnte er immer noch entscheiden, was er weiter unternehmen wollte.

Daryl zerrte mit den Zähnen an den Knoten, gleichzeitig bewegte er die Handgelenke, um das Seil zu lockern. Er versuchte, die Dunkelheit zu ignorieren und ruhig zu bleiben, was ihm aber in Anbetracht der Geräusche, die er immer wieder hörte, schwer fiel. Zumindest schienen sie nicht näher zu kommen.

Endlich hatte er den letzten Knoten gelöst. Seine Hände tasteten nach seinen Füßen und begannen, auch dort die Fesseln zu öffnen.

»Sind Sie wach?«, hörte er in diesem Moment eine Stimme flüstern.

Daryl hielt inne. »Ja. Wer sind Sie?«, fragte er, so ruhig er konnte, zurück.

»Wer sind Sie?«, kam sogleich die nächste Frage.

Daryls unsichtbarer Leidensgenosse war offenbar eine Frau.

»Mein Name ist Daryl Simmons«, sagte er und arbeitete wieder an den Knoten.

»Hallo, Daryl Simmons, ich bin Mary.«

Daryl war erleichtert. Als er Mr. Reed mit dem Tablett in die Scheune gehen sah, hatte er das als Bestätigung seiner Vermutung angesehen, dass Mary Reed noch lebte. Jetzt hatte er endgültig Gewissheit.

»Gibt es hier einen Lichtschalter?«, wollte er wissen.

»Nein. Wenn es Tag ist, machen Mutter oder Vater oben das Licht an, und abends schalten sie es wieder aus.«

»Wo sind wir hier?«

»Unter der Scheune.«

»In einem Keller?«

»Nein. Es ist …« – sie schien zu überlegen – »ah, ja, es ist ein Bunker. Mutter sagte einmal, der Mann, dem die Farm früher gehörte, hätte große Angst vor einem Atomkrieg gehabt und sich darum diesen Bunker gebaut.«

»Und du lebst hier?«, fragte Daryl. Inzwischen hatte er sich auch von den Fußfesseln befreit.

»Ja«, antwortete sie traurig.

»Warum?«

»Weil ich böse bin. Vater sagt, ich sei vom Teufel besessen gewesen. Er hat den Teufel aber ausgetrieben. Doch seine Dämonenhelfer sind immer noch auf der Suche nach mir.

Vater sagt, ich bin noch nicht stark genug, um ihnen zu widerstehen. Aber hier finden sie mich nicht. Er sagt auch, ich müsse jetzt für meine Sünden Buße tun.«

Mary war inzwischen zwanzig Jahre alt. Doch irgendetwas stimmte nicht mit ihr, ihre Stimme klang ungewöhnlich, hell, beinahe kindlich.

»Was für Sünden?«, hakte Daryl nach.

»Oh, viele Sünden. Ich war ein ganz schlimmes, sündiges Mädchen«, sagte Mary und begann zu kichern. »Ich ...«

»Sei still! Das geht ihn nichts an, hast du verstanden?«

Eine zweite Frauenstimme! Daryl lief ein eisiger Schauer über den Rücken. »Und wer sind Sie?«, fragte er.

»Ich wüsste nicht, was Sie das angeht.«

Daryl stand auf, streckte die Arme aus und begann, vorsichtig einen Fuß vor den anderen zu setzen. »Sag mal, Mary, ist deine Freundin immer so unfreundlich?«

»Keinen Schritt weiter«, rief die Unbekannte in scharfem Ton.

Daryl blieb wie angewurzelt stehen. Sein erster Gedanke war, dass irgendwo vor ihm jemand stand und eine Waffe auf ihn richtete. Aber eigentlich war das unmöglich, schließlich war es stockdunkel. Vielleicht hatte die Frau an seiner Stimme erkannt, dass er aufgestanden war und auf sie zukam. »Tut mir Leid, wenn ich Sie erschreckt habe. Übrigens, Sie haben ein sehr feines Gehör. Sie sind wohl schon lange hier eingesperrt, habe ich Recht?«

»Sind 'n cleveres Kerlchen. Na ja, so clever nun auch wieder nicht, sonst wären Sie nicht hier.«

»Da haben Sie allerdings Recht. Sagen Sie, wie lange dauert es noch, bis es Morgen ist und das Licht angeht?«

»Noch ’ne ganze Weile.«
»Der Boden ist ziemlich kalt. Gibt es hier einen Stuhl oder so was, wo ich mich hinsetzen kann?«, fragte Daryl.
»Machen Sie zwei Schritte vorwärts, dann gehen Sie ungefähr zwei Meter nach rechts. Dort stehen ein Tisch und zwei Stühle.«
Daryl war verblüfft. Vorsichtig und mit ausgestreckten Armen bewegte er sich durch die Dunkelheit. Als er gegen den Tisch stieß, tastete er nach dem Stuhl und setzte sich hin.
»Danke. Wirklich beeindruckend, dass Sie so genau wussten, wo ich stehe.«
»Reine Übungssache. Warum sind Sie hier?«
Die unbekannte Frau begann, Fragen zu stellen, das war gut. Neugier war der erste Schritt zum gegenseitigen Kennenlernen – und vielleicht Vertrauen. »Ich war auf der Suche nach Mary. Die meisten Menschen in Moonlight Bay glauben nämlich, Mary sei tot.«
»Und Sie nicht?«
»Zunächst war ich mir nicht sicher. Aber dann habe ich einige Dinge herausgefunden und war überzeugt, dass Mary noch am Leben sein muss. Also machte ich mich auf die Suche nach ihr.«
»Und wozu?«
»Um ihr zu helfen und um sie von hier fortzubringen. Ich kann mir nämlich nicht vorstellen, dass sie hier glücklich ist. Oder sind Sie es etwa?«
Schweigen. Daryl hörte ein leises gequältes Stöhnen, dann war es wieder still.
»Geht es Ihnen nicht gut?«, fragte er, als er keine Antwort erhielt.

»Nein, es ist besser, du redest nicht mit ihm.« – »Wieso?« – »Weil wir ihn nicht kennen.«
Geflüster. Daryl war nicht sicher, wer von den beiden Frauen da sprach, denn ihre Stimmen klangen sehr ähnlich.
»Und wenn er ein Dämon ist, den der Teufel geschickt hat, um wieder Besitz von dir zu ergreifen? – So, du findest also, ich sei zu misstrauisch? Dann will ich dir mal was sagen, Mary: Würde die gute Lilly nicht auf dich aufpassen und dich beschützen, dann wärst du ganz schön mies dran.«
Die unbekannte Frau hieß also Lilly. Doch weshalb hörte er nur ihre Stimme? Flüsterte Mary ihr so leise ins Ohr, dass er sie nicht hörte?
»Dein Name ist also Lilly«, versuchte Daryl sie wieder in ein Gespräch zu verwickeln. »Und du kümmerst dich um Mary. Wieso eigentlich? Mary ist doch erwachsen. Sie kann bestimmt für sich selbst sprechen.«
Wieder dieses merkwürdige Stöhnen, als litte jemand unter einem tiefen seelischen Schmerz. Was, um alles in der Welt, ging hier eigentlich vor? »Kann ich dir helfen, bist du verletzt?«
»Lilly geht es gut«, antwortete Mary. »Stimmt das wirklich? Haben Sie nach mir gesucht?«

Sergeant Walker konnte nicht schlafen. Drei Stunden hatte er sich im Bett herumgewälzt, dann war er aufgestanden, hatte geduscht, sich eine Tasse Tee gemacht und war wieder in sein Büro gegangen. Er hatte die Untersuchungsberichte zu Ende gelesen. Als der Morgen dämmerte, ging er in die Küche und bereitete sich Frühstück.
Die Laboruntersuchungen hatten eine Menge, teilweise

überraschende Ergebnisse zutage gefördert. Zum Beispiel fanden sich an George Markhams Händen und Kleidern weder Pulverrückstände noch Stofffasern, Haare oder sonst irgendetwas, was darauf schließen lassen würde, dass George Dr. Holland umgebracht hatte. Die Ermittlungen entlasteten ihn aber auch vom Mord an Tom Grammar. Die Kurbel des Flaschenzugs auf dem Leuchtturm war laut den Gerichtsmedizinern mit hoher Wahrscheinlichkeit die Tatwaffe. Und obwohl sie Wind und Regen ausgesetzt war, hatten sich darauf doch noch zwei brauchbare Fingerabdrücke befunden. Sie stimmten mit denen auf der Opferschale überein, stammten aber weder von Tom Grammar noch von George. Walker war ziemlich sicher, dass sie von Mary stammten. Und dann waren diese Fingerabdrücke vielleicht die wichtigsten Indizien überhaupt. Denn wenn Mary Reed Tom Grammar mit der Kurbel des Flaschenzugs niedergeschlagen und ihn über die Brüstung des Leuchtturms gestoßen hatte, musste sie noch leben.

Sergeant Walker vermutete, dass Mary vor fünf Jahren zusammen mit Tom Grammar Moonlight Bay verlassen hatte, vor einigen Wochen mit ihm zurückgekehrt war und ihn im Streit erschlagen hatte. Der Grund für ihre Rückkehr konnten Geldprobleme sein. Eine Überprüfung von Mrs. Grammars Bankkonto hatte ergeben, dass das Geld vor fünf Jahren mit John Grammars Bankkarte abgehoben worden war – und zwar nach dessen Tod. Tom hatte vermutlich den Pin Code seines Vaters gekannt und so innerhalb weniger Tage fast alles Geld vom Konto seiner Eltern abgehoben.

Es gab aber noch einen weiteren wichtigen Hinweis, und der betraf das Ergebnis der Haaranalysen aus dem Badezimmer der Reeds. Der Untersuchung zufolge war Samuel auf keinen Fall Reverend Reeds Sohn.

Am meisten beschäftigte ihn allerdings, dass sich Detective Simmons immer noch nicht gemeldet hatte. Was sollte er tun? Simmons' Vorgesetzten anrufen? Die Polizeizentrale in Albany benachrichtigen und um Unterstützung für eine Suchaktion bitten? Sergeant Walker schob den Frühstücksteller beiseite. Er hatte überhaupt keinen Appetit. Stattdessen hatte er ein flaues Gefühl im Magen. Irgendetwas lag in der Luft. Etwas Unheilvolles.

Um wieder klar denken zu können, beschloss er, an die frische Luft zu gehen.

Als er die Tür öffnete, stand George Markham vor ihm.

»Was wollen Sie denn hier?«, fragte Walker.

»Hab gehört, Sie suchen Simmons.«

»Das ist richtig. Wissen Sie, wo er ist?«

»Schon möglich.«

23

Daryl hatte sich lange mit Mary unterhalten. Ein paar Mal hatte er versucht, auch Lilly in das Gespräch einzubeziehen, doch diese hatte beharrlich geschwiegen. Vermutlich war sie beleidigt. Schließlich hatte er es aufgegeben und sich ganz auf Mary konzentriert.

Daryl hatte sich zusammennehmen müssen, weil ihn das, was Mary erzählte, zutiefst aufwühlte. Doch zumindest hatte er erfahren, was er wissen wollte. Fast alles war so, wie er vermutet hatte. Aber das half ihm im Augenblick wenig. Er musste einen Weg finden, um sich und Mary zu befreien.

»Gleich ist es so weit«, sagte Mary.

»Was meinst du?«

»Die Lampe. Gleich wird es hell.«

Daryl fragte sich, woher sie das wusste. Er hatte weder ein Geräusch gehört noch sonst ein Anzeichen bemerkt, dass gleich das Licht angehen würde.

Sekunden später erfüllte gleißende Helligkeit den Raum. Daryl musste die Augen schließen und blinzelnd warten, bis sie sich endlich an das Licht gewöhnt hatten. Dann blickte er in die Richtung, aus der in der Dunkelheit Marys Stimme gekommen war.

Mary saß auf einem Bett, den Rücken an die Betonwand gelehnt. Über ihr hing ein großes Kruzifix. Ihre weißen Arme umklammerten die dünnen Beine, die sie bis unters Kinn

angezogen hatte. Sie war mager, ihre Wangen waren eingefallen und blass.
Daryl stand auf und drehte sich im Kreis. Der Raum war größer, als er vermutet hatte. Er war rechteckig, maß etwa fünf mal sechs Meter und war mit dem Bett, auf dem Mary saß, dem Tisch, an dem er gesessen hatte, zwei Stühlen, einer Kommode, einem Waschbecken und einer chemischen Toilette eingerichtet. Daryl war verwirrt. Wo war Lilly?
Er bückte sich, um unter das Bett sehen zu können. Nichts.
»Wo ist Lilly?«, fragte er schließlich.
Mary sah ihn aus großen, blauen Augen an. »Sie hat sich versteckt.«
»Wo hat sie sich versteckt?« Daryl ahnte nichts Gutes.
Anstelle einer Antwort richtete Mary den Zeigefinger auf ihre Brust.
»Soll das bedeuten, *du* bist Lilly?«
Mary schüttelte energisch den Kopf. »Sie ist da drin.«
Erst jetzt begriff Daryl, was mit Mary los war. Sie litt unter einer Persönlichkeitsspaltung. Sie und Lilly waren zwei verschiedene Charaktere, für die die jeweils andere real und existent war und die sich ein und denselben Körper teilten. Die Ähnlichkeit der beiden Stimmen war ihm zwar sofort aufgefallen, doch in der Dunkelheit hatte er die Tragweite dessen natürlich nicht begreifen können. Er war geschockt. Gleichzeitig spürte er jedoch, dass er sich nichts anmerken lassen durfte. Mary, so schien es ihm zumindest, hatte Vertrauen zu ihm gefasst. Er musste weiterhin so tun, als glaube er an sie.
»Und was macht Lilly jetzt gerade?«, fragte Daryl so gelassen, wie er konnte.
Mary zuckte mit den Schultern. »Weiß nicht. Sie spricht nur

mit mir, wenn's ihr passt. Ich glaub, im Moment ist sie ein bisschen eingeschnappt, weil ich mit Ihnen rede. Aber sonst ist sie schwer in Ordnung.«

Daryl ging hinüber zu der schmalen, geländerlosen Treppe in der Ecke, um sie zu untersuchen. Sie führte drei Meter hinauf zu einer metallenen Luke.

»Die lässt sich von innen nicht aufmachen«, meldete sich Mary wieder zu Wort. »Aber nicht mehr lange, dann bringt Mutter das Frühstück.« Sie nahm eine ihrer langen, gewellten Haarsträhnen in den Mund und nuckelte daran.

Daryl stieg die Stufen hinauf und versuchte vergeblich, die Luke aufzustoßen. Der Drehhebel, mit dem sich die Metallklappe normalerweise auch von hier aus öffnen lassen müsste, war abgeschraubt worden. Seine einzige Chance bestand darin, auf der obersten Treppenstufe zu warten und in dem Moment, wenn sich die Luke öffnete, mit aller Kraft dagegen zu stoßen und nach draußen zu klettern. Sehr Erfolg versprechend war dieser Plan allerdings nicht.

»Bleiben Sie nicht hier?«, fragte Mary.

Daryl schaute zu ihr hinunter. Das blonde Mädchen sah enttäuscht und traurig aus.

»Ich würde mich freuen, wenn Sie bleiben«, meinte sie weiter. »Es ist oft so einsam hier.« Sie senkte den Blick. »Besonders, wenn mich Mutter längere Zeit nicht hinauslässt.«

»Aber du hast doch Lilly.«

»Ja, schon. Aber sie ist immer so ernst. Ich mein, ich mag sie. Oh, ich mag sie sogar sehr! Sie ist meine Freundin.« Mary machte ein trauriges Gesicht. »Sie passt auf, dass mir niemand wehtut. Aber oft ist sie ganz ruhig und sagt nichts. Dann ist mir schrecklich langweilig.«

»Und was tust du dann?«
»Ich lese.« Mary sprang auf, eilte zur Kommode und zog die oberste Schublade auf. Dann zögerte sie. »Versprechen Sie, Vater nichts davon zu erzählen?«
Daryl hob die Hand und rief feierlich: »Beim Barte meiner Großmutter, ich schwöre es!«
Mary begann zu kichern. »Das gilt nicht, Ihre Großmutter hatte bestimmt keinen Bart.«
Daryl machte ein beleidigtes Gesicht. »Du glaubst mir nicht? Irgendwann zeig ich dir ein Bild von ihr, dann wirst du mir schon glauben.«
Sie zuckte die Schultern. »Na gut, ich will Ihnen glauben.« Sie griff in die Schublade, holte ein Dutzend abgegriffener Taschenbücher hervor und drückte sie wie einen wertvollen Schatz an ihre Brust. »Das sind alles Bony-Kriminalromane. Ich liebe Bony. Er ist ein halber Aborigine und ein toller Inspector, klug und freundlich. Leider kenne ich die Bücher inzwischen schon auswendig.«
»Und warum darf dein Vater nicht wissen, dass du sie liest?«, fragte Daryl.
»Er sagt, die Bibel sei das einzig wahre Buch. Alle anderen Bücher seien überflüssig. Zweimal in der Woche lesen wir gemeinsam aus der Bibel. Aber die Krimis finde ich viel spannender. Wenn er wüsste, dass ich sie habe, würde er sie mir wegnehmen und mich bestrafen.«
»Woher hast du sie denn?«
»Samuel hat sie mir gebracht. Ich hatte ihn gebeten, mir was zu lesen zu besorgen.«
»Besucht dich Samuel oft?«
Sie verstaute ihre zerfledderten Kostbarkeiten wieder in der

Kommode. »Nein«, antwortete sie traurig, »nicht oft. Vater will es nicht. Er sagt, ich sei für ihn nicht der richtige Umgang, weil ich doch vom Teufel besessen war und so. Manchmal, wenn Vater unterwegs ist, lässt Mutter Samuel aber zu mir. Und dann unterhalten wir uns oder spielen zusammen.«

»Bist du traurig, nicht mehr Zeit mit ihm verbringen zu können?«

Mary ging zurück zum Bett und setzte sich. »Ja, sicher. Er ist doch mein Kind ...«

Sergeant Walker saß unruhig und mit nervösem Gesichtsausdruck hinter seinem Schreibtisch und fixierte George Markham.

»Dann mal raus mit der Sprache«, forderte er ihn auf.

»Ich hab mir Mrs. Grammars Geständnis noch mal durch den Kopf gehen lassen – sie war's nicht. Ich meine, sie hat ihren Sohn und den Doc nicht umgebracht.«

»So weit sind wir auch schon«, entgegnete Walker ungeduldig.

»Ich habe mir überlegt, wer sonst noch als Täter in Frage kommen könnte. Und Reverend Reed ist der Einzige, der mir eingefallen ist. Also bin ich gestern zu ihm gegangen und habe ihn mir vorgeknöpft. Als er mir die Tür öffnete, hat er mich mit diesem abschätzigen Blick angesehen. Das brachte mich gleich in Rage. Hab nicht lange gefackelt und ihn gegen den Türrahmen gedrängt. ›Sie haben Tom Grammar und Doc Holland getötet, geben Sie es zu!‹, habe ich ihn angeschrien. Er hat mich erst mit großen Augen angestarrt, dann wurde er wütend. ›Sind Sie wahnsinnig geworden? Verschwinden Sie auf der Stelle, sonst rufe ich die Polizei!‹, brüllte er mich an. Na ja, das hat mich natürlich gleich noch mehr gereizt. Ich packte ihn am Hemdkragen und schüttelte ihn durch wie eine Strohpuppe. ›Sie sagen mir jetzt, was Sie wissen, oder ich breche Ihnen den Hals!‹, habe ich ihm gedroht. Plötzlich stand Mrs. Reed in der Tür. Sie hielt eine Schrotflinte in den Händen. Sie befahl mir, ihren Mann auf der Stelle loszulassen, sonst würde sie schießen. Stellen Sie sich das vor, die Frau des Reverends zielte mit einer Schrotflinte auf mich! Und soll ich Ihnen etwas sagen? Nach dem Ausdruck in ihren Augen zu urteilen, hätte sie es wirklich getan.«

»Was geschah dann?«, fragte der Sergeant.

»Na was wohl, ich ließ den eingebildeten Schleimer los und bin abgezogen. Ich nahm den Weg quer durch den Wald hinunter zum Leuchtturm. Auf halbem Weg bemerkte ich, dass mir jemand entgegenkam. Ich versteckte mich. Es war Detective Simmons, und er ging geradewegs zum Haus der Reeds.«

Sergeant Walker sprang auf. »Los, George, wir fahren!«

Langsam wurde Daryl ungeduldig.

»Was denkst du, dauert es noch lange, bis jemand kommt?« fragte er.

»Ein paar Minuten vielleicht«, antwortete Mary. Sie schaute ihn aus feuchten Augen an. »Sie wollen nicht bei mir bleiben, oder?«

»Weißt du, ich möchte nicht hier unten leben, das ist alles. Aber ich will dich auch nicht allein lassen. Wie wär's, wenn du mit mir kommst? Möchtest du nicht in einem richtigen Haus wohnen, dein eigenes Zimmer haben und jeden Tag nach draußen gehen können?«

Mary wiegte nachdenklich den Kopf hin und her. Nach einer Weile meinte sie: »Na ja, das wäre schon schön. Aber meine Eltern würden das nicht erlauben. Ich muss doch Buße tun, und dann sind da ja noch der Teufel und seine Dämonen. Wenn ich nur gelegentlich draußen bin, erwischen sie mich nicht.«

»Weißt du, was ich denke? Du bist so stark, kein Dämon kann deine Seele je wieder einfangen.«

Marys himmelblaue Augen begannen zu leuchten. »Glauben Sie?«

»Was heißt glauben, das ist so sicher wie das Amen in der Kirche!«

»Ich könnte jeden Tag den Wind spüren, die Wälder und das Meer riechen«, sagte sie verträumt. »Wenn es regnet, könnte ich die Tropfen auf meinem Gesicht fühlen. Oder wenn die Sonne scheint, könnte ich wie die Schafe faul im Gras liegen. Und jeden Tag könnte ich mit Samuel zusammen sein. Das könnte ich doch, oder?«

»Vielleicht nicht jeden Tag, aber bestimmt an den meisten.«

Plötzlich nahm Marys Gesicht einen gequälten Ausdruck an. Sie begann zu stöhnen, presste die verschränkten Arme gegen die Brust und bewegte den Oberkörper wie unter heftigen Schmerzen vor und zurück. Das Ganze dauerte nur wenige Sekunden. Dann starrten ihre Augen Daryl feindselig an.

»So ein Quatsch!« Lilly – da war sie wieder. »Glaubst du wirklich, er kann dich hier rausholen, dich vor deinem Vater und vor dem Teufel beschützen, so wie ich das tue? Vergiss es!«

Erneut die Verwandlung. Als das Mädchen Sekunden später aufsah, standen Tränen in Marys Augen.

»Was hast du?«, fragte Daryl.
»Lilly ... hat Recht. Vater ... wird das ... nie erlauben«, schluchzte sie. »Weil ich doch ... ein schlechter Mensch bin.«
Daryl kam eine Idee. »Du bist nicht schlecht oder böse, Mary, das kannst du mir glauben. Ich bin Polizist, ich erkenne einen schlechten Menschen schon von weitem.«
»Sie sind Polizist?«, sagte Mary überrascht und versuchte, die Tränen wegzuwischen. »Aber ... ich habe doch ...«
Wieder die klagenden Laute, wieder Lilly: »Da hast du's. Er wird dich einsperren. Aber in ein richtiges Gefängnis, hörst du? Ich weiß nicht, ob ich dich dort beschützen kann. Und Samuel wirst du dann auch nicht mehr sehen.«
»Ich weiß, was du getan hast«, versuchte Daryl zu Mary durchzudringen. »Doch dafür bist du nicht verantwortlich. Viel schlimmer ist, was man dir angetan hat.«
»Was für ein blödes Geschwätz. Niemand kann Mary so gut beschützen wie ich!«
Daryl versuchte, Lilly zu ignorieren. »Hör mir zu, Mary. Du brauchst dich nicht hinter Lilly zu verstecken, jetzt nicht mehr. Ich kann dir und Samuel helfen.«
Kopfschütteln, Zwinkern, Tränen, dann wieder Mary. Daryl fühlte sich wie in einer Achterbahn. Die schnellen Persönlichkeitswechsel zwangen auch ihn, sich rasch umzustellen.
»Aber die Dämonen des Teufels ...«, sagte Mary unsicher.
»Sei ehrlich: Glaubst du, sie können dir wirklich noch etwas anhaben?«, unterbrach Daryl sie rasch. »Du bist kein kleines Kind mehr, Mary, du bist erwachsen!«
Mary Reed wischte sich die letzten Tränen aus dem Gesicht.

Dann reckte sie entschlossen das Kinn nach vorn und begann zu lächeln. »Ich bin erwachsen«, wiederholte sie stolz. »Ja, Sie haben Recht. Es gefällt mir hier nicht. Und ich will auch nicht länger eingesperrt sein.«

In diesem Augenblick drehte sich die Verriegelung der Luke.

Daryl wartete, bis sich die Bolzen aus ihren Verankerungen lösten, dann stemmte er Schultern und Arme mit voller Kraft gegen das Metall und wuchtete die Öffnung auf. Seine Hände packten den Rand des Einstiegs, und er versuchte, möglichst rasch aus dem Loch zu kommen.

Der Lauf des 300er-Magnum-Jagdgewehres war direkt auf seine Stirn gerichtet.

»Kein Stück weiter, oder Sie sind tot!«, warnte ihn Mrs. Reed.

Daryl bewegte sich nicht mehr. »Eigentlich hatte ich mit Ihrem Mann gerechnet«, meinte er ruhig.

»Was Sie nicht sagen. Warum glauben eigentlich alle, Jack sei ein Monster?«, fuhr sie ihn an.

»Wen meinen Sie?«, fragte Daryl.

»Sie, George Markham, Mrs. Grammar, der Doc – einfach alle halten ihn für einen Unmenschen. Dabei habe ich doch mehr als einmal gesagt, dass er ein guter Vater ist. Er will für alle immer nur das Beste.«

»Das bedeutet nicht automatisch, dass es auch das Richtige ist«, entgegnete Daryl.

»Was wissen Sie schon. Sie kommen hierher, wühlen im Dreck und wollen beweisen, dass Tom Grammars Tod kein Unfall war. Warum konnten Sie der Gerechtigkeit nicht einfach ihren Lauf lassen?«

»Finden Sie gerecht, was Sie Mary antun? Und hat es Dr. Holland wirklich verdient zu sterben?«

»Wissen Sie eigentlich, was Tom, dieses Monster, dem armen Mädchen angetan hat?«, schrie sie ihn an.

»Sie hat mir alles erzählt …«

»Sehen Sie Mary doch an! Sehen Sie, was aus ihr geworden ist!«

»Ich bin überzeugt, dass Mary bis zu einem gewissen Grad geholfen werden könnte. Aber diese Chance geben Sie ihr nicht.« Daryl schaute nach unten. Mary saß wieder mit angezogenen Beinen auf dem Bett. Sie zitterte und schluchzte, und ihre Arme umschlangen ihren Körper, als versuche sie, sich selbst Trost zu spenden. »Wie können Sie das nur tun? Sie lieben Ihre Tochter doch, sonst würden Sie sie wohl kaum gelegentlich nach draußen lassen.«

Mrs. Reed schüttelte den Kopf. »Ich weiß nicht, es ist einfach geschehen. Jack wollte …«

Draußen fuhr ein Wagen vor. Mrs. Reed erschrak. Ihr Zeigefinger schloss sich enger um den Abzug. »Machen Sie, dass Sie nach unten kommen!«

Daryl blieb, wo er war. »Ich denke nicht daran. Es ist besser, Sie geben auf, Mrs. Reed.«

»Sie sollen nach unten steigen, habe ich gesagt!«, zischte sie mit gedämpfter Stimme. »Glauben Sie, es käme mir noch darauf an? Ich habe schon Dr. Holland getötet.«

»Warum haben Sie das getan? Und warum zielen Sie jetzt auf mich?« Sein Herz hämmerte wie ein Presslufthammer. Doch er musste unbedingt Zeit gewinnen. Wenn er jetzt wieder nach unten stieg, würde das vermutlich seinen Tod bedeuten. Er wusste zu viel.

»Wäre es nicht besser gewesen, wir hätten gewartet, bis die Reeds beim Gottesdienst sind?«, fragte George.
»Und was hätte uns das gebracht?«, brummte der Sergeant. »Detective Simmons ist seit über zwölf Stunden verschwunden. Wenn die Reeds ihn gefangen halten oder gar umgebracht haben, dann finden wir ihn am schnellsten, wenn wir uns den Reverend gleich vorknöpfen.«
George Markham sah ihn von der Seite an. »Er wird lügen, das ist Ihnen doch klar.«
»Das wird ihm nichts nützen, darauf können Sie sich verlassen!«
Sergeant Walker hielt vor dem Haus und sprang aus dem Wagen.
In diesem Moment trat der Reverend auf die Veranda.
»Was ist denn nun schon wieder los?«, rief er genervt. Er wandte sich zur Tür und rief nach Samuel. »Beeil dich, Junge, wir müssen los.« Dann stieg er die Stufen hinunter.
Der Sergeant baute sich vor ihm auf. »Wo ist Detective Simmons?«, fragte er in strengem Ton.
»Simmons? Keine Ahnung. Weshalb fragen Sie mich das?«
»Er war gestern Nachmittag auf dem Weg zu Ihnen«, mischte sich George ein.
»Tatsächlich? Ich habe ihn nicht gesehen.«
Samuel trat vor die Tür. Eingeschüchtert sah er zwischen den Männern hin und her.
»Ich muss Sie bitten, zur Seite zu gehen«, forderte Sergeant Walker den Reverend auf.
»Wozu?«
»Ich muss Ihr Haus durchsuchen.«
Reverend Reeds Gesicht lief rot an. »Ich sagte Ihnen doch,

der Detective ist nicht hier. Außerdem müssen wir zum Gottesdienst, wir sind schon spät dran.«
»Dass Detective Simmons nicht hier ist, davon würde ich mich gerne selber überzeugen«, entgegnete der Beamte unbeeindruckt.
»Haben Sie einen Durchsuchungsbefehl?«, fragte der Reverend barsch.
»Den brauche ich nicht, wenn der Verdacht auf ein Verbrechen vorliegt.« Walker schob den Reverend unsanft beiseite und stieg die Verandastufen hinauf.
»Ein Verbrechen? Was für ein Verbrechen?«, rief Reed und stürzte hinter Sergeant Walker her.

Daryl spürte, dass Mrs. Reed kurz davor war, die Nerven zu verlieren. Ihr Gesicht war mit roten Flecken übersät, und der Finger am Abzug zitterte für seinen Geschmack viel zu heftig. Langsam stieg er auf der Treppe zwei Stufen hinunter. »Warum musste Doc Holland sterben? Und warum wollen Sie mich umbringen?«, wiederholte er seine Frage.
»Das fragen Sie noch?«, schrie Mrs. Reed nun mit schriller Stimme. Ihr linkes Augenlid begann nervös zu zucken. »Dr. Holland war drauf und dran, alles, was er wusste, zu verraten. Daran sind allein Sie schuld! Warum konnten Sie nicht alles so lassen, wie es war? Warum mussten Sie sich unbedingt einmischen? Wenn es mir doch nur gelungen wäre, auch Sie mit Georges Gewehr zu erschießen! Dann wäre der Verdacht endgültig auf diesen Nichtsnutz Markham gefallen. Sie wären aus dem Weg gewesen, und alles wäre wieder in Ordnung gekommen.«
Verdammt, ihr da draußen, hört ihr uns denn nicht?, schoss

es Daryl durch den Kopf. Okay, ruhig bleiben, Daryl, nur nicht die Nerven verlieren. So ruhig er konnte, fragte er: »Und warum brachen Sie in Mrs. Grammars Haus ein?«
»Wegen Toms Tagebuch. Mary erzählte mir davon. Ich wusste, wenn Sie es finden würden, dann käme alles ans Tageslicht.«
»Das kommt es auch so.«
Mrs. Reed hob langsam die Waffe. Ihre Augen verengten sich, und Daryl wurde schlagartig klar, dass ihm keine Zeit mehr blieb. Blitzschnell ließ er sich nach vorn fallen, um seinen Kopf aus der Schusslinie zu bringen. Mit einem ohrenbetäubenden Knall löste sich eine Kugel aus der Waffe und schoss als heißer Blitz an seinem rechten Ohr vorbei. Daryl war geblendet und halb taub, aber sein Gehirn arbeitete blitzschnell. Ihm blieben eine, höchstens zwei Sekunden, ehe Mrs. Reed den Rückschlag der schweren Waffe ausgeglichen haben und erneut auf ihn feuern würde. Mit tränenden Augen hechtete er aus der Luke, griff nach einem von Mrs. Reeds Beinen und versuchte, sie von den Füßen zu reißen. Doch er hatte Pech und erwischte statt ihres Fußgelenks nur ihren Schuh.
Mrs. Reed schrie wütend auf und versuchte, sich aus Daryls Griff zu befreien. Sie taumelte rückwärts, dabei verlor sie den Schuh. Gleichzeitig löste sich eine weitere Kugel aus der Waffe und durchschlug die Scheunenwand. Diesmal traf der Rückstoß Mrs. Reed unvorbereitet, so dass sie noch weiter zurückstolperte. Einen kurzen Moment sah es so aus, als würde sie das Gleichgewicht verlieren und hinfallen, doch dann stieß sie mit dem Rücken gegen einen Stützpfeiler, richtete sich wieder auf und legte erneut auf Daryl an.

Sergeant Walker rannte zur Scheune, dicht hinter ihm George und der Reverend. Mit einem Ruck riss Walker das Schiebetor auf und sprang, die Waffe im Anschlag, in die Scheune.
Seine Augen mussten sich erst an das gedämpfte Licht gewöhnen, während er selbst ein ideales Ziel abgab. Instinktiv schlug er einen Haken nach links und suchte hinter dem Traktor Schutz.
Als das Tor aufging, riss Mrs. Reed die Magnum herum. Sie sah, wie der Sergeant in die Scheune sprang, und gab mehrere Schüsse ab. Eine Kugel verfehlte Walker nur um Zentimeter. Eine weitere prallte vom Traktor ab und pfiff quer durch den Raum, wo sie das Benzinfass traf.
Eine heftige Explosion erschütterte die Scheune. Die Druckwelle sprengte die halb geöffnete Schiebetür aus ihrer Verankerung und schleuderte sie zwei Meter entfernt zu Boden. Reverend Reed, der sich, als die Schüsse auf den Sergeant abgegeben worden waren, hinter der Tür versteckt hatte, wurde mit ihr weggefegt und von der schweren Holzwand begraben. George, der links vom Eingang stand, wurde zwar ebenfalls von den Beinen gerissen, blieb jedoch unverletzt.
Das Innere der Scheune hatte sich von einer Sekunde auf die andere in ein flammendes Inferno verwandelt. Wie brennende Fackeln wirbelten Strohhaufen durch die Luft, verteilten sich im ganzen Raum und setzten Holzwände, Geräte und den Zwischenboden in Brand. Was von den Strohballen bei der Explosion nicht durch die Luft geschleudert worden war, brannte jetzt lichterloh. Innerhalb weniger Sekunden schossen die Flammen an der rechten Scheunenwand empor und schlugen wie eine riesige, gelbrote Welle in hohem Bogen zum Giebel der Scheune.

Daryl war von der Druckwelle zur Seite geschleudert worden, er fühlte sich benommen, war bis auf ein paar Schrammen aber unverletzt. Als er sich aufrichtete, fiel sein Blick auf Mrs. Reed. Sie lag halb auf dem Pflug. Ihre weit aufgerissenen Augen schienen durch ihn hindurchzustarren. Die Druckwelle hatte sie auf eine der Pflugscharen geworfen, die sie aufgespießt hatte.

Daryl hastete, so schnell er konnte, in den Bunker hinunter. »Komm, Mary, wir müssen hier raus!«, rief er. Doch das Mädchen reagierte nicht. Sie hatte sich unter ihre Decke verkrochen. Daryl versuchte, sie darunter hervorzuziehen, aber Mary klammerte sich mit aller Kraft an den Stoff.

Immer mehr Rauch und Staub drangen in den Bunker. Daryl bekam kaum noch Luft, und ein Hustenkrampf schüttelte ihn. Er packte die junge Frau samt ihrer Decke, stemmte sie sich auf die Schulter und kletterte nach oben.

Sergeant Walker stöhnte. Er hielt sich die blutende Schulter, in der ein spitzes Holzteil steckte. Zwar war er durch den Traktor weitgehend vor der Druckwelle und herumfliegenden Trümmerteilen geschützt gewesen, der Holzsplitter hatte ihn aber dennoch erwischt. Er versuchte, sich aufzurichten, doch die Schmerzen waren so groß, dass er gleich wieder zurücksank.

In diesem Moment tauchte George aus Rauch und Flammen auf, packte den Sergeant unter den Armen und schleifte ihn nach draußen.

»Simmons … Ich habe Simmons gesehen«, presste Walker hinter zusammengebissenen Zähnen hervor.

»Wo?«, erkundigte sich George.

»Vor der Explosion … da war er ganz hinten, neben dem Pflug.«

George Markham legte den Sergeant einige Meter von der brennenden Scheune entfernt auf den Boden. Dann atmete er tief ein, machte kehrt und rannte zurück in die Scheune.

Daryl war froh, dass Mary in Decken gehüllt war und sich ruhig verhielt, denn überall regneten Funken auf sie herab. Er konnte kaum noch atmen, weil die Flammen den ganzen Sauerstoff aus der Luft sogen. Dichter Qualm hüllte sie ein und nahm ihm die Sicht. Seine Augen brannten, als hätte ihm jemand Salz hineingestreut. Verzweifelt stolperte Daryl vorwärts, versuchte Trümmern auszuweichen oder über sie hinwegzusteigen. Plötzlich stürzte vor ihm ein Teil der Decke ein. Flammen loderten auf, und die Hitze ließ ihn zurückweichen. Daryl kam ins Stolpern, gleichzeitig rutschte ihm Mary von der Schulter. Er fiel hin, versuchte aber, sich gleich wieder aufzurappeln und zu dem Mädchen zu kriechen.

Mary lag keine zwei Meter von ihm entfernt unter ihrer Decke. Sie rührte sich nicht, war entweder bewusstlos oder starr vor Angst. Mit letzter Kraft bemühte sich Daryl, zu ihr zu gelangen und sie aufzuheben, doch dann wurde ihm schwarz vor Augen, und er brach bewusstlos zusammen.

George entdeckte Daryl hinter den herabgestürzten Deckenbalken. Er sprang über die brennenden Trümmer, packte den Bewusstlosen unter den Armen und zog ihn um die lodernden Flammen herum zum Ausgang.

Samuel Reed hatte die ganze Zeit neben dem Haus gestanden und fassungslos zu der in Flammen stehenden Scheune geblickt. Als er nun sah, wie George Daryl aus der Scheune zog, ging ein Schütteln durch seinen Körper.

»Mary, Mary, Mary«, rief er weinend und rannte auf die Scheune zu.

Markham und Sergeant Walker sahen sich fragend an. Der Junge war nur noch wenige Meter von ihnen entfernt.
»Halten Sie ihn auf«, rief der Sergeant, »ich glaube, er will in die Scheune!«
George drehte sich blitzschnell zur Seite und packte Samuel am Arm. Der Junge strampelte und rief immer wieder Marys Namen.
»Es ist alles in Ordnung, Samuel«, versuchte ihn George zu beruhigen.
»Nein, Mary ist noch da drin!«, schrie der Junge verzweifelt.
Daryl hustete und rang nach Luft. Er war noch immer benommen, schaffte es aber, sich aufzurichten.
»Was haben Sie vor?«, fragte Sergeant Walker.
»Der Junge ... hat Recht«, antwortete Daryl keuchend. »Mary ist noch da drin ... ich ließ sie fallen ... ich muss sie rausholen.«
»Das ist doch Selbstmord!«, rief Walker. »Die Scheune brennt bereits lichterloh!«
Daryl antwortete nicht. Stattdessen ging er wankend auf den Scheuneneingang zu.
»Das schafft er nie«, sagte Markham. Er zerrte Samuel zu Sergeant Walker hinüber. »Halten Sie den Jungen fest!« Dann eilte er hinter Daryl her. Als er ihn eingeholt hatte, packte er ihn an den Schultern und warf ihn zu Boden. Anschließend stürzte er sich erneut in die Flammenhölle.

24

Daryl klopfte an die Tür von Sergeant Walkers Krankenhauszimmer und trat ein.
»Hallo, Walker, wie geht's?«, fragte er gut gelaunt.
»Geht so«, murrte der Sergeant. »Die Ärzte meinen, in ein paar Tagen kann ich mit der Therapie anfangen. Wenn alles gut geht, sollte ich die Schulter spätestens in zwei Monaten wieder normal bewegen können.«
»Das freut mich zu hören.«
»Ich hatte mich schon gefragt, wann Sie mich mal besuchen kommen«, brummte Walker.
Daryl zuckte entschuldigend mit den Schultern. »Ich wollte schon früher kommen, aber Sie wissen ja, wie das ist. Verhöre, Schreibkram ohne Ende und ein Chef, dem ich nach seiner Standpauke alles bis ins letzte Detail berichten musste.«
Walker nickte. »Wie geht es George?«
»Unverändert. Seine Chancen stehen weiterhin fünfzig zu fünfzig. Die Ärzte meinen, seine schweren Verbrennungen seien das eine. Die andere Frage ist, wie groß sein Lebenswille überhaupt noch ist. Sie haben Mrs. Grammar erlaubt, an seinem Bett zu wachen, in der Hoffnung, dass ihm das das Gefühl gibt, nicht allein zu sein.«
Der Sergeant schüttelte langsam den Kopf. »Es ist eine himmelschreiende Ungerechtigkeit, dass George so schwer ver-

letzt worden ist, während einer wie Reverend Reed mit ein paar Knochenbrüchen und einer Gehirnerschütterung davonkommt. Was wird der Kerl kriegen: ein, zwei Jahre?«

»Schwer zu sagen«, meinte Daryl. »Ich bin kein Richter. Aber auch wenn er nichts mit den Morden an Tom Grammar und Doc Holland zu tun hatte, so bin ich doch sicher, dass er für das, was er Mary angetan hat, hart bestraft wird. Mary und Samuel wird er jedenfalls nie wiedersehen dürfen.«

»Wenn Sie mich fragen, ist das nicht genug.«

»Vielleicht haben Sie Recht. Doch unsere Aufgabe ist es, Verbrecher zu fassen, nicht sie zu verurteilen.«

»Was geschieht mit Mary, wenn sie aus dem Krankenhaus entlassen wird?«, wollte Sergeant Walker wissen.

»Oh, das wissen Sie ja noch gar nicht. Mary konnte gestern die Klinik verlassen. Ihre Verletzungen waren Gott sei Dank nicht weiter schlimm. Die Decke und Markhams schnelles Eingreifen haben sie vor Schlimmerem bewahrt. Mein Chef hat sich dafür eingesetzt, dass sie in eine erstklassige psychiatrische Rehabilitationsklinik in New South Wales kommt, wo man feststellen wird, wie schlimm ihre Schizophrenie wirklich ist.«

»Und Samuel?«

»Man wird versuchen, ihn in einer Pflegefamilie ganz in der Nähe von Marys Klinik unterzubringen.«

Sergeant Walker nickte. »Das ist gut. Jetzt möchte ich aber endlich alles ganz genau wissen, denn obwohl ich die Untersuchungsberichte gelesen habe, blicke ich immer noch nicht ganz durch.«

Daryl lächelte verständnisvoll. »Mir ging es lange Zeit ähnlich. Ich hatte eine Menge Vermutungen, aber keine Beweise.

Daher habe ich auch so ungeduldig auf die Untersuchungsergebnisse gewartet. Jetzt, wo ich Marys Geschichte kenne und die endgültigen Aussagen von Reverend Reed, Mrs. Grammar und Samuel vorliegen, passt alles zusammen.«
Daryl zog sich einen Stuhl heran: »Beginnen wir mit Tom. Ich hatte Ihnen ja schon erzählt, was im Tagebuch darüber steht, wie Tom zum Satanismus gekommen ist. Er steigerte sich in diesen Glauben immer weiter hinein und verlor nach und nach den Bezug zur Realität. Das ging so weit, dass er schließlich glaubte, er müsse eine ganze Familie auslöschen, als Beweis dafür, nach seinem Tod einen Platz in der Unterwelt zu verdienen. Um sicherzugehen, dass er nicht erwischt werden würde, rief er den Dämon Glasya-Labolas, den Urheber von Mord und Totschlag, um seinen Schutz an. Danach plante er seinen ersten Anschlag auf die Markhams: Er fing eine Tigerschlange und versteckte sie in Mrs. Markhams Wagen.«
»Wieso eine Schlange?«, warf Sergeant Walker ein. »Okay, das Ganze sollte wie ein tragischer Unfall aussehen. Aber es war doch auch ziemlich riskant, nicht zuletzt für Tom selbst. Er musste das Tier ja erst einfangen und hätte dabei gebissen werden können. Und er musste es ungesehen im Fahrzeug verstecken. Letztlich konnte er ja noch nicht einmal sicher sein, dass Mrs. Markham wirklich dabei umkommen würde.«
»Nun, Tom verehrte Schlangen als Zeichen des Bösen. In seinem Tagebuch berichtet er an einer Stelle bewundernd von verschiedenen Schlangenkulten, über die er gelesen hatte, deren Mitglieder dem Teufel ihre Seele verschreiben und dafür Macht über die Reptilien erhalten. Durch seinen Pakt mit

dem Dämon fühlte Tom sich offensichtlich unbesiegbar. Sein Gefühl nach der Tat, diese Worte haben sich mir eingeprägt, beschreibt Tom als ›ein fantastisches Glücksgefühl, das die Auflehnung gegen alles bedeutet, was in irgendeiner Form geehrt und als heilig erachtet wird‹.«

»Mein Gott, das ist ja völlig krank!«, brach es aus dem Sergeant hervor. »Und wenn ich mir vorstelle, dass er damit durchgekommen ist ...«

»Für Tom war das natürlich ein neuer Beweis dafür, dass der Teufel ihn auserwählt hatte. Und in diesem Bewusstsein ging er dann noch einen Schritt weiter und plante die Opferung von Grace Markham. Doch zunächst begann Tom, sich mit Mary anzufreunden. Mary war zu der Zeit ein äußerst unglückliches und unsicheres Mädchen, was in erster Linie an ihrem strengen, fanatisch religiösen Vater lag. Wann immer Mary versuchte, sich gegen ihre Erziehung aufzulehnen, bestrafte der Reverend sie. Er schlug sie, wie er das später auch bei Samuel tat. Das ging so weit, bis ihn seine Tochter schließlich abgrundtief hasste. Mary war in dieser Phase für Tom ein leichtes Opfer. In ihren Augen war er ein Rebell, der sich gegen alles und alle auflehnte, und sie bewunderte ihn dafür. Er erzählte ihr von seiner okkulten Obsession, was Mary nur noch mehr faszinierte, weil es genau das Gegenteil von dem repräsentierte, was ihr ihre Eltern einzutrichtern versuchten. Tom nützte das aus.«

»Er hat sich also ganz gezielt an das arme Mädchen rangemacht, richtig?«, unterbrach Sergeant Walker noch einmal Daryls Ausführungen. »Hat er sie wirklich in alle Details seines Kultes eingeweiht?«

»Er zeigte ihr die Höhle, von deren Existenz nur er wusste.

Dafür musste Mary, sozusagen als Aufnahmeritual, vom Kliff auf die darunter liegende Klippe springen. Und ja, er erzählte ihr von seinen Tieropfern und Satansbeschwörungen, und sie machte dabei mit. Für sie war das alles in erster Linie ein Weg, um gegen ihren Vater zu rebellieren. Sie sah natürlich nicht, dass auch ihre Verführung Teil von Toms Obsession war.
Als ich mich mit ihr im Bunker unterhielt, erzählte sie mir, Tom habe sie aufgefordert, wie er einen Pakt mit dem Teufel zu schließen und eine Tochter Satans zu werden. Wenn sie das täte, könne ihr Vater ihr nichts mehr anhaben.«
Mithilfe des Haltegriffs über dem Krankenbett richtete sich Walker auf. »Das hat sie nicht wirklich getan, oder?«
»Doch, das hat sie. Wie gesagt, Mary suchte Halt und Hilfe, und Tom versprach ihr genau das. Dann entführte Tom Georges Tochter. Er platzierte einen ihrer Schuhe an den Klippen beim Leuchtturm, um es wie einen Unfall aussehen zu lassen, und schaffte das kleine Mädchen in die Höhle. Er folterte Grace, schnitt ihr die Kehle auf, trank ihr Blut aus der Opferschale und aß ihr Herz. Tom beschrieb dies als einen Akt immenser, alles übertreffender Befriedigung, die in ihm eine ungeheure Spannung freigesetzt habe. Anschließend entledigte er sich der Leiche, indem er sie in der Seitenhöhle einmauerte, in der er zuvor schon mehrmals Tiere entsorgt hatte.«
»Und Mary machte bei so was mit?«, fragte der Sergeant ungläubig.
Daryl schüttelte den Kopf. »Sie wusste nicht, dass Tom auch Menschenopfer darbrachte. Und bestimmt hatte er nicht vor, es ihr zu erzählen. Ich denke, ihm war klar, dass Mary bei einem Mord nicht mitgemacht hätte. Lieber baute er seinen

Einfluss auf sie weiter aus. Aus diesem Grund ließ Tom auch heimlich einen Nachschlüssel für den Leuchtturm machen. Mary und er verbrachten viel Zeit dort. Sie schmiedeten Pläne, kamen sich aber auch körperlich näher. Das war der Grund, warum Mary das erste Mal Doc Holland aufsuchte. Sie hatte Angst, schwanger zu werden, und bat ihn um ein Verhütungsmittel. Der Doc half ihr, unter der Bedingung, Stillschweigen zu bewahren. Eine Zeit lang ging alles gut. Doch dann begann Tom, satanische Sexualriten abzuhalten. Zunächst hatten diese nur symbolischen Charakter, doch dann wurden sie immer obszöner und auch gewalttätiger.«

Sergeant Walker schnaubte wütend. »Dieser Mistkerl! Erst gewann er Marys Vertrauen, dann setzte er das arme Mädchen psychisch unter Druck – genau wie ihr Vater, nur war seine Masche noch schmutziger.«

Daryl nickte. »Eines Tages ging Tom allerdings zu weit. Er verletzte Mary bei einem dieser obskuren Riten. Sie hatte starke Blutungen und große Schmerzen. In ihrer Verzweiflung suchte sie erneut Doc Holland auf …«

»… und wurde dabei von den Duncan-Brüdern gesehen«, warf Walker ein. »Und da so etwas in einem kleinen Ort wie Moonlight Bay unmöglich geheim bleibt, entstand so das Gerücht, Mary sei schwanger gewesen.«

»Richtig. Die Gerüchteküche kochte, und schließlich erfuhr der Reverend davon. Er stellte seine Tochter zur Rede. Mary erzählte mir, dass sie erst alles geleugnet habe, doch als ihr Vater sie züchtigte, gestand sie schließlich, mit Tom geschlafen zu haben. Von der Höhle und ihren Teufelsanbetungen verriet sie jedoch nichts. Reed verbot ihr den Umgang mit

Tom und zwang Dr. Holland, zu schweigen und seine Praxis aufzugeben. Dabei ging es Reverend Reed natürlich in erster Linie um seinen guten Ruf, das Wohl seiner Tochter kam erst an zweiter Stelle.«

»Dieser widerliche Kerl!«, fuhr Sergeant Walker dazwischen. »Wenn ich darüber nachdenke, was der mit seinem eigenen Kind angestellt hat ... Aber entschuldigen Sie, ich hab Sie schon wieder unterbrochen. Mary brach den Kontakt zu Tom nicht ab, wie ihr Vater es von ihr verlangt hatte, das wissen wir.«

»Ja, aber Tom schreibt in seinem Tagebuch, er habe das Gefühl, dass sie ihm langsam entglitte. Das beunruhigte ihn. Denn wenn Mary sich von ihm abgewandt hätte, wäre sein Geheimnis nicht mehr sicher gewesen. Aus diesem Grund – das geht aus seinem letzten Tagebucheintrag hervor – beschloss er, Mary zu töten. Unter einem Vorwand lockte er sie in den Leuchtturm. Erst schlug er Mary, dann vergewaltigte er sie. Als er sie zu erwürgen versuchte, erschien unerwartet sein Vater im Leuchtturm.«

»Einen Moment«, warf Sergeant Walker ein. »Bei ihrem falschen Geständnis sagte Mrs. Grammar doch, als ihr Mann die beiden überrascht hätte, hätten sie auf dem Boden gelegen, Musik gehört und sich geliebt.«

»Das war die Version, die Tom seiner Mutter später erzählt hat. Aber dazu komme ich noch. John Grammar ging auf seinen Sohn los, als er sah, was dieser tat. Es kam zum Kampf, irgendwann flüchtete Tom dann auf die Plattform des Turms. Inzwischen rannte Mary nach unten. Als sie aus dem Leuchtturm kam, schlug John Grammars Körper neben ihr auf dem Betonsockel auf.«

»Mein Gott, das arme Mädchen! Kein Wunder, dass sie den Verstand verloren hat, bei alldem, was sie mitmachen musste«, sagte der Sergeant voller Mitgefühl. »Was geschah dann?«

»Mary versuchte, das nächstgelegene Haus zu erreichen, und das war das von Doc Holland. Sie war übel zugerichtet und erzählte ihm in groben Zügen, was geschehen war. Holland rief sofort bei Ihnen in der Polizeistation an, doch Sie waren gerade unterwegs. Also wählte er die Nummer der Reeds und bat den Reverend, so schnell wie möglich zu kommen. Dann tauchte Tom auf. Der Doc unterschätzte ihn wohl und trat ihm auf der Veranda entgegen. Tom schlug ihn so schlimm zusammen, dass Holland ein Auge verlor.«

»Und als ich später Dr. Holland zurückrief, tischte er mir diese Geschichte von seinem Unfall beim Fischen auf«, warf Walker ein.

»Die Sie ihm zu Recht nie geglaubt haben«, fügte Daryl hinzu. »Tom drang in das Haus von Doc Holland ein und suchte nach Mary, doch diese war durch ein Fenster entkommen und hatte sich in der Scheune versteckt. Er hätte sie vielleicht dennoch gefunden, aber als Tom Reverend Reeds Wagen hörte, rannte er in Panik davon. Mary stürzte aus ihrem Versteck, als sie die Stimme ihres Vaters hörte, und suchte bei ihm Schutz.«

»Und nach allem, was wir mittlerweile über den Reverend wissen, hatte er sicher nicht einmal in dieser Situation Mitleid mit seiner Tochter, nicht wahr?«, meinte der Sergeant verächtlich.

»Nein, nachdem der Reverend erfahren hatte, was geschehen war, ging es ihm wieder in erster Linie darum, seinen guten

Ruf zu wahren. Er befahl Holland erneut zu schweigen, dafür versprach er ihm, dafür zu sorgen, dass Tom Moonlight Bay ohne viel Aufsehen für immer verließ.«

»Und da Reed den Doc wegen seiner Tochter in der Hand hatte, blieb diesem nichts weiter übrig, als zu gehorchen«, stellte der Sergeant fest.

»Richtig. Tom war inzwischen nach Hause gerannt, hatte in aller Eile einige Sachen gepackt und die Bankkarte seines Vaters eingesteckt. Er war im Begriff, den Ort zu verlassen, als der Reverend auftauchte. Zu Toms Überraschung drohte dieser nicht, ihn anzuzeigen, sondern verlangte, Tom müsse Moonlight Bay innerhalb von vierundzwanzig Stunden verlassen und dürfe nie wieder zurückkehren. Tom war damit einverstanden. Was blieb ihm anderes übrig?«

»Ja sicher, nur so konnte er mit der Ermordung seines Vaters durchkommen.«

»Genau«, antwortete Daryl. »Seiner Mutter erzählte Tom natürlich, der Tod seines Vaters sei ein Unfall gewesen, was sie ihm zu dem Zeitpunkt auch glaubte. Er erklärte ihr, er habe einen Job an der Ostküste angenommen, und verschwand. Vorher plünderte er aber noch das Konto seiner Eltern.«

»Ich wusste von Anfang an, dass John Grammars Tod kein Unfall oder Selbstmord war, warum habe ich mich bloß damals nicht durchsetzen können«, ärgerte sich der Sergeant. »Doch bitte, erzählen Sie weiter. Was geschah danach mit Mary?«

»Reverend Reed sperrte Mary zur Strafe in den Bunker. Sie hatte Prellungen, Schürfungen, Blutergüsse und eine schwere Gehirnerschütterung. Sie hatte hohes Fieber und fantasierte.

Unter anderem sprach sie von dem Pakt mit dem Teufel, den sie und Tom geschlossen hatten. Für Reverend Reed ergab nun alles einen Sinn: Der Teufel hatte Besitz von seiner Tochter ergriffen. Es ist kaum zu glauben, aber Reed gab zu Protokoll, er habe sich zu diesem Zeitpunkt große Vorwürfe gemacht, zu nachsichtig mit Mary gewesen zu sein und sie in religiösen Belangen zu wenig streng erzogen zu haben. Wie auch immer, Reed begann, Bücher über Exorzismus zu lesen, um an Mary eine Teufelsaustreibung vorzunehmen.«

»Das ist wohl ein schlechter Witz«, brach es aus Walker heraus. »Der Typ ist offensichtlich ebenso verrückt, wie Tom es war.«

»Wenn man religiöse Besessenheit mit Verrücktheit gleichsetzt, haben Sie sicher Recht. Der Reverend hat seine Tochter für jedes noch so kleine Vergehen bestraft. So durfte sie sich weder schminken noch moderne Kleider tragen oder Zeitschriften lesen. Erwischte er sie bei etwas, was er nicht guthieß, musste sie sich ausziehen, mit seinem Gurt selbst kasteien und anschließend nackt neben dem Bett auf dem Fußboden schlafen. Dazu kamen täglich stundenlange Gebete. Kein Wunder also, dass Mary eine tiefe Abneigung gegen ihren Vater und alles Religiöse entwickelt hat. Hätte sie in dieser schwierigen Phase einen anständigen und ehrlichen Jungen getroffen, so hätte für Mary eine gute Chance bestanden, ihre schwierige Kindheit ohne größere psychische Schäden zu überstehen. Doch Tom zog sie nur noch tiefer in den Abgrund. Und als ihr Vater mit seinem Exorzismus begann, kippte ihr seelisches Gleichgewicht endgültig.«

Sichtlich bestürzt schüttelte Sergeant Walker den Kopf. »Kaum vorstellbar, dass es so etwas heute noch gibt.«
»Das dachte ich erst auch«, antwortete Daryl. »Offenbar ist es aber kein Einzelfall. Der Sektenexperte aus Sydney hat mir versichert, dass solche Teufelsaustreibungen jährlich weltweit zu Tausenden stattfinden. Laut päpstlichem Dekret soll dabei keine körperliche Gewalt angewendet werden, doch bei Laienexorzisten wie Reverend Reed kommt sie leider immer wieder vor.«
»›Laienexorzisten‹«, wiederholte der Sergeant angewidert. »Eine grauenhafte Vorstellung!«
Daryl nahm seine Schilderung wieder auf: »Reed sagte aus, er habe Mary monatelang Tag für Tag mit Weihwasser bespritzt und die immer gleichen Gebetstexte gelesen, während Mary nackt, mit der Bibel in der Hand, auf dem kalten Kellerboden knien musste. Er scheint bis heute nicht zu realisieren, was er seiner eigenen Tochter angetan hat. Einem ersten psychologischen Gutachten zufolge entwickelten sich schon zu einem früheren Zeitpunkt bei Mary Anzeichen einer multiplen Persönlichkeitsstörung, was bei Menschen, die in der Kindheit nicht zu verarbeitende psychische Probleme haben, offenbar keine Seltenheit ist. Aber erst als ihr Vater sie in dieser Weise traktierte, brach die Störung vollends aus. Wurde Mary gequält, nahm immer öfter Lilly ihren Platz ein und beschützte sie, während Mary sich dann in ihre eigene kindlich-unschuldige Welt zurückzog. Als ich mich mit Mary im Bunker unterhielt, wechselte sie einige Male die Persönlichkeiten. Redete ich mit Mary, so unterhielt ich mich mit einem schüchternen, unsicheren Mädchen, von dem ich zunächst auch glaubte, es sei geistig zurückgeblieben. Sprach ich mit

Lilly, so antwortete mir eine selbstbewusste, furchtlose junge Frau.«
Sergeant Walker sah Daryl ungläubig an. »Und die Reeds wollen davon nie etwas mitbekommen haben? Das kann ich nicht glauben. Sie haben es ja auch sehr schnell festgestellt.«
»Nun, man muss den Reeds zugute halten, dass Lilly, wenn sie Marys Platz einnahm, sich niemals zu erkennen gab. Das ist gar nicht so schwer verständlich: Mary schuf diese zweite Persönlichkeit – wenn auch unbewusst –, um sich selbst zu schützen. Hätte aber Lilly sich gegenüber den Reeds zu erkennen gegeben, wäre das für diese ein klares Zeichen gewesen, dass ihre Tochter noch immer von einem Dämon besessen war. Das hätte neue Qualen bedeutet, und genau das versuchte Mary ja gerade durch Lilly zu verhindern.
Als man mich zu Mary in den Luftschutzkeller gesperrt hat, wurde das Mädchen mit einer Situation konfrontiert, die nicht so klar einzuschätzen war. Sie wusste nicht, ob sie vor mir Angst haben sollte oder ob ich ein Freund war, ein Leidensgenosse. Das stürzte Mary in ein Wechselbad der Emotionen, so dass sie zwischen Mary und Lilly hin und her zu springen begann.«
»Warum behauptete Reverend Reed eigentlich all die Jahre, Mary sei verschwunden?«, warf Sergeant Walker ein.
»Das ist wieder einer dieser merkwürdigen Gedankengänge des Reverends. Er hatte Angst, Mary würde alles der Polizei oder sonst irgendjemandem erzählen. Darum hielt er sie all die Jahre gefangen. Dieser Plan ging zunächst auch auf. Mrs. Reed, die ihren Mann abgöttisch liebte und nichts von dem, was er tat, in Frage stellte, machte dann allerdings einen verhängnisvollen Fehler. Sie gab Marys Flehen, wenigstens

gelegentlich hinauszudürfen, nach. Es geschah nicht oft, und wenn, dann nur, wenn sie sicher sein konnte, dass ihr Mann unterwegs war. Das ging so lange gut, bis Mary bei ihren Ausflügen nicht mehr in der Nähe des Hauses blieb, sondern begann, bis zum Leuchtturm zu gehen. Als Dr. Holland sie eines Tages sah, ahnte er, dass Reed log, wenn er behauptete, er habe Mary in ein Kloster geschickt. Doch da Mary auf rätselhafte Weise vor seinen Augen verschwand, fehlte ihm der Beweis. Wie Sie wissen, wurde Mary noch einige Male gesehen, wenn ihre Mutter sie aus dem Bunker hinausließ, und es entstand die Geschichte vom ›Geist von Moonlight Bay‹.«

»An der Sie von Anfang an Ihre Zweifel hatten«, ergänzte der Sergeant.

»Das ist richtig – aber auch ich habe lange gebraucht, um zu begreifen, was genau dahinter steckt. Ebenso wie es eine Weile gedauert hat, bis mir endlich klar war, dass Samuel eigentlich Marys Sohn ist.«

»Natürlich!«, rief der Sergeant. Er war aufgeschossen, ohne den Haltegriff über dem Bett benutzt zu haben. Jetzt saß er kerzengerade da, hielt sich die verletzte Schulter und verzog schmerzerfüllt das Gesicht.

»Immer mit der Ruhe, Sergeant«, meinte Daryl schmunzelnd.

»Sie haben gut reden«, presste Walker hervor. Als der Schmerz etwas nachgelassen hatte, sagte er: »Ich erinnere mich: In einem der Untersuchungsberichte stand, dass die DNA-Analyse der Haarproben, die Sie im Badezimmer der Reeds sichergestellt hatten, Tom als den Vater von Samuel identifiziert hat. Wie sind Sie nur darauf gekommen?«

»Als ich Samuel beim Gottesdienst das erste Mal sah, hatte ich gleich so ein merkwürdiges Gefühl. Ich kann nicht recht sagen, was es war, aber der Blick, mit dem mich der Junge ansah, löste etwas bei mir aus. Dann erzählte mir Dr. Holland, Mrs. Reed habe bei ihm medizinischen Rat eingeholt, weil sie in die Wechseljahre gekommen sei. Ein paar Wochen später war sie dann aber angeblich plötzlich schwanger. Das brachte mich schließlich auf die richtige Spur: Mary war durch die Vergewaltigung von Tom schwanger geworden. Um die Geburt des Kindes zu erklären, behauptete Mrs. Reed, sie hätte einen Sohn bekommen.«

»Verstehe. Und was hat Tom dazu bewegt, nach all den Jahren nach Moonlight Bay zurückzukehren?«

»Eine gute Frage. Als ich mit einigen Reportern sprach, die kürzlich hier eingefallen sind, erfuhr ich, dass die Geschichte über den ›Geist von Moonlight Bay‹ in Zeitungen in ganz Australien erwähnt wurde. Ich vermute, Tom hat einen dieser Berichte gelesen und – das ist gar nicht so verwunderlich, wenn man seinen obskuren Glauben kennt – gefürchtet, es handle sich bei dem Gespenst um Grace. Die Tatsache, dass er in die Höhle zurückgekehrt ist und den zugemauerten Seitengang zu Grace' Gruft geöffnet hat, beweist das. Und es gibt noch einen anderen Grund, warum er zurückgekehrt ist: Er hatte Geldprobleme.«

»Klar, deshalb ging er zu seiner Mutter, das hat sie zugegeben«, bekräftigte der Sergeant Daryls Erläuterungen.

Dieser nickte und ergänzte: »In der Nacht, als Tom nach Moonlight Bay zurückkehrte, versteckte er sich zunächst im Leuchtturm. Als es dunkel war, ging er den steilen Pfad hinauf zum Haus seiner Mutter. Toms Fußabdrücke auf dem

Weg zu Mrs. Grammars Haus waren übrigens die erste wichtige Spur, die ich nach meiner Ankunft in Moonlight Bay gefunden habe. Als ich den Weg das erste Mal benutzte, war mir sofort klar, dass nur jemand, der ihn sehr gut kannte, es wagen würde, diese Abkürzung bei Nacht oder starkem Regen zu nehmen. Mrs. Grammar hatte zwar zunächst behauptet, ihrem Sohn nach seiner Rückkehr nicht begegnet zu sein, aber das wurde durch diese Spuren widerlegt.«

»Und wie hat sie reagiert, als Tom plötzlich vor ihr stand und Geld von ihr wollte? Sie musste ja inzwischen wissen, dass Tom fünf Jahre zuvor ihr Konto leer geräumt hatte.«

»Nicht nur das«, entgegnete Daryl ernst. »In der Zwischenzeit hatte sie ja auch sein Tagebuch gelesen. Sie wollte von ihm die ganze Wahrheit wissen. Als sie diese schließlich kannte, war sie so geschockt und angewidert, dass sie mit ihrem Sohn nichts mehr zu tun haben wollte. Sie warf ihn raus – und kurze Zeit später war er tot.«

»Ah, jetzt wird es noch einmal richtig spannend«, warf Walker ein und sah Daryl erwartungsvoll an.

»Am Tag von Tom Grammars Tod war Reverend Reed in Mt. Barker. Mrs. Reed wusste, dass er erst am Abend nach Hause kommen würde, deshalb erlaubte sie Mary, nach oben zu kommen.«

»Entschuldigen Sie, wenn ich Sie an dieser Stelle unterbreche. Aber warum ist Mary eigentlich nie weggelaufen, wenn ihre Mutter sie mal nach draußen ließ?«

»Das hat mehrere Gründe. Zum einen wusste sie nicht, wohin sie gehen oder an wen sie sich wenden sollte, von Doc Holland vielleicht mal abgesehen. Zum anderen hatte sie Angst, ihr Vater würde sie vorher erwischen. Dann hätte sie wohl nie wieder nach draußen gekonnt. Der Hauptgrund war aber Samuel. Mary musste zwar so tun, als sei er ihr Bruder, aber Marys Gefühle für ihn waren die einer Mutter. Nie hätte sie ihn zurückgelassen. Und gemeinsam mit ihm weglaufen, das getraute sie sich auch nicht. Denn würden sie erwischt werden, so war sie überzeugt, würde Samuel wie sie im Luftschutzbunker eingesperrt werden.«

»Ich verstehe. Bitte, fahren Sie fort«, forderte Walker den Detective auf.

»An diesem Morgen regnete es nur leicht, für den Nachmittag sagte der Wetterbericht jedoch Sturm voraus, daher wies Mrs. Reed ihre Tochter an, sich nur in der Nähe des Hauses aufzuhalten. Doch Mary hatte über sechs Monate nicht mehr rausgehen dürfen. Sie ignorierte die Anweisung ihrer Mutter und ging gemeinsam mit Samuel durch den Wald zum Leuchtturm. Sie wollte nur kurz das Meer sehen und dann wieder nach Hause zurückkehren. Aber als sie an den Klippen standen und zusahen, wie der Sturm rasch näher kam, öffnete sich die Tür zum Leuchtturm, und Tom stand vor ihnen.«

»Das muss ein Schock gewesen sein«, kommentierte der Sergeant.

»Mary beschrieb mir die Situation folgendermaßen: ›Tom hat mich angestarrt, als wäre ich ein Geist. Dann hat er Samuel angeschaut, und plötzlich begann er zu lachen.‹ Mary versuchte, mit Samuel davonzurennen, doch Tom konnte sie festhalten. Er zerrte sie die Stufen hinauf auf die Plattform, wohl in der Absicht, sie von oben hinunterzustoßen. Er hatte sie schon halb über die Brüstung gehoben, als Samuel auf dem Turm erschien. Der Junge war wirklich mutig. Er wollte

Mary helfen und klammerte sich an Toms Rücken. Dieser ließ für einen Augenblick von Mary ab und stieß den Jungen weg. Das reichte Mary – oder besser Lilly, die in diesem Moment der Angst wieder von Mary Besitz ergriffen hatte –, um die Kurbel des Flaschenzugs aus ihrer Verankerung zu reißen. Als sich Tom wieder umdrehte, sah er diese Waffe in ihrer Hand, wich wohl zurück, blieb aber mit dem Jackenärmel an der Winde hängen. Lilly schlug zu, Tom sackte zu Boden und rutschte unter dem Geländer hindurch in die Tiefe.«

»Und Mary beziehungsweise Lilly floh zusammen mit Samuel«, ergänzte der Sergeant. »Aber wie kam es dann dazu, dass die Tür zum Leuchtturm von innen verschlossen war?«

»Dazu komme ich jetzt. Lilly rannte mit Samuel nach unten und öffnete das unterste der schmalen Fenster. Sie befahl dem Jungen, die Leuchtturmtür von innen zu verschließen, sobald sie den Leuchtturm verlassen hätte, den Schlüssel stecken zu lassen und aus diesem Fenster zu springen. Sie würde ihn auffangen. Der Junge gehorchte, und sie liefen über die Felsen Richtung Wald. In diesem Moment kam der Inspektor des Schifffahrtsamtes aus dem Karri-Wald. Regen und Wind wehten ihm vom Meer her ins Gesicht, weshalb er gebückt ging und die beiden nicht sofort sah. Lilly befahl Samuel, sich in eine kleine Mulde im Felsboden zu legen. Er sollte abwarten, bis sie den Mann vom Leuchtturm weggelockt hatte und ihm ein Zeichen gab. Dann sollte er, so schnell er konnte, nach Hause rennen. Der Plan ging auf. Als Averill Chase auf Mary aufmerksam geworden war und ihr folgte, konnte Samuel unbemerkt weglaufen. Und Mary wagte trotz des tosenden Sturms den Sprung auf die vorstehende Klippe und entkam durch die Höhle.«

Sergeant Walker seufzte tief und lehnte sich zurück. Beide Männer schwiegen einen Augenblick. Dann sagte Sergeant Walker: »Wissen Sie, Simmons, mit Ihnen diesen Fall zu lösen war ein Erlebnis. Aber wenn ich ehrlich bin, möchte ich so eine Geschichte nicht noch einmal erleben.«

Australien von seiner dunklen Seite

Alex Winter

Ein Gespür für Mord

Daryl Simmons' erster Fall

Detective Daryl Simmons ist unter Aborigines aufgewachsen. Er versteht sich aufs Spurenlesen, kennt die Überlebenstricks der Eingeborenen und beherrscht ihre Jagdtechniken ebenso perfekt wie sie. Aber in der Großstadt hat er für all dieses Wissen keine Verwendung. Daher setzt ihn sein Chef nur noch auf besondere Fälle an – wie auf den mysteriösen Tod eines Piloten auf einer abgelegenen Farm im Nordwesten Australiens ...

»Spannende Fakten über die Aborigines, und überhaupt wird es spannend! Guter Plot von Alex Winter.«
Freundin

Knaur Taschenbuch Verlag

Mord im Outback!

Caroline Carver

Dead Heat

Thriller

Georgia Parish hat es niemals bereut, das Kaff Nulgarra im tropischen Norden Australiens verlassen zu haben. Doch nun sitzt sie nach einer Bruchlandung ihres Flugzeugs im Dschungel genau dort fest. Langsam dämmert es ihr, dass es Sabotage gewesen sein muss. Und dass sie das Opfer einer Verwechslung ist. Ehe sie den Irrtum aufklären kann, wird sie in eine gnadenlose Jagd auf Leben und Tod verwickelt.

»Viel Spannung vor einer traumhaften Kulisse!«
TV Movie über *Wettlauf im Outback*

Knaur Taschenbuch Verlag

»Eine der größten australischen Entdeckungen seit Nick Cave und Kylie Minogue.«
Szene Hamburg

Deutscher Krimi-Preis 2000 und 2002 für Garry Disher

Garry Disher bei Knaur:

Dreck
Roman

Gier
Roman

Hinterhalt
Roman

Willkür
Thriller

»Garry Disher ist zurzeit einer der besten Kriminalschriftsteller der Welt.«
WDR 2

Knaur Taschenbuch Verlag

David Lawrence

Der Kreis der Toten

Psychothriller

Als Detective Stella Mooney den Tatort ihres neuen Falles erreicht, bietet sich ihr ein erschreckendes Bild: Vier Menschen sitzen im Kreis, zwei Frauen und zwei Männer, alle vier sind tot. Drei der Toten, so wird sich später herausstellen, starben durch eigene Hand, der vierte jedoch wurde ermordet. Es handelt sich um Jimmy Stone, der seinen Lebensunterhalt auf denkbar makabre Weise verdiente: Er verkaufte Erinnerungsstücke an besonders blutige Verbrechen – kein angenehmer Zeitgenosse, doch wer hatte Grund, ihn zu ermorden?

»Der stärkste Krimi-Newcomer seit Nicci French.«
The Bookseller

Knaur Taschenbuch Verlag

Patricia Shaw

Im Land der tausend Sonnen

Die neue große Saga der
australischen Bestsellerautorin!

Pastor Beitz hat einen Traum: Im Jahre 1874 macht er sich zusammen mit einigen mutigen Landsleuten aus Hamburg nach Australien auf, um dort ein neues, idyllisches Gemeindeleben aufzubauen. Doch das gelobte Land, das den Pionieren versprochen wurde, erweist sich als wilder Dschungel. Mit viel Optimismus und Entschlossenheit schaffen es die Familien, die ersten Hürden zu überwinden. Bald aber bedroht ein Neuankömmling, der sich als Geistlicher ausgibt, ihre aufblühende Stadt – und nur ein eingeborener Seher durchschaut seinen teuflischen Plan …